微电影

剧本创作实录与教程

SHORT FILMS THE TUTORIAL OF SHOOTING SCRIPT

李宇宁 编著

清华大学出版社

北京

内 容 简 介

了解微电影，学习微电影创作技巧，掌握微电影制作经验，学习微电影剧本写作，把微电影培训班搬到自己的家中来，是本书的目标。

这部微电影剧本创作教程由一部完整的原创剧本和28个剧本范例构成，主要阐述"剧本的语法"。书中绘制15个故事结构图，帮助读者理解故事逻辑、人物关系等抽象的剧本创作概念，并对初学者剧本创作过程中的常见问题进行分析、总结、点评，通过修改学生的剧本作业，给出借鉴的剧本范例片段，帮助读者检查自己剧本中的问题。

无论对于想实现一个小小电影梦的编剧爱好者，还是有丰富经验的职业写手，本书都是一部全面而易于理解的进阶指南。

图书在版编目(CIP)数据

微电影剧本创作实录与教程 / 李宇宁 编著. — 北京：清华大学出版社，2019(2023.1重印)
ISBN 978-7-302-52757-2

Ⅰ.①微… Ⅱ.①李… Ⅲ.①电影文学剧本—文学创作—教材 Ⅳ.①I053.5

中国版本图书馆CIP数据核字(2019)第071346号

责任编辑：李　磊　焦昭君
封面设计：史宪罡
版式设计：思创景点
责任校对：牛艳敏
责任印制：宋　林

出版发行：清华大学出版社
　　　　　网　　　址：http://www.tup.com.cn，http://www.wqbook.com
　　　　　地　　　址：北京清华大学学研大厦A座　　　　　　　邮　　编：100084
　　　　　社 总 机：010-83470000　　　　　　　　　　　　　邮　　购：010-62786544
　　　　　投稿与读者服务：010-62776969，c-service@tup.tsinghua.edu.cn
　　　　　质 量 反 馈：010-62772015，zhiliang@tup.tsinghua.edu.cn
印 装 者：三河市君旺印务有限公司
经　　销：全国新华书店
开　　本：188mm×260mm　　　印　　张：25　　　　字　　数：636千字
版　　次：2019年6月第1版　　　印　　次：2023年1月第6次印刷
定　　价：79.00元

产品编号：081570-01

前 言

　　剧本创作是一个既有趣又艰难的过程。

　　有趣之处在于，创作者的一个灵感最终会形成一个故事。而难点则在于，要用具象的词句写出真实、可信的故事。

　　故事的可信度，是衡量剧本品质的一项指标。在故事创作中，我们可以天马行空，虚构"现实"，但要遵循"规律"；故事背景可以是虚构的，但并不意味着创作者所构想的一切事件都允许在其中发生。

　　在创作剧本时，作者要设定事件发生的可能性和局限性，使其发生、发展，能够自圆其说，符合故事情景，不能自相矛盾。一旦为剧本设定了故事逻辑，剧中人物和事件都要遵守它，遵从故事发展的"因果"规律。

　　影视剧本都属于"半成品"，因为故事的最终载体是大屏幕，是画面和声音演绎出来的曲折情感。剧本起到了预览故事画面的"功能"。

　　为了使"文字"版本的故事画面感更加清晰，剧本写作有一套"独特"的语法规则。如果你按照平日写文章、记录事件、描述梗概等方式来写剧本，会减弱故事的"预览功能"，加大拍摄难度，甚至无法拍摄。

　　因为每个人对文字的理解各有不同，剧本作者要运用"无比"准确的词句，消除阅读者可能产生的想象空间，使其文仅对应"一意"：理解剧本，要源于人切身感受的共识。

　　作者在本书的16课内容中，将用一部原创的剧本和另外28部剧本（14部学生的剧本作业、14部经典片例）来阐述"剧本的语法"。

　　在每一课中，作者通过修改学生的剧本作业，对初学者在剧本创作过程中的常见问题进行分析、总结、点评。每修改一部学生的剧本作业，就会给出一部参考片的剧本片段，大家可以在对比的过程中查看自己剧本中的问题。

　　看到不足，同时又能有所借鉴。

　　修改剧本作业，无法从根本上解决剧本中故事结构不合理等问题，所以作者每节课程中会对剧本出现的问题，与要讲解的知识点有所关联。通过绘制的15个故事结构图，帮助大家理解故事逻辑、人物关系和故事节奏等抽象的创作概念。

　　作者在教学过程中，发现同学们交上来的剧本作业多数都属"梗概"式的创作，主要问题如下：主题不明确、故事不完整、格式不正确、逻辑不通顺、人物不突出、用词不准确……但依然不乏亮点，其中精彩等待着各位读者去发现。

　　借这些初学者的常见问题，作者也回到了起点，与大家分享剧本创作过程中的点滴进步。

　　将剧本创作的故事拍摄完成，影片即进入后期环节，但创作依然不会结束，因为最终剧本仅是故事创作过程中的"初稿"。在现场拍摄阶段，场景环境、演员状态、突发事件和偶发的灵感，都在剧本创作的基础之上继续完善故事。

进入后期阶段，画面与声音的碰撞、事件的顺序、画面的重新排列和组合，才是影视故事的终极"舞台"，是对创作的延伸和拓展。

因为电影是时间的艺术，剧本创作是一个起点……

本书由李宇宁编著，另外，冯玉秋、李昂也参与了部分编写工作。如果读者在学习过程中遇到问题，可以与作者联系，也欢迎大家提出宝贵的意见，以便作者改进课程的内容。作者的电子邮箱：2696419378@qq.com，微信：2696419378。

片例和教学课件下载

为了方便读者更好地理解书中所讲内容，本书提供了《成都故事》剧本用片。读者可扫描下方左侧的二维码进行观看，或推送到自己的邮箱中进行下载。如果是院校教师需要课件用于教学，可扫描下方右侧的二维码，在完成相关信息的审核后，即可获取PPT教学课件。

编　者

课程学习内容、学习目标与实施计划

序号	学习内容	学习目标	能力培养目标	学习要求			学时	教学方式
				记忆	理解	应用		
1	第1课 如何创作一个剧本 第2课 一部完整的剧本范例 第3课 剧本中的常见问题	构思一个故事梗概 谁是主角 背景故事与人物小传 结构与节拍 剧本初稿	理解剧本文字拍摄成为画面的过程	√	√		3	讲授
2	拉片并写出影片的剧本	叙事空间与镜头情绪——解读《梦想骑士》	分析影片，学写剧本	√	√	√	2	练习
3	第4课 故事类型与剧本主题 第5课 人物与超能力	故事的结构设计 训练导演思维 故事背景 一句话大纲 让观众对你的人物感兴趣	学习绘制导演创作的思维导图	√	√		3	讲授
4	拉片并写出影片的剧本	视听语言中的时空关系——解读《让我留下》	分析影片，学写剧本	√	√	√	2	练习
5	第6课 故事要素 第7课 情绪 第8课 冲突与危机	剧本写作基础 影片的立意 对话简洁、有力 反转（意外尽量留到最后） 故事线	学习剧本格式，将故事结构转为文字	√	√		4	讲授
6	拉片并写出影片的剧本	"迷宫式"的循环故事结构——解读《蚁蛉》	分析影片，学写剧本	√	√	√	2	练习
7	第9课 戏剧性 第10课 幻觉 第11课 潜台词	剧本创作中的细节 幻觉与异常现象 潜台词与动机 两条线索讲故事	学习影片的开篇单元和贯穿主线的事件设计	√	√		4	讲授
8	拉片并写出影片的剧本	悬念建置与电脑特技——解读《黑洞》	分析影片，学写剧本	√	√	√	2	练习
9	第12课 循环与转折点 第13课 概念置入 第14课 表达观点	人物观点 主题与内容创作 建立悬念 演员关系递进的表现 点题的重要性 影片的高潮 结尾环节的设计	创建悬念、导演与表演交流的方式、设计影片的高潮	√	√		3	讲授
10	拉片并写出影片的剧本	了解人物关系、结构、主题——解读《搭错线》	分析影片，学写剧本	√	√	√	2	练习
11	第15课 肢体语言与心理活动 第16课 节奏与故事曲线	人物的肢体语言 人物的心理活动 人物出场的节奏 强大的反角	学习剪辑软件的功能，完成视频剪辑的操作过程，完成拍摄的作业剪辑，并输出成片	√	√		3	讲授
12	拉片并写出影片的剧本	重复细节推进高潮——A4纸和马克笔传递爱的《信号》	分析影片，学写剧本		√		2	练习

注：教学方式分为讲授、练习、实验、课外实习等。

Content

目录

content

目录

Content
目录

Content
目录

Content
目录

content 目录

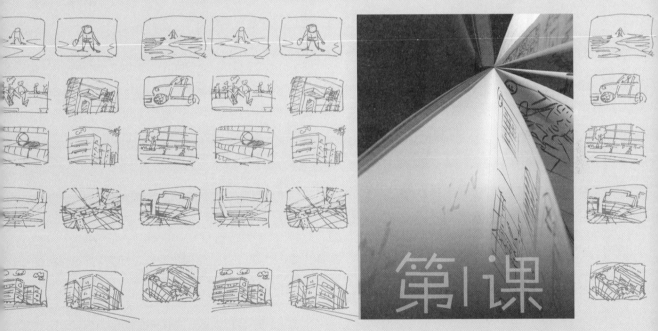

第1课

如何创作一个剧本

本课以**一部微电影剧本的创作过程为案例**，梳理剧本从无到有的全过程。

最初的剧本在作者脑海中只有一个模糊的"轮廓"：想拍摄一部与武术有关的片子，**里面有伟大的英雄**，有风起云涌的江湖，还有出神入化的功夫……

但是，这些并没有……

创作这种东西很奇怪，想的时候无限美好，要落地的时候却发现：那只是一个无法实现的想法；**那是每天思维洪流中万千个闪念而过的瞬间。**

稚嫩的想法终有一天会长成"参天大树"……

带着那些时而清晰、时而模糊的概念，作者踏上"求索"的道路。

联系演员、联系场地，不断地讲给朋友们听，将建议记录在本子上……**用汗水浇灌你的创意，幸运之神睁开了"睡眼"**，然后就有了《成都故事》这部短片。

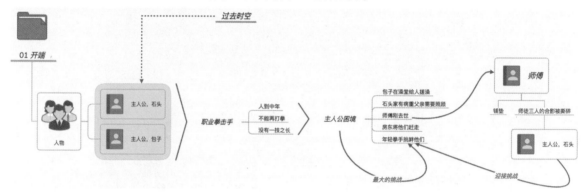

《成都故事》短片拍摄流程

(1) 构思故事梗概。

(2) 谁是主角。

(3) 背景故事与人物小传。

(4) 结构与节拍。

(5) 完成第一稿的剧本创作。

1.1 构思故事梗概

将剧本的构思形成文字，随着反馈意见、场景、演员的情况变化而**保持更新，使其完善，并足够简洁**。最好能留存一份原始的梗概文档，以便随时翻看回顾。有些想法此刻用不到，并不意味着以后也用不到。

剧本创作在影片进入后期环节之前都不会结束，切记：不要以为改了很多遍稿子，剧本工作就可以宣告结束了。**剧本的创作是永远不会结束的，因为进步永无止境……**

影片筹备的过程中事项繁多，自己的想法随之更新，留存备份以便日后调用。

提示：下面的故事梗概是第四版。

"石头"与"包子"（这是影片中的两位人物，以小名称呼）曾经是职业拳手。

激烈的拳击运动给两人造成身体上的创伤，伤病缠身。步入中年，石头和包子已经不能再靠打比赛生活。

除了拳击之外，石头和包子并没有其他技能。

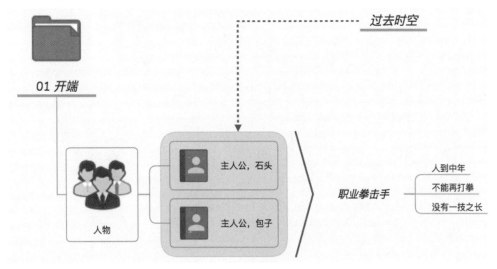

步入中年的包子在澡堂给人搓澡，石头家有重病的父亲需要照顾。

两人的师傅去世，房东要将他们赶走，并找来年轻的拳手挑衅他们……

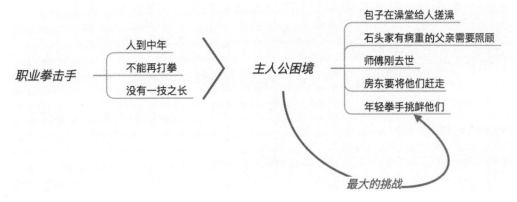

岁月早已磨平了两个中年人的棱角，他们忍着，再三退让……挑衅者并没有就此收手，将拳击手套扔在包子身上，故意失手将师徒三人的合影撕碎，丢在地上，踩在脚下。

对方的这种举动，彻底激怒了石头，好勇斗狠的性格让他不再隐忍。

师傅的去世，荣誉的丢失，家庭的不顺。此时，他最需要的是：一场"战斗"。

但包子极力阻止他。

师傅将石头养育成人，教他拳法。

对石头来说，师傅就是自己的"父亲"，师傅对自己有养育之恩。不可泯灭的亲情和师徒情义，让他无法释怀。

带着伤痛，抛开生死，他迎接挑战……

在约定的日期，石头站在了擂台上。

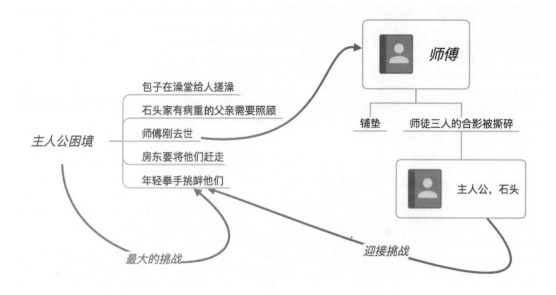

1.2　谁是主角

主人公是一位从小习武的人，名叫石头。

以物件的名称（石头）来命名人物，有三个原因：一是这个称呼容易让观众记住；二是在剧本中人物的名字易于识别；三是借石头的坚硬，表现人物固执的性格。

本片参选了三个电影节（釜山国际电影节、洛迦诺国际电影节和戛纳国际电影节），下面这段介绍人物的文字是向电影节提供的影片说明性文字。

部分电影节会对导演提交的故事梗概有字数上的要求，下面这段文字经过多次精简，字数调整为"最简模式"：完成人物介绍、剧情说明，又将文字数量控制在 400 个字符的限制之内，供大家参考（中英双语，国际电影节需要将资料翻译成英文，此段文字翻译：小熊老师）。

石头从小习武，长大之后在师傅的拳馆做教练。

The leading character Stone has learnt Kung Fu from childhood, grown up to be a coach in the boxing hall of his master.

拳馆经营惨淡，石头家里还有病重的父亲需要照顾。

The business of boxing hall ran out of the line. Stone had a sick father to take care of.

为了维持生计，石头靠打黑拳挣钱，被师傅知道后，准备将其逐出师门。

To make a living, Stone earned money by fatal contact. He would be out of the team after his master knew.

长年的打斗生涯，身体伤病缠身。

Fighting for a long time, Stone often had physical pain.

房东要收回师傅的拳馆，被师傅拒绝后，大发脾气。

The landlord would take back the boxing hall. He got angry when refused by the master.

从拳馆出来后，房东遇到石头，两人有了冲突。

Leaving the boxing hall, the landlord met Stone, conflicting.

房东叫人过来踢馆，师傅在拳馆突发疾病去世。

The landlord called for kicking the hall. The master died suddenly in the boxing hall.

石头与过来踢馆的人定下决斗的日期。

Stone set date of the duel with those people kicking the hall.

1.3　故事背景与人物小传

> 本片讲述两个拳击手的故事，名称暂定为《拳手》。
> 演员表：十分钟短片，微电影筹备。

上面表格中的文字曾用于演员表的标注、剧组筹备期的通知文本，也是作者在撰写人物小传之前，对影片主题阐述的说明性文字，该文是在故事构思出来之后完成。

一般情况下，完成剧中人物的构思后，会随即列出参演的演员表，如下表所示。

在演员表"性格"这一栏中，作者对人物性格特点进行概括说明。

"戏份预估"这一栏用来预算该角色的出演时长和演出费用（最终每个角色的戏份都增加了，台词量远超出预估，但剧组的兄弟姐妹们都没有跟作者增加费用，投资一部片子不容易，承蒙各位的厚爱、理解和支持，鞠躬）。

	剧中人物	性格	描述（戏份预估）
角色	拳师 1(主要，石头)	拼命，执着，国字脸	30～35 岁
	拳师 2(包子)	懒散，好好先生，圆滑	30～35 岁（五句台词）
	拳师 3(师傅)	稳重，刚毅	55～65 岁（五句台词）
反角	拳师 4	凶狠，个子高，身材壮	25～30 岁（十五句台词）
	房东	偏瘦，戴眼镜	40～45 岁（五句台词）
妻子	女（石头的妻子，夏天）	拳师 1 的爱人，温柔、贤惠	26～30 岁（五句台词）
父亲	男	拳师 1 的父亲，体弱多病	60～65 岁（五句台词）
顾客	男	胖	30～35 岁（五句台词）
经理	男	微胖	30～35 岁（五句台词）
拳击宝贝	女	身材高挑，漂亮	20～25 岁（五句台词）

1.4　结构与节拍

片子的名字最终改为《成都故事》，因为故事的取景、拍摄都在成都完成，所以以地名对影片命名。当时作者还有个计划，要拍摄其他城市的微电影，选择 12 个城市，根据当地的风土人情进行创作，以故事性将地方元素融合进来，这是了解中国城市文化的一个窗口（已经完成一部了）。

故事结构		
人物亮相：	困境与冲突：	故事高潮：
■　包子出场	■　师傅去世	■　妻子与孩子的对话
■　石头出场	■　包子、石头吵架	■　石头训练受伤
■　师傅出场	■　徒弟与房东打架	■　比赛现场
	■　反角挑战	■　童年的记忆
	■　包子、石头决裂	
	■　家人（石头妻子）不理解	

1.4.1　人物亮相

剧本中主要人物的出场时间（预估）。

包子出场		石头出场		师傅出场	
搓澡		家里有病人		拳馆全景	
	被顾客骂		妻子让他转行		房东收房
对不起，对不起		两人咖啡馆不愉快的谈话		师傅撵走房东	
30 秒		1 分 30 秒		2 分 30 秒	

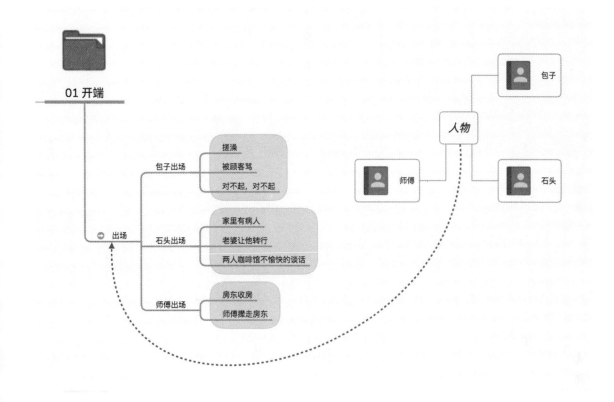

1.4.2　困境与冲突

剧本中主要事件的时间预估。

师傅去世		包子、石头吵架		徒弟与房东打架	
突发心脏病		接收拳馆		擂台上徒弟挨打	
	包子搓澡发呆		包子劝，讲做人的道理		包子拉架挨打
石头看他们的合影				石头出手	
3 分 30 秒		4 分 30 秒		5 分 30 秒	

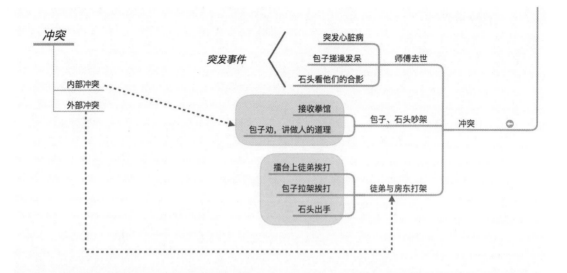

反角挑战		包子、石头决裂		妻子不理解	
反角撕照片		石头让包子明天陪练		做完面条一句话不说	
	包子订下日期		包子拒绝		石头吃面
		两人扭打			
6分30秒		7分30秒		8分30秒	

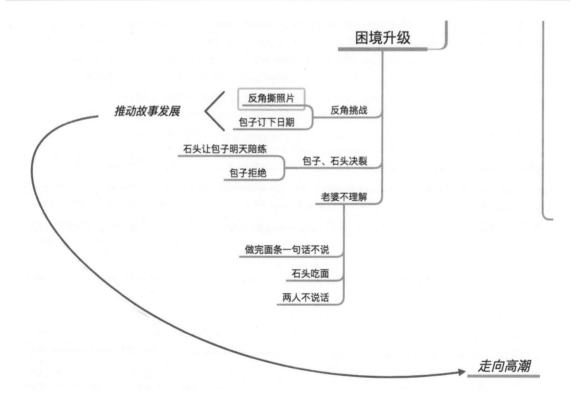

1.4.3　故事高潮

剧本高潮环节的主要事件和时间预估。

妻子与孩子的对话		石头训练受伤		比赛现场	
孩子要成为爸爸那样的人		器械练习		妻子赶来	
	妻子流泪		踢腿动作		包子赶来
他们年轻时，石头打拳，妻子加油		医生打针		父亲在病床上起身	
					石头被打倒
9 分 30 秒		10 分 30 秒		11 分 30 秒	

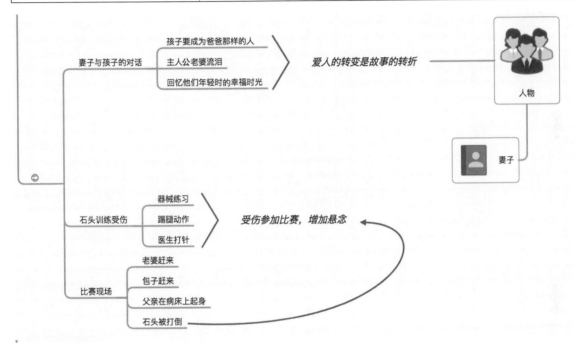

	师傅教他练拳		跟妻子表白，要让她过好的生活		奋起起身
童年的记忆		石头、包子年轻的时候		拳击的口诀	
	反角被打倒				
13 分 15 秒					

1.5　剧本初稿

下面表格中的内容是：第一稿剧本的全文。

初稿剧本

训练馆　内　日景

空镜

字幕：成都故事

澡堂　内　日景

包子给人搓澡，满头是汗
用手背擦额头的汗

摇摇头，呼口气
拉开柜门

看到一副拳击手套
柜门上贴着一张三人的合影

师傅、师哥和包子
包子看照片

提示： 包子给人搓澡，满头是汗。这样的人物设定，最终根据成都人的习惯特点进行了调整(改为经营茶馆)。作者是北方人，生活习惯形成的惯性思维，不自觉地会将当地人的状态写到剧本中。

医院　内　日景

石头将老父亲搀上床
扶着他躺下，给他翻身、擦背

双手拉伸他的腿部
活动身体

妻子夏天进房间
拿来药费单

妻子低头抽泣
抬头看了一眼石头

他看着她，接过单子
石头抬起头看着窗外

训练馆　内　日景

师傅从拳击场上下来
对练习的学员们喊话

师傅：你们先练习一下

帕金森症状
师傅走进办公室

站立不稳
趴在桌子上

快速从柜子里拿出几种药
拧开一瓶盖（×××药名）

塞进嘴里
喘着气

坐在地上
背靠着桌腿

闭着眼睛
逐渐平静下来

桌子上的电话铃声
没有人接电话

提示： 这个段落是剧中师傅身体出现问题的前因后果……在最终的剧本中被重写：加强了反角对师傅步步紧逼的环节，最终师傅不是倒在办公室里，而是倒在了擂台上。

澡堂　内　日景

衣柜门开着，手机来电，铃声响
包子看着水管中流出的水流

水桶里的水溢出来
趴着，等着搓背的客人叫他
客人：喂喂，你在干什么
包子回过神
迅速起身，桶碰翻

水流了一地
连忙低头赔不是
包子：对不起，对不起

医院　外　日景

　　石头手抖着，试图将手机拿稳

　　眼泪滴到屏幕上

　　抽烟，张着嘴

　　表情慢慢僵住

　　眼睛充满泪水

　　拿起一张老照片

　　在照片中师傅的位置使劲按下去

　　整张照片被按起皱褶

训练馆　内　日景

　　四个年轻小伙子在擂台上闹着玩

　　包子和石头两个人坐着抽烟

石头：这个场子我接不了

　　　家里还有病人要照顾

　　　你现在忙什么呢

包子：一身病，废人一个

　　　混吧

　　　混吃，等死

　　喝啤酒

　　墙上是一张师傅带他们参加比赛获胜的照片

　　场子里传来吵闹声

　　房东和大个站在擂台中间

　　房东身穿西装

　　大个身穿训练服

　　拳馆一个年轻小伙子走过来

　　示意他们不要穿鞋上擂台

　　被房东身边的大个击倒

徒弟：你怎么动手打人啊

　　台上扭打成一团

石头和包子扭头看到

起身，跑向擂台

包子走在前面
伸手去抓大个的手

大个转身一拳
包子没有躲开

正打在脸上
包子摔倒在地上

石头冲上来
大个闪躲

石头出拳，大个后退
包子从地上爬起来

石头近身询问
包子：我没事
　　　大家有事好商量
　　　没有理由的架，打得一点意思都没有

石头冲过去
包子把石头抱住

石头要挣脱
包子大喊
包子：师哥，我真的没事

房东：给你们一个星期的时间搬家
　　　下周我不想再看到你们

年轻的拳手大个跟包子竖起中指
徒弟：师哥，房租还没有到期
　　　他们看师傅不在了
　　　他们欺负人

大个看到满墙贴着石头获胜的照片

房东：就是不想租给你们了
徒弟：你们违约了
房东：我可以按照合同赔偿

  大个走过来
  将一副拳击手套扔在石头的身上

大个：我要跟你打一场
  赢了我，你可以继续在这里

  石头低头看地上的拳击手套
  看一眼大个

  几个年轻的徒弟叫好
徒弟：师哥打他
  好好教训他，这小子太狂了

  房东转身对大个讲
房东：他保持着 99 场不败的战绩

  大个听到后，笑了
  从墙上拿起一张他们师徒的合影

  把照片撕了，扔在台面上
大个：我是胜利者的终结者

  石头拿起拳击手套
  盯着大个

  包子走近，拉石头，劝他，不要理会
石头：我们接受你的挑战
  下个月，25 日
  在这里，不见不散

  大个鼓掌
大个：好，痛快

客厅　内　日景
  石头擦拭拳击手套
  往手上缠绷带

石头的妻子走近房间
给他在另一只手上缠绷带

桌子上，几个奖杯
三个年轻人捧杯的照片

石头走近
看着照片中的自己、包子和妻子

手指轻摸照片
从上向下触碰

澡堂　内　日景
　　包子收拾东西
经理：最近咱们客人多
　　　正是用人之际
　　　你自己可以多挣点

　　　包子头没有回，挥挥手
经理：这已经是第几次了
　　　我费劲儿把你弄进来
　　　你说走就走
　　　你走了有本事就不要再回来

公路上　外　日景
　　石头跑步

健身房　内　日景
　　两人器械训练

训练馆　内　日景
　　双人对打，石头和包子
　　包子陪练

训练馆　内　日景
　　回忆……
　　师傅教导两个年轻人训练的画面

公路上　外　日景
　　去世师傅的照片
　　石头跑步，冲镜

训练馆　内　夜景

　　两人坐在擂台旁吃盒饭

　　石头想家人

卧室　外　日景

　　石头拳击手套破了

　　妻子给缝上

　　石头训练期间

　　扶父亲下床活动

　　妻子拖地，接送孩子

　　满脸是汗，累得直不起腰

公路上　外　夜景

　　树梢间隙的灯光

　　路面，空镜（雨后的路面）

　　石头跑步

　　张嘴大喊出来

　　远山，太阳落山的余晖

　　夕阳

　　石头旧伤复发

　　站立不稳

　　包子从身后抱着石头

　　石头弯着腰，左手扶膝盖

　　包子挽着他

　　两人继续往前跑

训练馆　内　日景

　　石头和大个的比赛现场

　　两个人都气喘吁吁

　　第10局的牌子

　　两人你来我往，不分胜负

第 12 局的牌子
石头被打倒在地

包子冲上来要终止比赛
石头的妻子在台下

石头的老父亲躺在床上扭头看窗外
年轻时的三个人训练的画面
鲜血从石头脸上流下

医院　外　日景
回忆

师傅去世的画面
石头接电话，哭泣

澡堂　内　日景
客人对包子大喊
他点头赔不是

树下　外　日景
七岁的小朋友（石头小时候）
蹲马步

师傅调整他的姿势
小朋友念口诀

他跟师傅吃饭
师傅把肉夹到他的碗里

小石头在墙角抹眼泪
师傅走过来
石头：师傅我想我妈、我爸
师傅：等你长大了，师傅帮你一起找

转身
长大了之后的石头

石头口中默念
师傅，你就是俺爸

摆出迎敌的姿势

眼睛盯着镜头

训练馆　内　日景

大个冲上前

与石头对打

两个时空相互切换

小时候练拳，想起师傅说过的一句口诀

石头挥拳改变套路

大个头被击中

大个冲了过来

石头闪躲

石头一系列的猛攻

时间 10 秒钟倒计时

大个被击倒

时间零

第 12 局结束

石头缓缓地站直了身体

他年轻时胜利的画面

他举起双臂

年轻时的石头、包子、石头妻子

三人抱在一起

庆祝胜利的画面

年轻时两人训练完

石头、包子在大排档喝酒

干杯

石头站在桌子上疯

他举起右臂

大喊

我们是冠军
我们是卫冕之王

全场欢呼

1.6　本课小结

　　第一稿的剧本是非常"原始的"，它完整记录了故事构思最初始的状态，通过与后面拍摄版本的剧本相比较。朋友们会发现诸多改进的地方，作者想跟大家分享故事不断演变、进化的全过程。

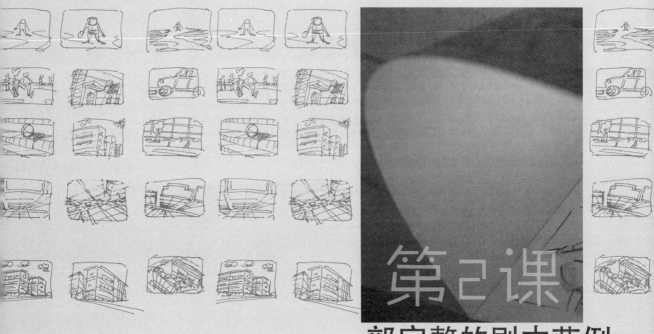

第2课
一部完整的剧本范例

在本课中，作者给出拍摄版本的剧本供大家参考，同时将故事的结构图分插在其中。

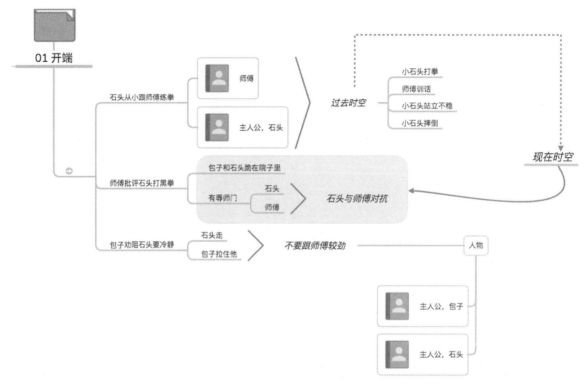

完整的剧本，加上事件表格、图表化的结构分析，希望能够帮助大家更好地理解剧本，了解剧本中人物的情绪、冲突点的编排、人物关系的设置等一系列创作过程。

最终的影片截图，也会分段插在剧本中，供大家纸上观影。

对比影片画面和剧本中的文字，不可能做到图文一一对应，因为在拍摄的现场，剧本还有多次的调整和重写。

将这些一并呈现在各位读者的面前，力求还原"真相"。

2.1 剧本的开篇

开篇结构表				
■ 少年练拳				
■ 师徒对峙				
■ 师弟劝阻				

少年练拳		师徒对峙		师弟劝阻	
小石头打拳		包子和石头跪在院子里		门板空镜，石头走远	
	师傅训话		师傅：你这种行为有辱师门		后面的包子拉住他
……		……		……	

院子　外　日

　　空镜，小石头画左入，打拳

　　师傅训话，小石头起身，面向师傅站立

师傅：停停，停停

　　你这个动作

　　师傅说了好多次了

　　老是做不好

　　这个要多练

　　来来来，再来

　　师傅与小石头面对面

　　小石头摆好动作，眼睛看师傅手指的方向

师傅：站好

　　不要动，站好

　　师傅画右出

　　俯拍，小石头保持单腿站立的姿势

　　师傅走向他的身后

师傅：多站一会儿，站好

　　不要动

　　小石头站立不稳

小石头：师傅，我站不住了

师傅：站好

　　出字幕

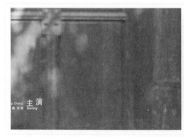

院了　外　口

　　包子和石头跪在院子里，师傅走过来

师傅：你这种行为有辱师门，有辱武馆

石头抬起头

石头：师傅，弟子不知与人打拳切磋有何过错

师傅训斥

师傅：你这是切磋吗？你这明明就是打拳挣钱

石头转过头

石头：打拳跟挣钱本身就不冲突

更何况拳打得漂亮

观众也喜欢看

我还可以用这份钱来补贴武馆

师傅：不要多说了

师傅的拳馆

不靠你打黑拳挣钱来补贴

包子伸手拉他，示意他不要说话

石头：师傅

现在变化日新月异

我们不能恪守传统啊

　　　师傅低头看着他，反问
师傅：恪守传统

　　　石头看着地板
师傅：老祖宗留下的东西不能丢

　　　师傅转身，双手将门关上

走廊　外　日

　　　门板空镜，石头走
　　　后面的包子拉住他
包子：石头，石头
　　　你犯什么浑啊

石头：师傅的意思，我懂
包子：你懂什么

　　　包子骂了他
　　　石头转身离去
石头：就这么着吧

　　　石头走远，包子气得身体前倾，对他大喊
　　　包子冲着石头的背影喊话
包子：师傅他根本就不是这个意思
　　　他现在在气头上

包子说话用力过猛，站不稳

身体向前蹿了一下

包子：你跟他较什么真

你过两天解释一下不就行了吗

石头已经走近，包子转过身

抬脚用力踹了身边的柱子

2.2 剧情发展单元 I

第二部分：发展单元结构表之一

- 反角出场
- 矛盾
- 主角困境

反角出场（引子）	矛盾		主角困境	
房东对着镜子捋头发	陈老板在茶馆，看手机		石头的父亲躺在病房	
手机振动，他伸手拿手机；他站起来接电话		包子拿茶碗走向陈老板		石头看着窗外发呆
房东：我那个拳馆已经租出去了，房租还没到期	包子给陈老板按摩，双手搭在陈老板的肩上		门开了，石头的妻子（夏天）快步走了进来 夏天：爸，怎么了	
……	……		……	

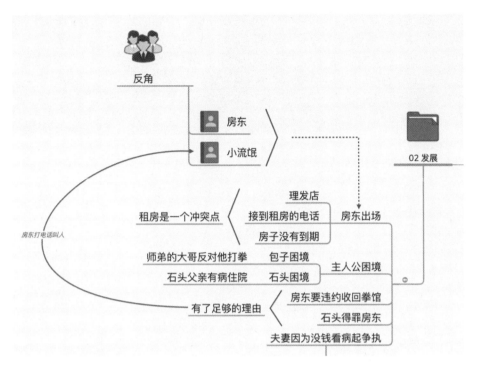

理发店　外　日

　　房东对着镜子捋头发

　　手机振动，他伸手拿手机

　　房东拿出手机后，站起来接电话

房东：喂，租房子啊

　　他坐回到椅子上

　　房东边捋头发边打电话

茶馆　内　日

　　陈老板在茶馆的一把椅子上坐下，看手机

　　包子双手拿茶碗走向陈老板

包子：陈哥，你移到这儿来坐了

陈老板：放这儿吧，这儿阳光好一些

　　包子把茶碗放在桌子上

　　双手搭在陈老板的肩上

包子：陈哥，又不舒服啊

陈老板：哎哟，坐久了，肩膀痛

　　包子给陈老板按摩

　　他把手机放在桌子上

包子：这样好点儿吗

　　包子的大哥拎着水壶走过

陈老板：对

包子：就这儿是吗

　　陈老板拿起茶碗喝水

陈老板：这边，哎，停一下

包子：你们这些老板啊，经常开车，打麻将

　　坐久了，多运动一下

　　我给你按几下就好了

　　陈老板放下茶碗，包子接着给他按

陈老板：哎呀，还不是应酬嘛

　　包子给他捶背

陈老板：包子还是你舒服啊

　　在这儿，整天日不晒雨不淋的

包子：陈哥，你在开我的玩笑

　　　我们这些没有本事的

　　　才在这儿做事嘛

　　　陈老板直起身
包子：哪像你们老板

　　　伸手指向他的包
陈老板：包子，把那个包给我提过来

　　　包子走过去拿
包子：好的，你先坐

理发店　　外　　日

　　　房东把手机放在耳边

　　　翘起右腿打电话
房东：我那个拳馆已经租出去了

　　　怎么可能嘛，房租还没到期

　　　镜子里房东笑了，挺直身体
房东：什么价钱

茶馆　　内　　日

　　　陈老板站起身，双手做扩胸动作

　　　包子画右入，把包放在椅子上
包子：陈哥，包我给你放这儿了

陈老板：放这儿

两人交流练拳的事情

陈老板：对了，我问你，最近你还在练拳吗

包子：早就没有练了

陈老板：不练了

什么时候有时间，教我练一下

我锻炼一下身体

大哥拿下水壶的盖子，看到弟弟包子

停下手中的动作

大哥：包子，你在做什么

包子向大哥方向小跑过来

大哥：你不是答应我不打拳了吗

陈老板向画右出拳，肩痛

停下动作，手扶肩膀

包子：我没说要打拳

他是常客，投其所好

聊聊天而已

大哥：来来来

把这个给一号桌拿过去

包子接过大哥手中的水壶

包子：你先坐会儿啊

陈老板：行，你先忙

　　陈老板拿起手机

陈老板：好

　　陈老板挥挥手，看手机，喝茶

理发店　外　日

　　房东歪着头听电话

房东：嗯，好的，好的

　　笑着挂了电话，电话放进裤兜

　　镜子中，他站起身，扭屁股，转身走

茶馆　内　日

　　房东走向外面，包子叫住他

包子：东哥喝茶

房东：我很忙，有事

　　很忙，回见

　　空镜，镜头下摇，墙面上的镜子，理发的用具

包子：忙什么，肯定理发又不给钱嘛

　　包子摇摇头，继续摆椅子

病房 内 日

病床上躺着石头的父亲

石头的父亲缓缓抬起手，指向站在窗户边上的石头

石头看着窗外，没有注意

门开了，夏天快步走了，进来

夏天：爸，怎么了

她俯身整理父亲胸前的被子

父亲对自己的病失去信心

父亲：你们不用再麻烦了

我成了你们的累赘

不想再麻烦了

夏天不断地摇头，父亲咳嗽

夏天：您说的这些是什么话

您不要这么说

夏天转头

夏天：石头你站那儿干吗呢

石头小跑到父亲的床前

石头：爸，我去叫护士

夏天看着父亲，石头小跑着出门

夏天：爸

2.3　剧情发展单元 Ⅱ

第二部分：发展单元结构表之二					

- 反角发难
- 冲突
- 困境升级

反角出击		冲突		困境升级	
一个学员戴拳击手套打沙袋	师傅纠正他的动作	房东走出拳馆的门口，边走边骂		石头儿子从里屋走出来	
	传来房东的声音，师傅回头看		石头从远处骑车过来 石头：好狗不挡道		石头站起来，摆好姿势，两人玩闹
房东侧脸看拳馆 师傅：有事吗		房东没有站稳，摔倒在地；双手撑着坐在马路上		夏天从门外走进来，推开儿子往吧台走来	
	房东：师傅啊，我还是想把这个拳馆提前收回来	房东大声喊叫，打电话叫人	石头转车头骑行	夏天将一张收据拍在吧台上； 夏天：这是爸这个月的医药费	
……		……		……	

拳馆　内　夜

　　一个学员戴着拳击手套打沙袋

　　师傅纠正他的动作

师傅：低头，腰用力

　　传来房东的声音，师傅回头看

房东：师傅

师傅：继续练

师傅走上前

师傅：你坐啊

房东：不坐，不坐

师傅侧脸看拳馆

师傅：有事吗

师傅顺着房东看的方向转头看

房东：师傅最近生意怎么样

师傅：有事你就说

房东：师傅啊，我还是想把这个拳馆提前收回来

师傅拍拍他的肩膀

师傅：不地道啊，老弟，你把拳馆收回去

师傅指了一下正在练拳的学员

师傅：这些孩子怎么办

房东：这些孩子打拳没有用

你把他们都耽误了

师傅：为了钱，不要尽做没底线的事情

房东双手摊开，情绪激动，师傅打断他

房东：我怎么没底线了，我做事情光明磊落

师傅严肃地对房东讲，免谈

师傅：好了，不要说了，房子的事情，免谈

房东：房子的事情怎么了，违约金我出

师傅伸右手，送客

师傅：你请便，恕不远送

师傅走向学员，房东叫骂

房东：你打拳怎么了，打了一辈子拳

　　　你也还是这样，你还是挣不到钱

拳馆　外　夜

房东走出拳馆的门口，边走边骂

房东：你这死脑筋，死脑筋

石头从远处骑车过来

石头：好狗不挡道，让开

房东：你瓜娃子

石头转车头骑行

房东双手抓他的臂，跳着脚骂他

房东：把话说清楚，你骂谁呢

　　　把话说清楚

　　　有种你不要走

　　房东没有站稳，摔倒在地

　　双手撑在马路上

房东：哎哟，石头打人了

　　这个石头打人

　　大声喊叫，打电话叫人

房东：你等着，喂

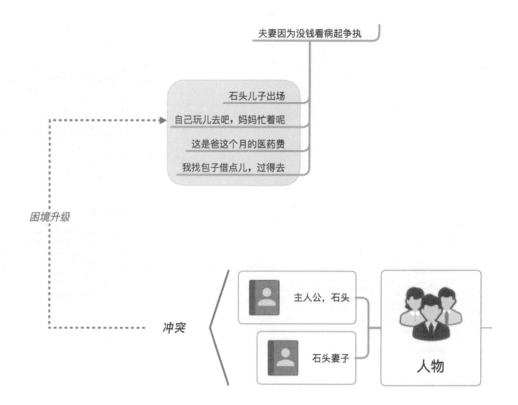

咖啡馆　　内　　日景

　　石头儿子从里屋走出来

　　手里戴着红色的拳击手套

石头儿子：嘿哈，嘿哈，嘿哈

双手交替向前

　　走到沙发前，跟石头说话

石头儿子：爸爸看我打得怎么样

石头：来，咱们俩练练

　　石头站起来，摆好姿势，两人闹着玩

　　夏天从门外走进来，推开儿子往吧台走

石头：嘿，注意躲闪

夏天：让妈妈一下

　　石头儿子连续出了两个快拳，走向妈妈

石头儿子：妈妈，看我有红色的拳击手套

夏天：自己玩儿去吧，妈妈忙着呢

　　孩子生气地用拳头击打座椅

　　石头叫儿子过来，继续陪他打拳

石头：过来吧，爸爸陪你玩儿

　　继续躲闪

　　躲闪出拳

　　夏天将一张收据拍在吧台上

夏天：石头

夏天：你过来，这是爸这个月的医药费

石头：自己练习吧

孩子自己玩，用拳头击打沙发

石头：没事儿的，老婆，我找包子借点儿，过得去

孩子走向石头

用拳手打了石头的腿两拳，转身离开

夏天向石头吼了起来

孩子停下手中的动作，抬头看他们

夏天：借，借，借

你现在变什么样了你

孩子两拳放在胸前碰撞

夏天：钱挣不到不说

自己还弄的一身病

随便你吧

孩子用拳击打墙壁

石头没有说话，走出门口带上门

夏天缓缓地转过身，站立不稳，倚靠在吧台

孩子低头走向妈妈

石头儿子：爸爸怎么了？妈妈

妈妈没有回复

石头儿子：你怎么了

夏天轻声说

夏天：妈妈没事儿

孩子又走向沙发

用拳头打沙发

拳馆　内　日

师傅双手叉腰站着

看台上的学员练习对打

排成一行的学员跑步入画

呈半弧形向纵深跑去，师傅跟着他们走

2.4　剧情发展单元 III

第二部分：发展单元结构表之三			
■　转机 ■　变故（师傅去世）			
转机			变故（师傅去世）
陈老板低头看手机		大哥将水壶放在桌子上	师傅双手叉腰站着； 看台上的学员练习对打
	包子从他背后过来； 拿了一本打印的拳谱	石头走到门口	擂台，两个学员对打，师傅在背景看； 师傅低头，手捂住胸口
陈老板在桌子上翻看		包子走向石头，从裤子口袋拿出钱递给石头	师傅俯下身，倒在擂台
	陈老板兴奋地叫出了声； 包子手指放在嘴前，示意他小声一点儿	包子的大哥从屋里跟了出来； 大哥：石头你不要走你上次在我茶馆打架	包子转身挡住大哥，把他往屋里推	有徒弟拉师傅的手，有徒弟晃师傅的身体； 师傅没有反应
……		……	……

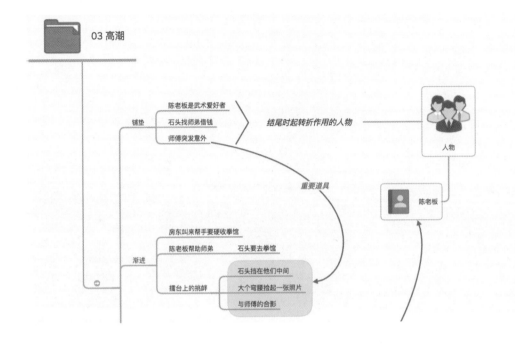

茶馆　内　日

陈老板低头看手机，伸手端茶碗
没有拿稳，又把茶碗放下

大哥将水壶放在桌子上
陈老板拿起茶碗喝茶，眼睛盯着手机

包子从他背后过来
拿了一本打印的书，用手碰了碰他的肩

陈老板在桌子上翻看
上面是各种武术的动作
陈老板：嘿哟，包子

陈老板兴奋地叫出了声
包子将手指放在嘴前，示意他小声一点儿

包子：嘘，这是一整套的拳法

　　　他们俯身，趴在桌上看拳谱
　　　陈老板边看边比画，对着包子伸出大拇指

　　　陈老板做了一个双手分开的动作
　　　石头走到门口
石头：包子

　　　包子起身
包子：你先坐着啊
陈老板：好好好

茶馆　外　日

　　　包子走向石头，从裤子口袋拿出钱递给石头
　　　包子的大哥从屋里跟了出来
大哥：石头你不要走
　　　你上次在我茶馆打架

　　　陈老板笑着看拳谱
　　　大哥叫喊着走向门口，他抬起头看热闹

　　　包子转身挡住大哥，把他往屋里推
大哥：打架的事情还没完
　　　一人做事一人当，你不能走
　　　一人做事一人当

　　大哥使劲往外冲

　　包子摆手示意陈老板过来帮助

包子：哥

大哥：你不能啥事都让我傻弟弟扛着

　　陈老板起身，抬头往门外看到石头

包子：哥，哥，过来过来

　　包子和陈老板把大哥扶住，将他按在椅子上

　　陈老板兴奋地问石头的事情

陈老板：包子，那个是你大师兄啊

包子：哥哥

陈老板：你大师兄打比赛得了很多冠军

包子：那是过去的事了早就不打了

陈老板：包子，有时间把你大师兄介绍给我认识一下

　　包子应付陈老板

包子：改天吧，改天吧

　　包子低头安慰大哥

包子：哥，你消消气

茶馆　　外　　日

　　陈老板快步走出来

　　看着石头的背影

小巷　外　日

　　石头向小巷的纵深走去

茶馆　内　日

　　大哥气乎乎的，低头看到桌上的拳谱

　　大哥拿起拳谱使劲往桌子上一扔

拳馆　内　日

　　擂台，两个学员对打，师傅在看

　　师傅低头，手捂住胸口

　　师傅俯下身，倒在擂台上

　　众徒弟围着师傅，喊

徒弟：师傅，师傅，师傅

　　有徒弟拉师傅的手

　　有徒弟晃师傅的身体

　　师傅没有反应

更衣室　内　夜

　　石头拿着师傅与自己的合影

　　身体抖动，抬起头，紧闭双眼

　　想起往事

院子　外　日

　　院子里，父亲领着小石头入画

　　父亲拍小石头的肩

父亲：小石头快去喊你师傅吃饭

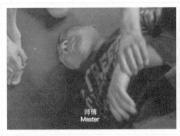

　　小石头迈步走到门前，回头看看父亲

　　父亲冲他点头，他敲师傅的房门

小石头：师傅，吃饭了

院子　外　夜

　　师傅给小石头夹菜

更衣室　内　夜

　　石头坐在更衣间

　　一瓶啤酒入口中

院子　外　夜

　　石头父亲拧开一瓶白酒

　　父亲给师傅倒酒

师傅：师傅，小石头今后就托付给你了

师傅笑着看小石头

师傅：小石头天赋异禀，值得培养

父亲：师傅，我敬你

师傅：好，好，好

小石头父亲端起酒杯

两人碰杯

更衣室　内　夜

石头坐在更衣间，抬起啤酒瓶

啤酒洒在他的头上

他哭着弯下腰，单手捂住脸

院子　外　夜

小石头跪在地上给师傅磕头

小石头：师傅，请受徒儿一拜

2.5　剧本的高潮单元Ⅰ

第三部分：高潮单元结构表之一		
■ 碰撞		
房东带人到拳馆	陈老板掩护包子	双方冲突
学员擂台上练拳，比画打拳的动作	隔着门板的间隔，大哥和一个朋友坐在外边喝茶	台下包子赶来，跟房东打招呼

	房东身后跟了两个人 房东：停，停停		包子走到门板后面探头看		石头挡在他们中间； 包子一把将石头抱住
擂台上房东指着学员叫喊； 房东：我再说一遍，下个月给我搬出去，给我滚	陈老板突然从外面出现，吓了他一跳		包子摆手示意陈老板过来	黑T恤的大个子弯腰捡起一张照片	
壮汉上前一步，五个学员往后退，房东带着两人往前走	一个学员咬牙冲过来； 大个被房东身后的壮汉一腿踢中腹部	陈老板拿出烟递给大哥； 陈老板：大哥来，抽烟	包子转身从画右出		石头带着众人冲过来； 包子挡在两队人中间，他们被推到了墙角
……		……		……	

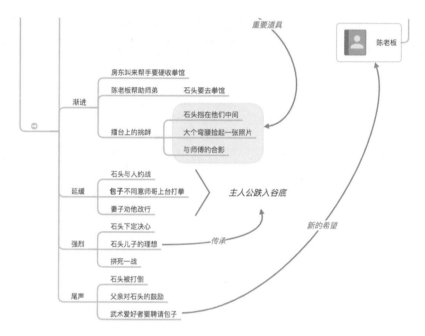

拳馆　内　日

　　两个学员在擂台上练拳

　　四个学员，两两一组，比画打拳的动作

　　房东身后跟了两个人

房东：停，停停

　　四个学员盯着他看

　　　房东瞪着眼睛扫视

房东：停

　　房东指着一个人，喊叫

房东：哼，你不是很能打吗？来啊

　　不要以为你们人多

　　我就怕了你们

茶馆　内　夜

　　隔着门板的间隔，大哥和一个朋友坐在外边喝茶

茶客：不忙了在这儿坐一坐，很好

　　包子走到门板后面

　　　探头往外面看

陈老板：嘿

　　陈老板突然从外面出现，吓了他一跳

　　　包子摆手示意陈老板过来

包子：过来，过来

　　陈老板走近包子，坐在外面的大哥站起来

　　　包子一推，陈老板挡在大哥的面前

大哥：你好

　　陈老板拿出烟递给大哥

陈老板：大哥，来抽烟

　　包子转身跑掉

　　大哥在门板外面探头往外看

陈老板：大哥坐，很久没和你聊天了

拳馆　内　日

　　擂台上房东指着学员叫喊

房东：我再说一遍

　　下个月给我搬出去

　　给我滚

　　一个个子高大的学员咬牙冲过来

　　大个被房东身后的壮汉一腿踢中腹部

　　壮汉上前一步看着这些学员，微笑

　　五个学员往后退，房东带着两人往前走

　　台下包子赶来，跟房东打招呼

包子：东哥

　　东哥东哥

　　有啥事好说嘛

　　包子走到房东的面前

　　房东使劲推了包子一把

房东：谁是你东哥

包子：东哥，东哥

房东推开包子，冲着他喊

包子又走向前，房东身后两人同时伸手推开包子

石头上来，挡在他们中间

包子一把将石头抱住

包子：石头你要干吗

你这身体能打吗

石头：你怎么知道我不能打

石头挣开，往前冲

壮汉冲着石头的肚子就是一拳

包子：石头

黑 T 恤的大个弯腰捡起一张照片

大个：哟

包子：照片还我

包子看到是自己与师傅的合影，伸手去抢

壮汉上前一步，推开包子

石头带着众人冲过来

包子挡在两队人中间，他们被推到了墙角

包子：别冲动，别冲动

包子抱住石头，挡在众人面前

身穿黑 T 恤的大个伸手指着石头

大个：你很能打是吗

包子：别动手

石头在包子身后，用手指着对方

壮汉和身穿黑 T 恤的大个笑着看着他们

石头：来打啊，来

大个：约个时间我陪你玩儿

石头：你别走

2.6 剧本的高潮单元 II

第三部分：高潮单元结构表之二			

- 建立悬念
- 兄弟矛盾
- 困境升级

建立悬念		兄弟矛盾	困境升级
包子挡着石头，不让他过去		石头走近更衣室，包子从后面追了上来；包子一把拉住石头	夏天在厨房下面条，听到开门声
房东和两个帮手往擂台下面走	身穿黑 T 恤的大个回过头；大个：我不跟有伤的人打	石头没有说话，包子一把抢过他衣服，把衣服扔在了地上	石头将手里的拳击手套放在桌子上

石头抬起头冲到了擂台边，众师兄抬头看着石头； 石头：你别走，下个月的今天我等着你		包子转身从门口出去	夏天：你能不能为了我和孩子，别再打拳了	
……		……	……	

　　包子挡着石头，不让他过去

　　房东和两个帮手往擂台下面走

大个：再约了

石头：来打啊

　　身穿黑 T 恤的大个回过头

大个：我不跟有伤的人打

　　石头挣脱开包子的拉扯

石头：放开我

包子：石头

　　把包子手里攥着的半截合影拿出来看

　　师傅的照片被撕成了两截

　　石头身体抖动，双手拿着照片

　　照片拼在了一起

　　石头抬起头冲到了擂台边

　　众师兄弟抬头看着石头

石头：你别走，下个月的今天

　　我等着你

听到石头与他们约定了时间，大家都低下了头

拳馆　内　日

擂台下的大个转身，指着石头

大个：下个月，你打赢了我

这个馆儿，我就给你

房东并不同意

房东：不行，这样不行

大个转身瞪着房东

大个：怎么不行了

房东：不行就是不行

大个走向房东

按住房东的头，一推

房东坐到了地上

大个向前一比画，房东从地上爬起来

房东跑向门口，大个转头看擂台

拳馆　内　日

石头瞪着眼睛看着他

擂台角落包子和众人都低下了头

石头叹口气走，大家跟在他的后面

更衣室　内　夜

　　石头走近更衣室，包子从后面追了上来

　　包子一把拉住石头

包子：石头

　　你为什么要跟他打

　　石头没有说话，包子一把抢过他衣服

　　把衣服扔在了地上

包子：你老了，你知道吗

　　你上了擂台，你都不一定能活着下来

　　石头沉默不语，突然冲向包子

　　双手抓住他的衣领，把包子顶到墙上

石头：明天开始训练

　　包子推开他的手

包子：训练？什么训练

　　石头沉默不语，侧头看着地板

包子：训练有用吗

　　训练个屁

　　包子转身从门口出去

石头：来不来

包子：不来

卧室　内　夜

　　夏天在厨房下面条

　　听到开门声

夏天：回来了

石头：嗯，还没睡呢

　　石头将手里的拳击手套放在桌子上

夏天：我这不在等你回来嘛

　　夏天走向石头，站在他的身后

　　夏天按石头的肩膀

夏天：累了吧

　　石头手搭在她的手上

石头：你有什么事情就说吧

　　夏天走向石头的对面，坐下

　　她伸手搭在石头的手上

夏天：石头我和你商量个事儿

石头：你说

　　石头低下头

夏天：石头你能不能为了我和孩子

　　别再打拳了，好不好

　　石头沉默不语

　　夏天生气地站起来

　　石头缓缓抬起头

石头：老婆

　　夏天被叫住，她停下

　　站在厨房门口

石头：我答应你，不打拳了

　　夏天微笑，转过身确认

夏天：你说真的

　　石头苦笑

夏天：啊，对了

　　我给你做了你最爱吃的担担面

　　夏天高兴地去给他拿面条

　　石头看着桌面，沉默不语

　　石头手搭在桌子上的拳击手套上

　　轻轻抚摸

夏天端一碗面走到桌前

石头接过碗

夏天：你快吃

石头：谢谢

夏天：啊，对了

我去给你拿

你最喜欢吃的榨菜

2.7 剧本的高潮单元 III

第三部分：高潮单元结构表之三				
■ 动摇 ■ 爆发 ■ 反转				

动摇		爆发		反转	
夏天高兴地去给他拿面条	石头看着桌面，沉默不语	石头画右入，趴在擂台上；裁判喊数字	大哥挡住包子的去路	夏天坐在床边给孩子整理搭在他肩上的被子	
	石头手搭在桌子上的拳击手套上轻轻抚摸	石头躺在擂台上一动不动；裁判数数		她停下动作，手捂着嘴又哭了	
石头猛往嘴里塞面，一口接着一口		包子从大哥的身后缓缓走过来跪在地上，双手扶在大哥的手臂上；包子：我再也不打拳了			孩子醒了，起身去擦妈妈的眼泪
	夏天手捂住嘴哭了		大个冲过来，往下一拳将石头击倒	石头儿子：我想成为像爸爸那样的人	
……		……		……	

夏天转身往阳台上走

突然想起什么站住，转身要对石头说话

夏天惊呆了

她被石头吃面条的样子吓到了

石头猛往嘴里塞面

一口接着一口

夏天手捂住嘴

哭了

拳馆　内　夜

石头趴在擂台上，裁判喊数字

卧室　内　夜

夏天捂着嘴，闭眼睛流泪

拳馆　内　夜

石头在拳馆打沙袋，停止运动

转头看向夏天，承诺给她幸福

夏天的手慢慢放下

眼睛缓缓抬起头看着窗外

夏天用手搭在石头的手上

客厅　内　夜

夏天猛地转身向屋里走去

擂台　内　夜

石头躺在擂台上

裁判：　1　2　3　4

　　　　5　6　7　8

拳馆　内　夜

石头：老婆，我一定会让你幸福的

夏天：我相信你

擂台　内　夜

裁判：3　4　5　6　7　8

卧室　内　夜

夏天坐在床边
给孩子整理搭在他肩上的被子

她停下动作，手捂着嘴
又哭了

孩子醒了，起身去擦妈妈的眼泪
石头儿子：妈妈你怎么哭了
夏天：来，宝宝躺下

夏天慢慢扶孩子，让他躺下
夏天：妈妈没事儿，妈妈只是
　　　刚才给爸爸煮面的时候
　　　有个东西进眼睛了
　　　宝宝接着睡

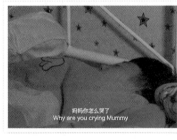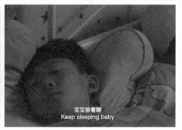

夏天用手整理盖在孩子身上的被子
石头儿子：不，妈妈
　　　今天你们都很忙

没人陪我说句话

夏天：那好，妈妈陪你聊会儿天

　　夏天想了一下，头向上稍仰

夏天：宝宝还记得

　　妈妈前几天问你的

　　孩子眯着眼睛看妈妈

夏天：你长大之后

　　想成为一个什么样的人

石头儿子：爸爸那样的人

　　夏天身体一沉

　　不知道说什么，头左右晃了一下

拳馆　内　夜

　　石头从擂台上爬起来

河边　外　日

　　清晨，河边，两人散步

　　石头双手做拉伸动作

公园　外　日

　　夏天说自己喜欢的男人的标准

夏天：我一定要嫁给一个

　　阳光、帅气、非常勇敢的人

卧室　内　夜

　　夏天在床边坐直了身体

拳馆　内　夜

　　石头从擂台上站起身

　　拳手击中了他的头部

卧室　内　夜

　　夏天笑了，俯身抱起了孩子

河边　外　日

　　河边，夏天拉起石头的手，举过头顶

拳馆　内　夜

　　石头头部晃动

　　一拳过来击中他的面部

茶馆　内　日

　　大哥挡住包子的去路

　　包子：没有什么，哥

　　包子往后退，大哥要看他手中的包

　　包子：没有什么，哥

　　包子双手往背后放

　　大哥伸手去拿他的包

　　大哥上前几步，俯身拿包

包子向后一拉

大哥没有站稳，摔倒在地
包子一下子愣住了

茶馆　内　夜
　　擂台上石头一拳打过去，被大个躲开了
　　石头站立不稳，来回晃

茶馆　内　日
　　包子双手扶大哥起来
　　大哥又滑了一下，没有站起来

　　大哥哀号，包子扶大哥坐在椅子上
大哥：咱爸妈走得早
　　你就让我省点儿心吧

拳馆　内　夜
　　石头面部挨了一拳

茶馆　内　夜
　　大哥起身要拿地上的包，包子使劲推他
　　大哥再次起身，挣脱开包子，趴在地上
包子：哥

大哥拿起地上的包

拉开包的拉链

从包里拿出一副拳击手套

大哥跪在地上

将手套举过头顶

大哥：你自己看着办

拳馆　内　夜

石头站立不稳，大个冲过来

接着一拳将石头击倒

茶馆　内　夜

包子从大哥的身后缓缓走过来

跪在地上，双手扶在大哥的手臂上

包子：我再也不打拳了

拳馆　内　夜

石头躺在擂台上一动不动

裁判数数

茶馆　内　夜

大哥从地上起身

包子双手抓紧拳击手套

更衣室 内 夜

石头的头低垂

包子坐在画右，点烟

石头抬起头

让包子一起继续师傅的拳馆经营

茶馆 内 夜

包子皱眉，面部肌肉抖动

更衣室 内 夜

包子拒绝了师哥的邀请

茶馆 内 夜

手套从包子的手中滑落

包子起身

拳馆 内 夜

石头躺在擂台上一动不动

裁判数数

院子 外 日

石头小时候站在院子里

师傅走到他的身后

小石头站立不稳，摔倒在地上

师傅走向前，双手扶他起来

擦小石头脸上的汗水

小石头哭了，师傅鼓励他

师傅：石头，师傅相信你，你一定能行

拳馆　内　夜

　　石头躺在擂台上一动不动

　　裁判数数

院子　外　日

　　师傅轻拍小石头的头

　　搂在怀里

拳馆　内　夜

　　擂台上石头缓缓起身

病房　内　日

　　病床上，父亲挣扎地起身

拳馆　内　夜

　　石头一只手撑着地，站了起来

　　石头站立不稳

医院　内　日

　　父亲躺在病床上

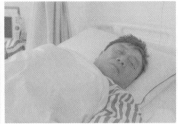

医院　内　日

　　父亲给石头加油

父亲：加油！加油

拳馆　内　夜

　　石头起身用膝盖顶住大个的腹部

　　飞身跳起

　　渐黑

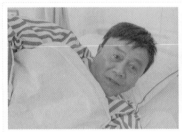

　　出字幕

2.8　剧本的结束单元

第四部分：尾声单元结构表				
■ 鼓励 ■ 希望				
鼓励				希望
石头躺在擂台上一动不动	裁判数数	病床上，父亲挣扎地起身	父亲给石头加油	桌子上三堆瓜子壳，一盘瓜子，两杯水	陈老板跟大哥聊梦想
小石头站立不稳，摔倒在地上，师傅走上前，双手扶他起来		石头起身用膝盖顶住大个的腹部，飞身跳起		陈老板：包子，要不然我投资开个拳馆，聘请你当教练	
	小石头哭了，师傅鼓励他	出字幕	渐黑	包子看着大哥，大哥沉默不语	
……	……		……		

茶馆　内　夜

桌子上三堆瓜子壳，一盘瓜子，两杯水

陈老板跟大哥聊梦想

陈老板：大哥

你弟弟还那么年轻

他应该有自己的梦想

你不可能

让他像你一样

守在这个茶馆一辈子

陈老板说话，大哥嗑瓜子

一句话都不说

陈老板：我觉得年轻人

就该出去闯荡一下

比如说他学武术

就让他去嘛

陈老板看着包子

陈老板：包子，要不然

我投资开个拳馆

聘请你来当教练

包子看着大哥

大哥沉默不语

陈老板：就这样说定了

陈老板拿起茶杯

与包子的杯子碰了一下，算是确定此事

陈老板：哈哈

渐黑

剧终

2.9　本课小结

拍摄版本的剧本与最初的版本相差了"十万八千里"……

这之间的差距是：概念化的故事雏形，在遇见各种人、各种事，并得到了很多人的帮助之后"填满"的。在剧本创作的过程中，面对现实既能有所妥协，又能有所坚持，在进退之间不断取舍，最终完成了这部作品。

整个创作的过程共 77 天，这也是 2017 年在成都的日子。

成都真是个舒服的城市，让人待得不想走。因为片子结识了很多朋友，因为他们感觉这座城很温暖。

希望大家早日能将自己创作的剧本拍摄出来……

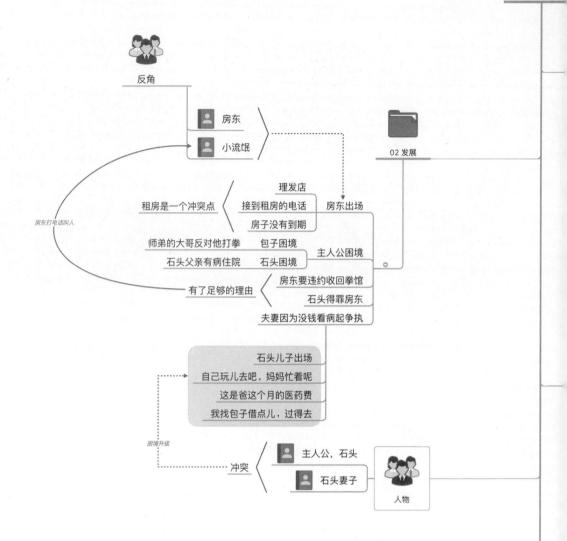

反角

房东

小流氓

房东打电话叫人

理发店

租房是一个冲突点   接到租房的电话   房东出场

房子没有到期

师弟的大哥反对他打拳   包子困境

石头父亲有病住院   石头困境   主人公困境

房东要违约收回拳馆

有了足够的理由   石头得罪房东

夫妻因为没钱看病起争执

石头儿子出场

自己玩儿去吧，妈妈忙着呢

这是爸这个月的医药费

我找包子借点儿，过得去

困境升级

冲突

主人公，石头

石头妻子

人物

02 发展

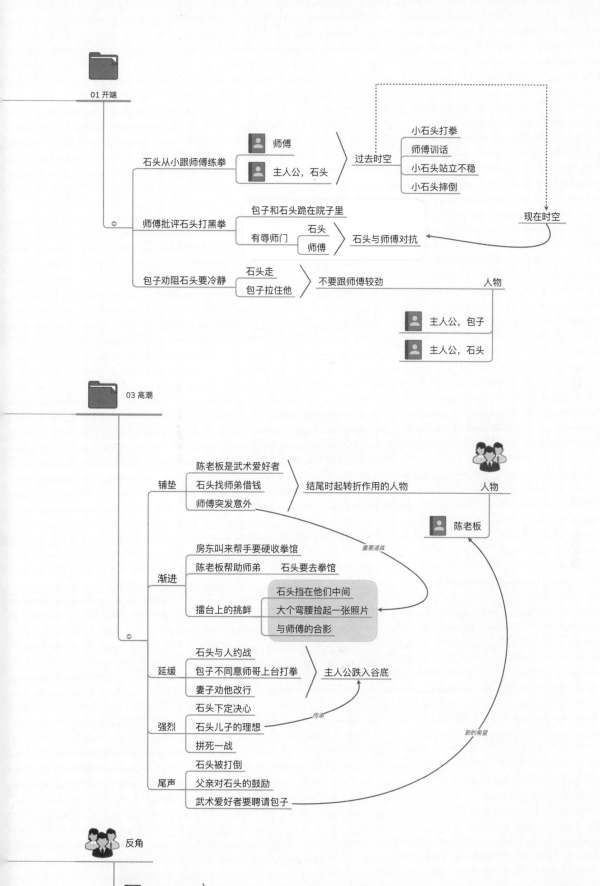

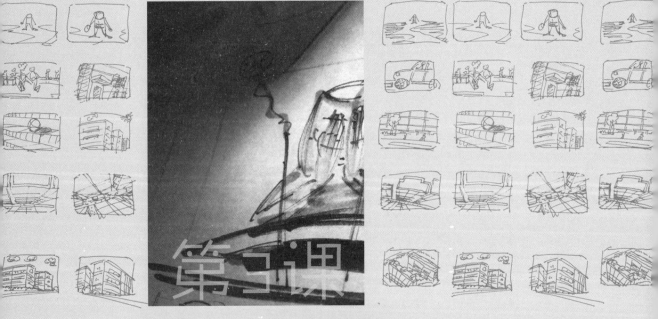

第5课

剧本中的常见问题

从本课开始，作者通过修改学生的剧本作业，对初学者剧本创作过程中的常见问题进行分析。每修改一部学生的剧本，就会给出一部参考片的剧本片段，大家可以在对比的过程中查看自己剧本中的问题。**看到不足，同时又能有所参考。**

学生交上来的剧本作业问题很多，作者在接下来的课程中没有提出的问题，并不意味着该学生的剧本作业不存在这样的问题。

修改剧本作业，无法从根本上解决剧本的结构问题，所以作者在每课中会对剧本出现的问题与要讲解的知识点有所关联，引用片例中的剧本片段也是学习重点。

作者选取的剧本作业，都是学生初次接触编导课程后的习作。

多数剧本都是"梗概"式的创作，主要问题如下：主题不明确、故事不完整、格式不正确、逻辑不通顺、人物不突出、用词不准确……但依然不乏亮点，其中的精彩等待着各位读者去发现。

借这些初学者的常见问题，作者自己也回到起点，跟大家分享剧本创作过程中的点滴进步。

3.1　案例介绍

- 《知音》是学生的剧本作业。
- *You Can Shine* 是引用的片例。

从"一句话大纲"上来看，这两部片子很相似，都有一位"老师"的角色存在，主题是"帮助"。

一句话大纲	
《知音》	主人公（钢琴演奏者）要帮助失明女孩重获光明。
You Can Shine	老师帮助失聪的女孩学习音乐，战胜对手，赢得比赛。

从影片类型上说这两个剧本是不一样的，*You Can Shine* 属成长类型；《知音》主人公的成长情节具有更多教育意义（奉献类型）：主人公生命的最后时刻，将眼角膜捐献出来，帮助她的一个知音。剧中主人公从生病对生活失去信心的负面（宿命论）情绪，到转变为正面（乐观）的心态。

但《知音》并没有将主人公的转变过程写清楚。

- 人物为什么会转变？
- 是什么力量促使她决定要自我奉献？
- 为什么主人公可以"灵魂"形态出现？
- 主人公与自己遇到的知音都谈了些什么？

剧本中缺少大量的细节，尤其是关于主人公"灵魂"出现的设计，没能自圆其说，导致整个故事的逻辑出现大问题。

接下来先看一下该学生的剧本作业。

学生剧本作业（洪贤美）	
《知音》	参考影片：日剧《妈妈　我没事》《一公升的眼泪》
故事梗概：一位钢琴家在表演时晕倒，送到医院后得知自己患有脑癌，一次发病把她的灵魂带到一位热爱钢琴且很有天赋的盲人女孩那里，土人公觉得遇到了知音，与她成了朋友。最后她的灵魂回到自己身上，在拼尽全力讲出了将眼角膜捐给那个盲人女孩（知音）的遗嘱后，离开了人世。最后女孩成为有名的钢琴家了。	

3.2 剧本作业正文

【第一场】音乐厅

演奏台上，一位小有名气的女钢琴家在一曲毕后鞠躬时感到一阵晕眩，晕倒在台上。隐约中她听见急救车的声音，随即失去了意识。

剧本中的问题更正
【第一场】音乐厅
更正：格式错误，剧本中无须写场次，无须标注"括号"。
可以这样写：
音乐厅 内 夜景

特别说明：作者对学生剧本给出修改意见的阅读方式（不合适的内容以下画线的形式标出，提示读者注意）。

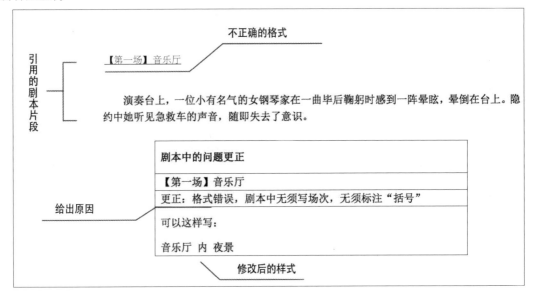

继续往下看……

钢琴声，贝多芬《悲怆奏鸣曲第三乐章》

钢琴家的手指在琴键上飞速舞动。

琴声停止，她从琴椅前起身，面向观众鞠躬，身体向侧面倾倒，摔倒。

观众席一片恐慌，10分钟后观众席安全出口的门打开，音乐厅外急救车声音响起，几位急救员冲进厅内，用担架将钢琴家抬走。钢琴家微微睁眼，又闭上。

【第二场】医院病房（日景）

当她再一次睁开眼睛时，她在纯白的病房里，白得寂静，可怕。她听到病房外好像是医生的声音，在碎碎细语着她的病情。

剧本中的问题更正
"当她再一次睁开眼睛时，她在纯白的病房里，白得寂静，可怕。"
更正："白得寂静，可怕"用词不准确，在画面中怎么表现"寂静"，又怎么表现"可怕"。要将这种感觉具体化。

可以这样写：

> 当她再一次睁开眼睛时，她躺在病房里
>
> 白色的墙面上挂着钟，秒针转动，发出嗒嗒的声音
>
>
> 墙面是白色的，窗帘也是白色的
>
> 她的头缩进白色的被子中，看着四周

医生：你让家属到我的办公室一下，我要告知他们她的病情。

护士：她……什么病呀？

医生：唉，是脑癌，年纪轻轻的，只剩下大约 2 个月的生命了，真是可惜呀。

护士：啊？真是好遗憾啊，我听说她在钢琴界还有点名气呢，如果有未来的话，可能再过几年就会成为大师啊。

医生：好了，你快去叫家属来吧。

<u>虽然声音很小，她还是听到了——是脑癌，而且是晚期，生命仅剩不到 2 个月了。</u>

剧本中的问题更正
"虽然声音很小，她还是听到了——是脑癌，而且是晚期，生命仅剩不到 2 个月了。"
更正：病人听到病情，已经通过医生和护士的对话中表达出来，这里无须再重复写，人物的内心独白会拖慢影片的节奏 (仅限于本片例)。

她感到非常恐惧，<u>恐惧这该死的病</u>，恐惧她很可能再也无法弹奏她最爱的钢琴了。

剧本中的问题更正
"恐惧这该死的病"
更正：怎么体现主人公的恐惧呢？这样模糊的描述在现场是没有办法拍摄出来的，因为人表现恐惧的方式多种多样，谁知道你想表现哪一种恐惧？

【第三场】医院病房 (日景)

隔日，她又一次发病，全身抽搐，父母用力压制住她，随即医生赶来，也帮助压制，她陷入昏迷。

【第四场】有窗子的小屋 (日景)

<u>这次醒来她看到的不再是纯白</u>，而是在一个有着钢琴的小房间里，阳光稀疏地洒下来，有一个看上去比她小几岁的女孩，摸索着把手放到了钢琴上面，然后开始弹奏着她从未听过，但很愉悦的曲调。她怀疑自己是不是已经离开了人世，看到的是死后的世界。

听到琴声的一瞬间她便释然了。

剧本中的问题更正
"这次醒来她看到的不再是纯白……"
更正：该学生想表现主人公灵魂出现在另一个场景中，却没有任何铺垫，这样的事情就发生了？太突然，观众会问：为什么事情就这样"容易"地发生了？虽然故事情节可以"瞎编"，但需要注意的是：事件在故事中的发生依然要合情合理的。观众和写剧本的人，都需要有一个能让自己信服的理由和逻辑，即使这个故事是"瞎编"出来的。

可以这样写：

铺垫表现出主人公的"特别"之处，例如……她能听到很远距离房间中人的对话，她的听觉异于常人；或者她可以看见房间外发生的事件。将类似这样的设计铺垫在该段落之前。

钢琴家：这是什么曲子？（不假思索）

女孩：谁？（女孩有些警惕地摸着四周，却什么都没摸到。）

钢琴家：你不要害怕，我只是被琴声吸引过来的。

她明白了眼前的女孩是个盲人。

女孩：这是我作的曲子，没有起名字。

钢琴家：你……看不见？

女孩：嗯，我天生就看不见这个世界，但是接触了钢琴我才知道，尽管我看不见，但还有如此美妙的世界存在。

钢琴家：你很喜欢钢琴？

女孩：是呀（开心）。呃……嗯……你也很喜欢音乐吗？

钢琴家：是啊，我将钢琴视为生命一样，可是我再也不能弹奏了。

女孩：为什么？

钢琴家：嗯……我说出来你可不要吓到。可能我已经死了。（女孩有些惊到，突然按到了琴键，钢琴发出了不和谐的声音）

女孩：那你是天使？

钢琴家：哈哈，我头一回知道有人听到这些会有这种反应。

剧本中的问题更正
钢琴家：这是什么曲子？（不假思索）
女孩：谁？（女孩有些警惕地摸着四周，却什么都没摸到。）
更正：括号里面的文字，要另起一行放在对话的前面。
可以这样写：
钢琴家站在女孩的身后
钢琴家：这是什么曲子？
女孩扭头面向声音传来的方向，伸手摸，什么都没摸到
女孩：谁？
……

就这样，她们关于钢琴的东西聊了很久。她得知女孩因为从小看不见，没有什么朋友，从小只有钢琴陪伴她，虽然她看不见，不会弹奏什么世界名曲，但她很喜欢用钢琴创造不同的旋律。

而如今，有这么与众不同的朋友，竟说被自己的琴声吸引过来，还聊了这么多，她显然很兴奋。而钢琴家也因为女孩对钢琴的爱而有共鸣，但又为女孩因为眼睛看不见，不能弹奏更多的曲谱而深感遗憾。

数日的相处，钢琴家和女孩成为很要好的朋友，他们互相倾诉着自己的故事，这使她暂时忘记自己的情况。可突然有一天，她一睁眼发现自己仍在那个纯白的房间，旁边有各种医疗设施，她想张嘴说话，支吾了半天却说不出一个字。

身边的家人朋友看到她醒了，激动地抱住她，难过地哭泣着，然而，她心里已经无畏死亡。几日里，她努力地练习着说话，终于她向家人说出她做的重要决定——去世后要将眼角膜捐给那位从未真正谋面的朋友。

剧本中的问题更正
"就这样，她们关于钢琴的东西聊了很久……"
更正：上面几段文字叙述故事的方式都是小说的写法，应该出现在故事梗概中，而不是剧本的正文。
这样的段落老师无法改写，只能剧本作者重写。别人改写后，这就不是你的剧本了。

一个月后，钢琴家去世了。而一位喜爱钢琴的女孩获得了光明。当女孩得知自己的眼角膜是一位女钢琴家捐给她的时候，她想到了自己唯一的朋友，她沉寂了很久，渐渐挥起手，在钢琴上弹奏了她恢复光明后的第一曲——献给唯一的朋友。

剧本中的问题更正
"一个月后，钢琴家去世了……"
更正：这个段落应该是影片的高潮，但将两人之间的关系处理得过于单薄。关于眼角膜捐赠的环节：主人公的家人是如何找到被捐赠的人的？在女孩重获光明之后，又是谁告诉她：眼角膜来自于那个"灵魂出窍"的主人公的。
这样的段落老师无法改写。

几年后，女孩成为有名的钢琴家。

她开办了第一场个人钢琴演奏会，主题是悼念……

剧终

3.3　主要问题

《知音》这个剧本的主要问题是：**故事逻辑不成立，主情节无法自圆其说**。正如故事梗概中所写"一次发病把她的灵魂带到一位热爱着钢琴且很有天赋的盲人女孩那里"这个设计不恰当；类似这样的故事逻辑问题，剧本中还有很多，作者在这里不再一一列举。

3.3.1　故事的可信度

创作故事情节即**创造故事世界中的因果规律**。

这意味着，剧中人物和事件都需要遵守它。即便是虚构的"现实"，依然有"规律"可遵循；当为剧本设定了故事的逻辑之后，创作者不能"越界"，超过设定的边界意味着故事的"溃败"。

剧本创作者还需要注意事件的"连贯性"，其发生、发展能够自圆其说。

故事背景是虚构的，但并不意味着创作者所构想的一切事件都允许在其中发生。

在将剧本拍摄出来后，从第一个画面开篇，观众便开始了对作者虚构的世界进行"观察"。自觉或者不自觉地想知道这个世界的"运行方式"：具体事件如何发展？以及为何发生？

创作者首先要遵守虚拟世界中事件发生的可能性和局限性。一旦自己违反，观众自会察觉，然后否定你的故事。因为它不合逻辑，不可信，观众拒绝接受这样的设置。

3.3.2　剧本格式

作者从《成都故事》中选取了一个片段，给大家示范剧本的格式。

剧本片段
院子　外　日
包子和石头跪在院子里
师傅：你这种行为有辱师门，有辱武馆
石头抬起头
石头：师傅，弟子不知与人打拳切磋有何过错
师傅训斥
师傅：你这是切磋吗？你这明明就是打拳挣钱
石头转过头
石头：打拳跟挣钱本身就不冲突
更何况拳打得漂亮
观众也喜欢看
我还可以用这份钱来补贴武馆

见图中的标识：

- 场景、内景/外景、时间（顶格写）
- 角色动作、状态（空两格）
- 角色的名字（顶格写）
- 长段的对话（最好分行）

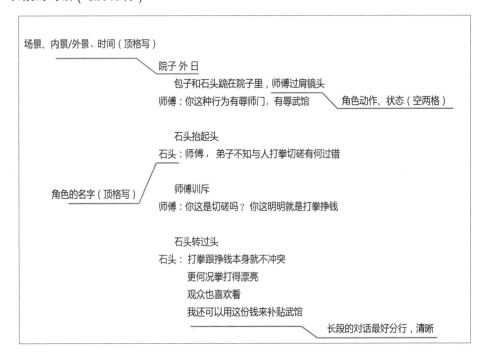

按照这个格式将整个剧本完成。根据剧本中事件、情节发生的场景不同,要对(场景、内景/外景、时间)进行修改,使其一一对应。

3.4　片例故事预览

接下来看一下参考片例:*You Can Shine*。

一句话大纲:

老师帮助失聪的女孩学习音乐,战胜对手,赢得比赛。

将故事分成三段,展开分析。

- 第一段(开端):人物关系。
- 第二段(发展):主人公被对手打败。
- 第三段(高潮):战胜对手,获得成功。

第一段(开端):人物关系			
看小提琴演奏	主角出场与困境	遇见老师	老师的鼓励
11 秒	27 秒	50 秒	1 分 13 秒

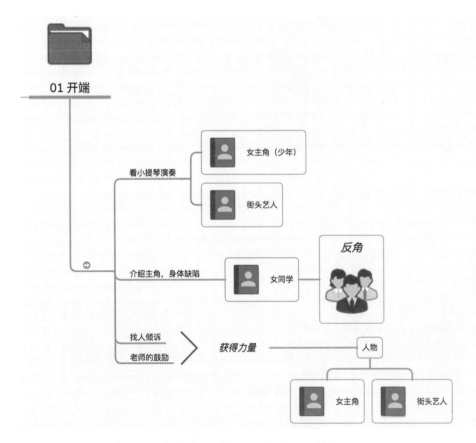

一个五岁的小女孩(主人公)站在人群中,看拉小提琴的人。

十年之后，主人公（初中）走在校园里，后面跟了一辆汽车，不断地按喇叭。她没有让路，因为她是听力有障碍的人，路上有学生边走边往这边看。

在音乐教室，她的同学冲主人公发火，女同学愤怒地按下钢琴键盘，起身把她的曲架掀翻离开，她一个人流眼泪。

街上拉小提琴的中年男子，结束演奏，观众给掌声，人群离去，主人公没有走。

蹲在地上收拾小提琴的中年男子起身，用手比画拉小提琴的动作，转头看她，意思是："你有没有坚持练琴"。

主人公哭了。

主人公就是影片开始时的那个五岁的小女孩，这个中年男人后来成了她的小提琴老师。两个人坐在路边，她边哭边用手比画："我为什么跟他们不一样"。

她的老师停顿了一下，用手比画"为什么，我们要跟他们一样"（她和她的老师都是有听力障碍的人）。她哭得更厉害了，老师继续用手比画"音乐，是可以看得见的"。

老师双手举着一把小提琴，她双手接过，琴上有一朵小花，这把小提琴是老师送的礼物；老师继续用手比画"闭上眼睛，你就可以看得见"；然后竖起的大拇指（这个画面极具震撼力）。

第二段（发展）：主人公被对手打败			
生活的希望	设定目标	成长	小提琴被砸
1分27秒	1分40秒	1分53秒	2分11秒

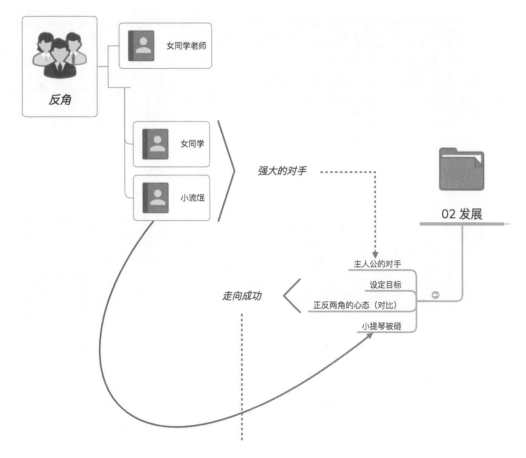

主人公找回了自信，开始练琴。在一个空旷的场地上，她练习拉小提琴；她走在齐腰的草地上，手缓缓下垂，触摸草，感受自己。

女同学练习钢琴，教她弹琴的女老师在她身边，老师的身体随着音乐微微运动，看得出来，她对这个学生很满意。

学校，音乐比赛的牌子，主人公抱着小提琴看比赛的信息。

主人公身后跟着两个女同学，也来看比赛的信息，她们相遇；然后女同学开始欺负主人公：在食堂故意碰掉她的餐具，挑衅"有什么问题吗？"

主人公下定决心，一定要更努力，证明自己。

她和老师街边演奏，经过不断地练习，她有了很大的进步，围观的人群给他们掌声。女同学隔着汽车后座的玻璃看到他们。她不想看到主人公的进步，不想有人在比赛中威胁到她拿到奖杯。

　　女同学无比愤怒，找了四个小混混去街边殴打了主人公的老师，砸了主人公的小提琴。在音乐比赛的现场，女同学有精彩的表现，一切都很顺利，主人公来不了了。

　　演奏结束最后，观众掌声响起。

第三段 (高潮)：战胜对手，获得成功		
比赛现场	奋起反击	征服全场
2 分 42 秒	3 分 39 秒	3 分 59 秒

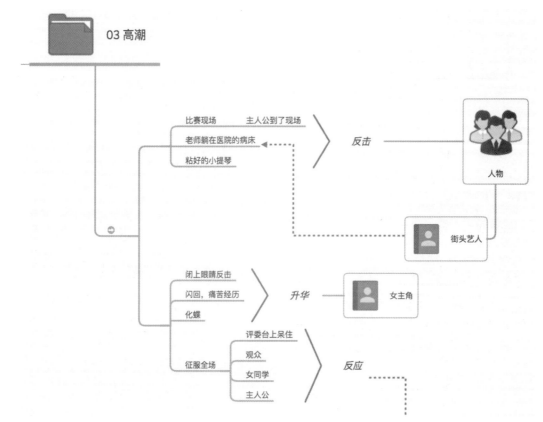

女同学站起身准备离去。

主持人上台宣布"最后一位选手来不了了"。话音未落，一个人从幕布后面探头过来，跟他耳语；主持人重新表述："这位同学现在到了现场"。

原本离席的女同学在过道上转过身。

主人公拿着透明胶带粘好的小提琴站在舞台上，她想起医院里的老师，想起老师对她的鼓励。老师用手做闭眼的动作，她闭上眼睛。

主人公开始演奏。

旋律优美，观众席上一个侧坐着的人坐直了身体；主人公拉小提琴的动作越来越快，她脑海中想象着广阔的草原、想到女同学把她的曲架掀翻并故意碰掉她的餐具、自己痛哭、老师挨打。

树枝上一个蚕蛹变成一只蝴蝶。

经过主人公不断地努力，终于她突破了自己，在舞台上完成精彩的演奏。

演奏结束，评委台上的人们全都听得入神，一动不动。

观众席上一位观众，站起来鼓掌，身后的人陆续站起来。

舞台上，小姑娘缓慢地直起身来，把小提琴放下。

剧终。

3.5 人物的出场

比较《知音》和 *You Can Shine* 的剧本，我们会发现《知音》中的事件发生是线性的，像一条笔直的线；*You Can Shine* 中的事件是跳跃式的，像一条曲线。

3.5.1 《知音》剧本中的人物出场

剧本片段
钢琴家的手指在琴键上飞速舞动 琴声停止，从琴椅前侧起身，面向观众鞠躬，向侧面倾倒，摔 观众席一片恐慌，10 分钟后观众席安全出口打开，音乐厅外急救车声音响起，几位急救员冲进厅内，准备用担架将钢琴家抬走。钢琴家微微睁眼，又闭上

3.5.2 *You Can Shine* 剧本中的人物出场

开篇，主人公、帮助主人公的人、对抗主人公的人（反角）陆续出场，并建立了两个叙事时空：主人公的幼年时期和她的学生时代。

遇见师傅（幼年时期）

主人公小的时候，在街上看见一位拉小提琴的中年男子。

剧本开篇后并没有"直截了当"地告诉观众，主人公身体方面的缺陷。

而是通过主人公学生时代的遭遇，逐步向观众呈现。

剧本片段
街道　外　日景 　　一个拉小提琴的中年男子 　　一个五岁的小女孩在人群中看 　　镜头跟摇，展示拉小提琴的细节 　　小女孩微笑着

主角困境（学生时代）

主人公热爱音乐，但听力受损，这个现实中的困难难以逾越。

剧本在理想和现实之间设置了一个"鸿沟"，将矛盾冲突呈现在观众的面前。

主人公困境的来源：身体的缺陷。

剧本片段
校园　外　日景 　　初中女学生（主人公） 　　拎着小提琴低头走路 　　她后面跟了一辆汽车 　　不断按喇叭 　　她没有让路 　　学生边走边往这边看

反角出场

主人公和同学练琴，同学用愤怒的行为告诉她："这是浪费我们的时间"。

剧本片段
教室　外　日景
窗户边，她的同学冲她发火
主人公坐在椅子上
女同学：这是浪费我们的时间
女同学愤怒地按下钢琴键盘
起身
把主人公的曲架掀翻，离开
房间　外　日景
主人公一个人坐在桌前流眼泪

在很短的时间内，*You Can Shine* 就让我们看到主人公面临的巨大问题。

她能否解决问题？她是否会放弃？她将如何去做？

观众的兴趣一下子就被激发出来了。

接下来看一下《知音》中关于主人困境的设置。

剧本片段
医生：你让家属到我的办公室一下，我需要告知他们一下有关她的病情
护士：她……什么病呀
医生：唉，是脑癌，年纪轻轻的，只剩下大约 2 个月的生命了，真是可惜呀
护士：啊？真是好遗憾啊，我听说她在钢琴界还有点名气呢，如果有未来的话， 　　　可能再过几年就会成为大师啊
医生：好了，你快去叫家属来吧

3.6　人物对话

这段对话，将主人公的困境进行了揭示，是以一位医生和护士的对话来告诉观众的。

《知音》中的对话设置没有画面感，而且对话过长.这会拖慢影片的节奏，让观众无法集中注意力。

我们看一下 *You Can Shine* 中是如何处理对话环节的。

剧本片段
街道　外　日景
拉小提琴的中年男子结束演奏
围观观众给掌声，他鞠躬
人群离去，中年人弯腰
蹲在地上收拾小提琴

> 主人公站着不动
>
>
> 中年人起身，拍自己的肩膀
> 用手比画拉小提琴的动作，转头看她
> 中年男子：你有没有坚持练琴
>
>
> 她哭了，低下头

"观众给掌声""鞠躬""中年人弯腰""主人公站着不动"这些都是非常具体的画面。剧本中的"中年男子"只"问"了一句话："你有没有坚持练琴"，然后主人公就哭了。

这个段落用了若干个动作和一句台词，就将两人的关系拉近，将主人公所遇到的困境进行了强调。

想必大家还记得前面讲过的"一句话大纲"。

You Can Shine	老师帮助失聪的女孩学习音乐，战胜对手，赢得比赛

"街上拉小提琴的中年男子"此时还没有成为主人公的老师，还没有对她进行任何实质的"帮助"。中年男子只是一个街头艺人，而主人公小时候在路边看他拉琴，她是一位"路人甲"；两人是陌生人的关系。

而在这个段落中，"中年男子"的一句台词，就将两人的关系拉近了。

这就是说，人物关系在剧本中处于变化状态：**人物之间的关系要么变好，要么变坏，不能一成不变。**

剧本片段
隔日，她又一次发病全身抽搐，父母用力压制住她，随即医生赶来，也帮助压制，她陷入昏迷

"医生"这个角色再次出现，医生是职责所在，医生和主人公之间的关系可以没有变化。主人公发病，"父母"角色的出现，都是"平面"化的设置。

父母对子女的关心，医生对这位钢琴演奏者的惋惜，人物关系没有进一步发展。

人物没有变化，冲突不强烈，观众很难看下去。

3.7　观点表达

人物在剧本中要有"观点"，有坚持。

表现人物内在的精神力量，要通过具体的画面呈现。*You Can Shine* 是这样来处理这个环节的，这也是促使主人公开始转变的重要因素。

3.7.1　老师的鼓励

街边艺人表达了自己的观点："为什么，我们要跟他们一样""音乐，是可以看得见的"。

被震撼的不仅仅是主人公，观众也受到了这种精神的鼓舞。

观众和主人公一同获得了力量。

当街边艺人完成了观点的表达之后，他真正"晋升"成为主人公的老师，指引主人公克服万难，战胜自己。

剧本片段
街道　外　日景 　　两人坐在道边，主人公边哭边用手比画 主人公：我为什么跟他们不一样   　　她的老师停顿了一下，用手比画 中年男子：为什么，我们要跟他们一样   　　主人公哭着点了点头 　　老师继续用手比画 中年男子：音乐，是可以看得见的

3.7.2　人物观点没有成形

《知音》剧本中这个环节没有成形，仅用文字描述其意。

不按照剧本的格式去写，想法都是浮于想象之中的。反之，分场景、划分时间、构思人物的具体动作，可以帮助我们更好地完成创作。

剧本片段
数日的相处，钢琴家和女孩成为很要好的朋友，她们互相倾诉着自己的故事，这使她暂时忘记自己的情况。 　　可突然有一天，她一睁眼发现自己仍在那个纯白的房间，旁边有各种医疗设施，她想张嘴说话，支吾了半天却说不出一个字。 　　身边的家人朋友看到她醒了，激动地抱住她，难过地哭泣着，然而，她心里却已经无畏死亡。 　　几日里她努力地练习说话，终于向家人说出了她做的重要决定——去世后要将眼角膜捐给那位从未真正谋面的朋友。

在《知音》剧本中，大段的对话拖慢影片的节奏。

人物关系的递进不能仅靠对话来完成，剧本中角色之间的关系，跟现实世界中我们交朋友的方式有点类似：由陌生到熟悉，由熟悉再到亲切，需要一个时间的过程。

在剧本中我们要设计这样的过程，不能仅仅是通过对话，就让角色之间彼此认可。因为这样产生的"认可"，观众不一定认可。

剧本片段
钢琴家：你不要害怕，我只是被琴声吸引过来的 　　她明白了眼前的女孩是个盲人 女孩：这是我作的曲子，没有起名字 钢琴家：你……看不见 女孩：嗯，我天生就看不见这个世界，但是接触了钢琴我才知道，尽管我看不见，但还有如此美妙的世界的存在 钢琴家：你很喜欢钢琴 女孩：是呀（开心），呃……嗯……你也很喜欢音乐吗

钢琴家：是啊，我将钢琴视为生命一样，可是我再也不能弹奏
……

3.8 人物关系的递进

You Can Shine 中老师送琴是街头艺人和主人公关系递进的具体"画面"。

作者一直强调"具体的画面"，这一处就是一个很好的示例。

对道具的恰当使用，能突显出编剧的"功力"，**道具往往会出现在影片的关键时刻，起到"以物思人"的连接作用**，是强调人物关系、连贯情绪的重要元素。

剧本片段
街道　外　日景
老师双手举着一把小提琴
主人公伸手接过，琴上有一朵小花
老师继续用手比画
中年男子：闭上眼睛，你就可以看得见
然后竖起的大拇指

这把小提琴（道具）是老师送的礼物。

在《知音》剧本中实现两人递进关系的实物道具并不存在。捐献的眼角膜是两人关系的一种"连接"。这样设计剧情，会让观众感觉没有说服力，一点都不可信。因为两人的关系没有阶段性的"成长"，而是"一步到位"。

剧本片段
一个月后，钢琴家去世了。而一位喜爱钢琴的女孩获得了光明。当女孩得知自己的眼角膜是一位女钢琴家捐给她的时候，她想到了自己唯一的朋友，她沉寂了很久，渐渐挥起手，在钢琴上弹奏了她恢复光明后的第一曲——献给唯一的朋友。

3.8.1 成长环节

剧本中一定要有主人公克服困难、不断成长的环节。

You Can Shine 中的成长环节是一条曲线，具有"节奏感"。

第一阶段的成长

主人公得到老师（街头艺人）鼓励后的成长：主人公练琴。

剧本片段
广场　外　日景
在一个空旷的场地
主人公练习拉小提琴
草地　外　日景
她走在齐腰的草地上
手自然下垂，触摸草的叶子

第二阶段的成长

主人公受到同学的欺负后，不气馁。"她抬起头，向上看"是具有向上"动力"的具体画面（人物成长围绕着练琴展开）。

剧本片段
房间　外　日景 　　主人公坐在房间的一角 　　窗户边上有一个鱼缸   　　她抬起头，向上看
街道　外　日景 　　清晨，她练习拉小提琴 　　围观的人群

第三阶段的成长

此处对主人公成长是一个转折点，主人公得到了认可。

在剧本中独有人物的成长环节也不行，还要有"第三人"的肯定，需要有人来见证人物的成长。

剧本片段
街道　外　日景 　　主人公和老师在人群中间演奏 　　获得围观群众的掌声

3.8.2　反角的成长

剧本中不能忽略反角的"成长"，设定的反角要足够强大，而且"反角"也在不断地"成长"；主人公要明显弱于反面角色。**没有这样的设计，主人公成长和抗争的基础就不成立。**

- 冲突
- 主角困境
- 主角困境升级
- 师傅突发意外

反角和主人公的第一次冲突前面已经讲过。

第一阶段，女同学讨厌主人公，受不了她的琴声。

剧本片段
教室　内　日景 　　窗户边，她的同学冲她发火，主人公坐在椅子上 　　女同学愤怒地按下钢琴键盘，起身 　　……

第二阶段，碰掉主人公的餐具，直接挑衅。

剧本片段
食堂　外　日景 　　她的同学故意碰掉主人公的餐具 　　她们面对面 女同学：怎么，有什么问题吗

第三阶段，反角叫人打了主人公的老师（街头艺人），并砸了她的琴。

为什么会有这样的设计？主人公并没有做错什么？

前面我们已经讲过：主人公在老师的鼓励下取得了进步；主人公在克服最初的困难后，她要面临"困境升级"的挑战；在这个阶段，冲突加剧，反角发力。

反角接受不了主人公的成长，因为主人公的成长直接威胁到反角的"目标"，她们是竞争者的关系，为了一个共同的目标：都要参加音乐比赛。

主人公取得很大的进步，获得了大家的认可，就意味着反角面临失败。

反角要捍卫自己的"目标"，必须向主人公展示更强烈的"动作"。

反角叫人（小混混），去街头找到主人公和她的老师。

剧本片段
街道　外　日景
四个男子穿过人群走过来
在空中挥臂
主人公和老师停止演奏
害怕地往后退
街道　外　日景
小提琴接触地面
被砸碎

主人公的老师（街头艺人）被反角叫的人打了。

剧本片段
街道　外　日景
拉小提琴的老师被打
黑色背心的男子挥臂
老师往后倒下

反角是如何发现主人公进步，从而威胁到自己比赛的"目标"呢？

剧本中的设计是让反角看到主人公"获得围观群众的掌声"。

剧本片段
街道　外　日景
主人公和老师在人群中间演奏
获得围观群众的掌声
出租车　内　日景
汽车转弯，女同学扭过头
女同学隔着汽车后座的玻璃看到

3.9　比赛与目标

主人公与反角两人出现在音乐比赛的牌子前。

剧本用时间、地点和两人的关注点，来强化比赛这一共同目标。

目标即动力，是主人公要证明自己的具体化事件。

剧本片段
学校　外　日景
学校里音乐比赛的牌子
主人公抱着小提琴站在牌子前
主人公身后跟着两个女同学
从她面前经过

反角的成长

怎么表现反角是一个很厉害的角色呢?

剧本中也赋予反角一个老师的角色。

她 (反角) 的表现，得到老师的认可。

剧本片段
琴房　外　日景
女同学练习钢琴
教她弹琴的女老师在一侧
老师微微点头

反角的人物性格

剧本中的每一位角色都要有性格。反角更是如此，塑造"对手"即塑造主人公。在剧本中的主人公和反角都有一位"促进"其不断成长的老师；通过对比方式，让观众看到反角如何"对待"自己的师长，以此来展现其人物性格。

剧本片段
琴房　外　日景
她的老师想去纠正她的错误
女同学用手把老师的手推开

这个段落是反角"发力"的环节，她看到主人公的进步，叫人去街头给他们找麻烦。反角不接受自己老师的"指点"，按照自己的想法来。

"将老师的手推开"这是一个具体的画面。

这也是人物一意孤行、"为达目标，不择手段"性格的展现。

比赛现场

既然剧本中主人公和反角的目标是比赛，那一定要有两人参加比赛的画面，要有她们在赛场上一决高下的情节。

反角在比赛现场弹钢琴，与此同时她安排人去街头砸坏了主人公的琴，这个危机会直接导致主人公的"失败"。

因为她没有琴，如何能够参加比赛?

在剧本进入高潮之前，设计了一个"高潮延缓"的环节。建置出主人即将失败的悬念。

反角暂时获得胜利

剧本片段
礼堂　内　日景
舞台上女同学演奏结束
双手按下最后一琴键，抬起头
观众席　外　日景
观众们的掌声
有的人还站起来鼓掌

3.10　故事高潮

You Can Shine 剧本的高潮环节共有以下 5 个部分组成。

- 挫败
- 转折
- 反击
- 反击渐强
- 升到最高

3.10.1　挫败

主角的命运跌入谷底："最后一位选手来不了了"。

剧本片段
礼堂　内　日景
比赛现场，主持人上台
主持人：最后一位选手来不了了
一个人从幕布后面探头过来
主持人头转向他
靠近他，听他说话
台下的观众有两人耳语

3.10.2　转折

故事看似结束，实则并没有结束。情节的设计始终是"曲线"。

紧张的情绪将观众"牢牢"抓住。

剧本片段
礼堂　内　日景
主持人重新表述
这位同学她现在到了现场

原本离席的女同学
在观众席的过道上转身
主人公手扶着琴，站在舞台上
她的手紧握

3.10.3　反击

主人公是从老师的鼓励中获得力量，此环节需要给"老师"这个角色画面。

这种具体画面会产生"让其他角色参与其中"的力量感，帮助故事高潮不断向上升起。

剧本片段
医院　外　日景
医院老师的病床前
主人公双手抓住老师的手，老师眼睛闭着
她拿起用透明胶带粘好的小提琴
放在肩上
街道　外　日景
老师用手做闭眼的动作
礼堂　内　日景
她闭上眼睛
把手放在琴上，开始演奏

3.10.4　反击渐强

该段落就是一系列的动作，没有对白，没有"说教"，就是主人公"努力"的各种状态。人物拼尽了全力，放手一搏，那将是全剧最美丽的"绽放"。

剧本片段
观众席　外　日景
主人公拉小提琴的动作变快
镜头围着她旋转一圈
身体下沉，再上挺
前、后、左、右多角度展现她拉琴的动作
头发飘起来
镜头快速旋转
背景一片舞台的灯光

3.10.5　升到最高

用什么具体的画面来表现成功？

剧本中用一只蝴蝶从蚕蛹中出来的动画来表现。

这一组画面此时具有了象征意义，代表着主人公展翅高飞的寓意。

剧本片段
公园　外　日景
树枝上一个蚕蛹
主人公拉小提琴
草地　外　日景
她在草地上拉小提琴，迅速推进
一只蝴蝶从蚕蛹中出来，飞舞
礼堂　内　日景
她快速拉琴的动作，头发飘起
草地　外　日景
蝴蝶在草地上飞，向着太阳的方向
礼堂　内　日景
身体猛地下沉，她演奏结束
动作定格，身体保持不动

3.11　结尾

对于成功的肯定环节的设计：剧本中用众人的掌声，给予了奋斗者最高的"认可"。

大家是否还记得上一次主人公获得认可的方式？

围观的人给予掌声；此时剧本已进入尾声，更多的观众、更热烈的掌声。

然后，完美落幕。

剧本片段
评委台　内　日景
评委台上的人一动不动
镜头从左向右拉
观众席上的一位观众
站起来鼓掌
观众席　内　日景
观众席上的人陆续站起来
鼓掌

反角的失败

要给反角画面。

意味着剧本中的主要角色，在此都有了一个交代。

剧本片段
礼堂　内　日景

礼堂　内　日景

　　女同学看着台上的主人公
　　她身后的观众鼓掌

　　她一动不动

　　舞台上主人公缓慢地直起身来
　　把小提琴放下

　　舞台上耀眼的灯光

3.12　本课小结

　　创作剧本的过程就是一个不断解决问题的过程。遇到问题，发现问题，然后再找到解决问题的方法。通过对比两个剧本案例，一些创作过程中的常见问题已经摆在眼前。本课篇幅有限，"无奈"常见的问题又很多，在接下来的课程中大家要"睁大眼睛"，随着作者的讲解，逐步一窥其究竟。

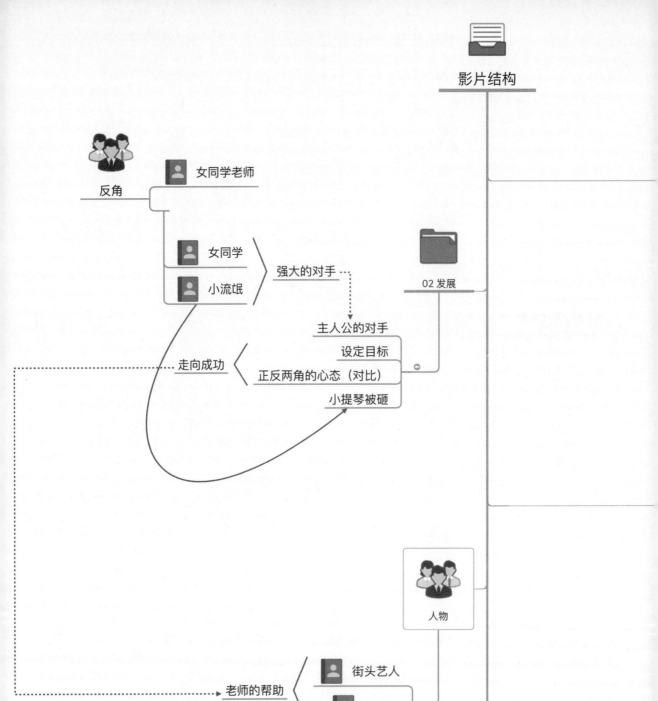

影片结构

反角

女同学老师

女同学

小流氓

强大的对手

02 发展

主人公的对手

设定目标

走向成功

正反两角的心态（对比）

小提琴被砸

人物

街头艺人

老师的帮助

女主角

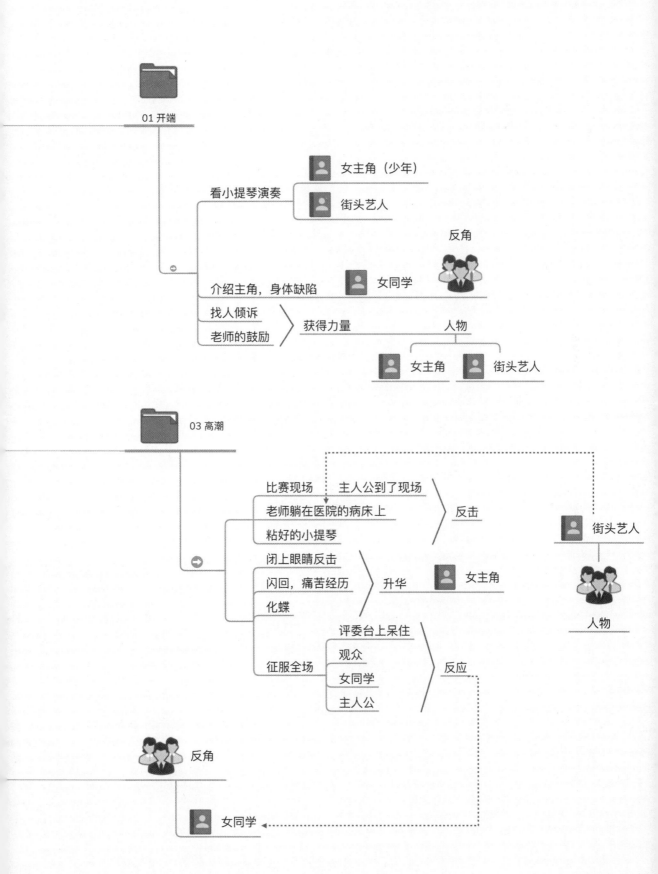

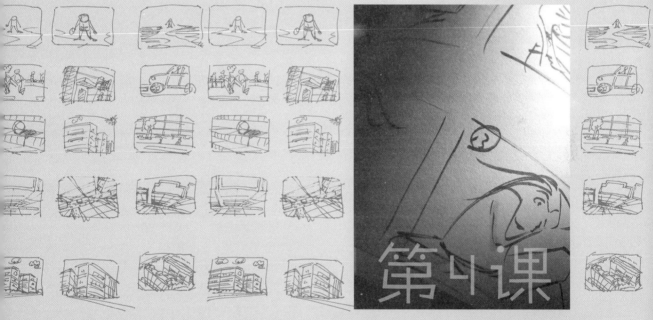

第4课

故事类型与剧本主题

在上一讲中提到了关于影片类型的"只言片语"，本课中将对这个知识点展开讨论。什么是影片的类型？**举个简单的例子，类型就是"一碗炒饭"**；"厨师"最终的出品会有所不同：可能是酱油炒饭，也可能是鸡蛋炒饭，但它们都属于炒饭这个"类型"。

影片也一样，不同的故事有着共同的属性，看似完全不一样的影片"结构"却是一样的。

故事类型虽然种类繁多，但它也不是固定不变的，而是呈不断更新状。

视听语言不断迭代，类型也日渐丰富。有才华的导演和编剧们，正在夜以继日地用作品丰富它。

4.1 案例介绍

- 《得与失》是学生的剧本作业。
- 《情窦初开》是引用的片例。

一句话大纲	
《得与失》	沉迷游戏的主人公回心转意，向女友求婚挽救了他们之间的爱情。
《情窦初开》	小学生跟老师的未婚夫"决斗"，让老师发现未婚夫"虚假"的爱。

从"一句话大纲"上来看，这两部片子具有相似性，都有"求婚"的情节；看似都与爱情有关：《得与失》里面所讲的是男女之情，《情窦初开》则是通过学生发起的"决斗"情节，考验了老师和未婚夫的男女之情。

从影片的类型上看，它们属于不同的类型。

《得与失》这个剧本的主要问题如下。

- 人物没有观点。
- 剧本缺失主题，故事性不强。
- 在人物转变上，处理得过于简单。
- 情节的设计方面缺少新意。
- 主人公获得胜利，实现目标过于容易。

接下来先看一下学生的剧本作业。

剧本中主人公的名字是"大黄"，听起来有很多联想，所以作者将其修改成为"海子"。

学生剧本作业 (洪润青)	
《得与失》	原创
故事梗概： 沉迷游戏的主人公向女友求婚。	

人物

男主角：海子

配角：海子的父母，海子的女朋友

地点：网吧，家，街道

4.2 剧本作业正文

第一章

地点：网吧

角色：海子，海子女朋友

剧本中的问题更正
"第一章"
更正：这个问题前面讲过，不再重复。

某日，网吧，海子在聚精会神地玩着一款网络竞技游戏，忽然桌上的手机响起，来电显示为"妈妈"，海子拿起手机。

"喂，妈，哦，我今天不回家吃饭了，就这样，我打比赛呢。"

剧本中的问题更正
"喂，妈，哦，我今天不回家吃饭了，就这样，我打比赛呢。"
更正：台词前面要加上说话者的名字。
可以这样写：
海子：喂，妈，哦，我今天不回家吃饭了，就这样，我打比赛呢
提示：一般情况下，老师对剧本作业的修改仅限于格式，不会对学生剧本作业的台词内容、语法、表达方式进行修改。台词编得简洁、有力是剧本作者应该完成的工作。这条提示适应于所有章节。

网吧，是夜。

一女子（海子女朋友）面带微笑，手里拿着便当，漫步走向海子在网吧坐的位置："亲爱的，你看，我给你做的是你最爱吃的糖醋里脊。"

剧本中的问题更正
"网吧，是夜。""漫步"
更正：场景和时间之间无须加标点；"是夜""漫步"这样的描述用词不当。
可以这样写：
网吧　内　夜景

海子依旧目不转睛地盯着电脑屏幕。

"哦，放那儿吧，我这局打完了就吃。"

女子听完后失落地摇摇头，转身走了。

剧本中的问题更正
"女子听完后失落地摇摇头，转身走了。"
更正：角色有名字时就用她的名字；"失落"如何表现？最简单的处理方式是直接删除。
可以这样写：
海子的女朋友（小秋）摇摇头，转身走了
备注：小秋是作者临时加上去的，方便读者的理解。角色在剧本中要有自己的名字。

第二章

地点：家里

角色：海子，海子父母

次日早晨，海子拖着疲惫不堪的身体，蓬头垢面回到家，打开门发现父母正在家里吃早饭。母亲惊愕地看着海子。

"儿子，你玩了一夜啊，怎么能这样啊，身体吃不消的啊，先把早饭吃了吧。"

海子头也不抬。

"不了，我先去睡一觉，一个月后会有比赛，我这几天得抓紧训练……"

父亲放下了手中的茶杯。

"站住！回到家也不和妈妈说几句话，这还是不是你的家了！整天就知道玩游戏！玩物丧志知不知道！我给你找了份工作，明天你就去大伯的公司报到！"

海子抬头看了看父母，抗拒地说道：

"上班，上班，除了喝茶看报还能干什么！"

海子快步地走向房间，"嘭"的一声把房门关上了。

剧本中的问题更正
"次日早晨，海子拖着疲惫不堪的身体……"
更正：整个段落对话没有角色的名称在前面，所以看起来很混乱。

第三章

地点：街道

角色：海子，海子女朋友

夜晚，海子和女友手牵手地在马路边上散步。

海子女友抬头看了看海子，欲言又止。

海子忽然抬头向前看。

"下个月我有一场比赛，要去上海参加……"

海子女朋友停下脚步。

"哦，那个……我们还是分手吧……"

海子一愣，低头看着脚尖。

海子女友快步走向前，消失在茫茫夜色中。

海子抬头看向女友消失的方向，抬起手想要去追，经过一番思想斗争后又放了下来。

海子缓缓蹲下，作抱头痛哭状。

镜头渐渐变黑至全无。

剧本中的问题更正
"欲言又止" "消失在茫茫夜色中" "经过一番思想斗争"
更正：这样的形容词不应该出现在剧本中，剧本中需要人物具体的动作。

可以这样写：

　　"欲言又止"

　　女友（小秋）抬头看海子，海子看手机上的游戏信息

　　她抿嘴，深吸一口气，转头看马路上的行人

　　"消失在茫茫夜色中"

　　她（小秋）越走越远，在街道的拐角处消失

　　"经过一番思想斗争"

　　海子快步向前走了两步，又停下

　　看着女友（小秋）的背影，嘴里念叨

海子：就这么着吧

第四章

地点：网吧

角色：海子

使用蒙太奇手法表现海子夜以继日的刻苦训练。

剧本中的问题更正
"使用蒙太奇手法表现海子夜以继日的刻苦训练。"
更正：蒙太奇手法是什么手法？写剧本的人这样写，摄影不知道怎么拍，导演也不知道应该怎么导。
可以这样写：
这样写剧本，老师表示无力修改。

第五章

地点：网吧

角色：海子

给电脑显示器特写，上面显示出游戏胜利的样子。

给海子特写，赢得比赛之后的海子并没有表现出特别兴奋的样子。

海子默默地关机，缓缓地站起身。

剧本中的问题更正
"给海子特写"
更正：不需要在剧本中写景别，将此句删除；对于主人公的胜利，剧本中作者处理得过于简单：没有曲折的胜利，不算是胜利。主人公付出太少而赢得比赛，无法引起观众的共鸣，更无法打动观众。

第六章

地点：街道

角色：海子，海子女友

海子从口袋里拿出手机：

"喂，妈，你跟爸说，后天我去大伯公司报到，哦，还有，我晚上回家吃饭，嗯，是的，小秋跟我一起。"

海子女友面无表情地走向海子，停下，俩人保持一段距离。

海子朝女友走去，很近了之后停下。

从口袋里掏出了一个小盒子

"这是我用比赛的奖金给你买的礼物，以前我冷落了你……希望你原谅……"

<u>海子女友快速向前给海子一个拥抱，打断了海子的话语。</u>

剧终

剧本中的问题更正
"海子女友快速向前给海子一个拥抱，打断了海子的话语"
更正："打断了海子的话语"语句不通，过于啰唆，直接删除。
可以这样写：
"女友（小秋）跑向前给海子一个拥抱"

4.3　片例故事预览

一句话大纲：

小学生跟老师的未婚夫"决斗"，让老师发现未婚夫"虚假"的爱。

将故事分成三段，展开分析。

- 第一段（开端）：表达观点。
- 第二段（发展）：发起挑战，用玩具手枪"决斗"。
- 第三段（高潮）：未婚夫"虚假"的爱被揭穿。

第一段（开端）：表达观点		
学生送老师戒指	制订结婚计划	老师的未婚夫（转折）
2分	3分22秒	4分57秒

女老师在黑板上写下了三个英文单词，并留下作业：下周一要完成新单词的拼写。

班上的小朋友都很不情愿地"啊"了一声，一位小男生一言不发，始终看着老师，他的手撑着下巴，一动不动。

在他眼里老师很特别，时间突然间变慢了，老师转身的动作都是那么与众不同。

片名、字幕……

同学们都拿着书包回家了，他拉开文具袋，从里面拿出一枚戒指，背着手走向老师。小男生把戒指放在老师的面前，老师笑着说："真可爱"，把它戴在自己的手指上。

"这是订婚吗？"小男生眼睛转了一下，有点不好意思地说："如果你愿意，这是的"；老师笑着回复说："我会考虑的，周末愉快"；小男生笑着回家了。

一家人吃晚餐，小男生问妈妈多大可以结婚？回到卧室，小男生在日记本上找到了2015年，记下了他要结婚这件事。

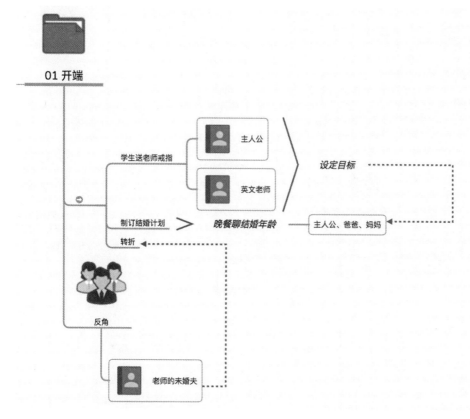

第二天他和妈妈去购物，他在商场外等妈妈时，自编自导警察和小偷枪战的游戏。用手模拟一把手枪到处比画，感觉此时他正在与坏人枪战（编剧在这里特别为主人公设计的玩枪战的游戏，是为了与后面的情节相呼应。还有昨天晚上吃饭的时候，妈妈提醒他少看点牛仔的电影）。

这些台词和事件都不是偶然存在的，它们被设计出来放置到剧本的开篇，起铺垫作用。当主人公在结尾时突然做出某件"出人意料"的事情，观众才不会觉得突兀，因为在开篇的单元已经埋下了伏笔。

妈妈从商场里出来，叫他的名字。

妈妈走在前面，小男生双手插兜跟在后面。门铃声，他的女老师碰巧从另一家商店出来，看到小男生的新鞋，称赞跟他很搭配，并伸出手来让小男生的妈妈看她的新钻戒，还介绍了刚刚从商店里出来的未婚夫。

小男生此时特别失落。

第二段（发展）：发起挑战，用玩具手枪"决斗"		
这不是我的戒指（质问）	用手枪决斗（挑战）	一个认真一个不认真（下决心）
6 分	7 分 34 秒	8 分 1 秒

小男生在卧室里，把昨天记在本子上的"结婚日"那一页撕掉，踩在脚下。小男生路过父亲的房间，看到他将手枪放在柜子里。他回到卧室，又将撕下的"结婚日"那一页日记捡起。抬头看着墙上的电影海报，一个牛仔准备掏枪的姿势。

第二天放学，老师感觉小男生跟往常不一样，叫住他问怎么了。

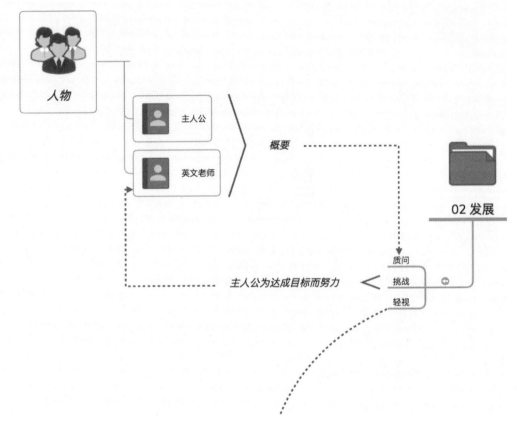

小男生问老师为什么没有戴他给的戒指，老师想要说明：在成长过程中，把自己的老师当成喜欢的对象是一种童趣，等长大了就会明白。话刚开始就被小男生打断了，说自己要回家了。

小男生走到教室的门口，他转身说会带老师去吃午餐；这是接昨天老师未婚夫的话茬：老师以为买了订婚的戒指，大家会一起吃午饭庆祝一下，因为未婚夫急着参加开幕式，没有时间陪老师吃午饭。但这被小男生记在了心里，可见这个小男生的心思是多么细腻。

老师的未婚夫坐在车里等她，发牢骚"女人总是要等到最后"；小男生走过来，敲开车窗并警告他"不要和老师结婚"。

"明天的这个时候我要跟你决斗"，车里的男人笑着要跟小男生握手，他接受了这个挑战。小男生离去，没有跟他握手。老师下班，坐到车上，她的未婚夫一直笑个不停地说："你真应该听下我和你学生的对话，刚刚发生了特别有趣的事情。"

第二天老师的未婚夫在车里等老师下班，显然他忘记了昨天的约定，但小男生却如约而来，远远地站在车前。老师上车后，他叫她在车里别动，笑着说要去赴约一个生死决斗。

第三段：高潮，未婚夫"虚假"的爱被揭穿		
前来决斗：赴约（强调）	拿出手枪（对峙）	这不是玩具（升级）
8分30秒	9分27秒	9分58秒
因为你不关心她（表达观点）	其实我不想结婚（扭转）	冲他开枪（坚持）
10分32秒	11分21秒	12分01秒
订婚戒指被扔到了地上（反转）	给她所需要的（揭示）	片尾字幕
12分38秒	13分40秒	14分50秒

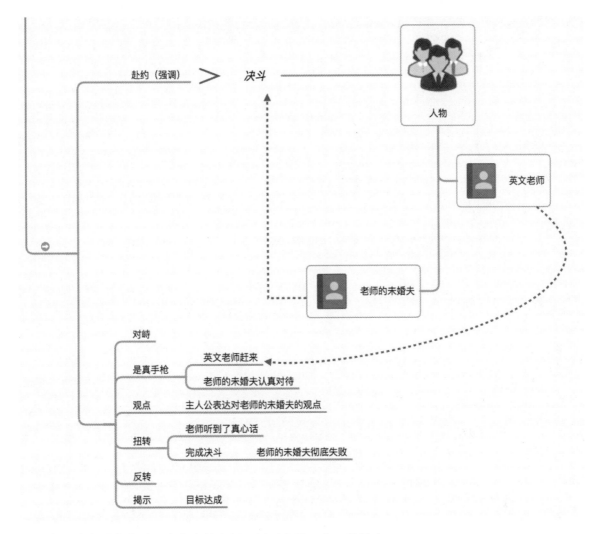

　　老师的未婚夫来到一个废弃的房间，里面空无一人，他转身。

　　小男生从书包里拿出一把手枪，对准他，告诉他不能娶自己的老师为妻，因为他不配。老师的未婚夫辩解"你都不了解我"；这时老师也来到现场，大惊失色。

　　老师站在小男生的后面，她感觉到这把枪是真的，她和未婚夫两人有一次眼神交流，示意他不要轻举妄动；她威胁小男生，会把他今天的表现写在报告中，小男生根本不听那一套，也告诉她站着不要动。

　　小男生说着扳开左轮手枪的击锤，男人双手举起跪在地上。小男生举起手准备扣动扳机，老师的未婚夫说根本就不想跟你老师结婚，是因为她老说老说，烦得没办法，才答应结婚，求他不要扣动扳机。

　　小男生最终还是开枪了。

　　老师瞪大眼睛，惊恐地看着未婚夫躺在地上。

　　一粒塑料子弹从地上滚过，原来是虚惊一场，老师的未婚夫站起来，老师把订婚戒指摘下来扔到了地上，她看清了面前这个男人的真实面目。

　　此时，男人想冲上来，老师反而护住小男生，警告他再过来就把这事告诉所有人，然后带着小男生走了。老师把小男生的枪从他手里接过来，问道："怎么这么真？""是爸爸送我的生日礼物。"

老师把枪放在包里，看到包里的那枚戒指（小男生送给她的，老师将戒指戴在手指上。小男生说："经历这件事，我不想跟你结婚……""为什么？""因为我没有足够的财力满足你，我想给爱人所有她想要的。"老师点头称赞："将来会有一个女孩很幸运"）。

老师手搭在小男生的肩上送他回家，音乐起。

剧终。

4.4 主题呈现

《情窦初开》开篇即对影片主题进行呈现。

女老师在黑板上写英文单词"揭露 假装 爱"，这是她给学生们留下的拼写作业。作业的内容，实则是对影片主题的"表述"。

剧本片段
教室　内　日景
女老师在黑板上写英文单词
小学生坐在桌子前
女老师：星期一你们要准备拼写"揭露 假装 爱"
两个女生很不情愿地"啊"了一声
班里小朋友齐声附合

4.4.1 主题缺失

《得与失》则缺少主题呈现这个环节，剧本开篇展现了主人公玩游戏、打比赛这个事件。

剧本片段
某日，网吧，海子在聚精会神地玩着一款网络竞技游戏……

没有主题，意味着剧本作者没有观点。

通过该剧本中主人公最终放弃了游戏，回到家人安排的公司上班这一设置来看：《得与失》或许想表达玩游戏"不好"，还是到公司上班"好"。

故事从个人的自由状态开始，结束于主人公决定去公司工作。

剧本片段
海子从口袋里拿出手机
"喂，妈，你跟爸说，后天我去大伯公司报到，哦，还有，我晚上回家吃饭，嗯，是的，小秋跟我一起"

4.4.2 点题

《情窦初开》剧本的主题是：虚伪的爱要揭露它。

影片高潮段落，主人公用一把玩具手枪让老师的未婚夫说出真话，随后老师也表达了自己的"观点"（不会嫁给不爱自己的人）。

开篇、结尾相互呼应的设计，完成了剧本的主题呈现。

剧本片段
小男生仰着头，老师手拿着玩具枪 小男生：爸爸藏在抽屉中送我的生日礼物 　　老师低着头 女老师：它检验了我和未婚夫之间的爱情 　　我放在包里为了安全 　　拿枪放入包中

4.5　结构设计

4.5.1　《得与失》的结构设计

　　《得与失》剧本的结构：主人公玩游戏忽略女朋友，主人公打比赛夜不归家被父亲训斥，主人公在比赛中获得胜利，用比赛的奖金给女友买礼物，最终两人和解。

主人公玩游戏忽略女朋友

剧本片段
海子女朋友面带微笑，手里拿着便当，漫步走向海子在网吧坐的位置："亲爱的，你看，我给你做的是你最爱吃的糖醋里脊。" 　　海子依旧目不转睛地盯着电脑屏幕 　　"哦，放那儿吧，我这局打完了就吃。"

主人公被父亲训斥

剧本片段
父亲放下了手中的茶杯 　　"站住！回到家也不和妈妈说几句话，这还是不是你的家了！整天就知道玩游戏！玩物丧志知不知道！我给你找了份工作，明天你就去大伯的公司报到！" 　　海子抬头看了看父母，抗拒地说道 　　"上班，上班，除了喝茶看报还能干什么！"

比赛的奖金送女友礼物

剧本片段
海子朝女友走去，很近了之后停下 　　从口袋里掏出了一个小盒子 　　"这是我用比赛的奖金给你买的礼物，以前我冷落了你……希望你原谅……" 　　海子女友快速向前给海子一个拥抱，打断了海子的话语

　　通篇看下来，这个结构设计只是将人物"拉进来"说几句话，然后就戛然而止了。

4.5.2 《情窦初开》的结构设计

下面再来看一下《情窦初开》剧本的结构设计：表达"喜欢之情"、发现"情敌"、用玩具手枪"解决"问题。在此分三个单元来讨论剧本的结构。

下面表格中的结构对应着三幕式开端、发展、高潮，为了方便讲解，作者对剧本中的诸多情节点进行了"精简"，这是三幕式的简化版。

		送戒指
开篇结构	表达喜欢之情	咨询母亲关于结婚的事情
		制订结婚计划

表达"喜欢之情"

主人公是一位十岁的小男生，他等同学们放学离开教室后，把用零用钱买的戒指送给老师。

剧本片段
教室里剩下四人
一男、一女生拿着书包往外走
只有主人公还坐在座位上不动
女老师拿起书
双手在桌子上轻磕一下，提醒他，放学了
他拉开文具袋
从里面拿出一枚戒指，放在身后，走向老师
他抬头看了一眼老师
看到老师在看自己，头低下
手摸了一下自己的下巴
走到桌子前
小男生把戒指放在老师的桌子上
老师笑着拿起它
女老师：真可爱
小男生：这是我用零花钱买的
……

在这个可爱的举动之后，还有一连串的动作。

老师因为学生特别可爱，收下了他送的"礼物"。没有想到小男生是非常"认真的"。他询问母亲结婚年龄的事，并制订了结婚的计划。

发现"情敌"

在剧本的中篇结构中，小男生制订的结婚计划落空了。

剧本用具体的画面来表达小男生情绪失落，受到挫折。

中篇结构	发现"情敌"	老师的未婚夫
		这不是我的戒指
		约定用手枪决斗

老师未婚夫的出现打乱了小男生的"结婚计划"，这是开篇单元与发展单元之间的转折点。

剧本片段
一个男人咀嚼着口香糖，低头走过来 　　他用眼睛扫了一眼画外 　　老师转头，一只手搭在男人的肩上 女老师：这是我的男朋友 　　感觉说错了，重新说 女老师：噢，这是我的未婚夫 　　小男生斜着头看 女老师：这是我的学生和他的母亲 　　他看了他们一眼 　　母亲伸手搂着儿子的肩，往怀里轻拽 母亲：祝贺你们 男人：谢谢

"情敌"的出现迫使小男生面临抉择，是放弃还是发起挑战？

小男生选择用行动捍卫自己的"目标"。在下定决心之前，剧本中表现人物情绪变化的具体画面：将写着"结婚日"的纸张揉成一团，并踩在脚下。

剧本片段
卧室　内　日景 　　纸被双手揉成一团 　　小男生手伸在空中，松手，纸团自由落下 　　伸脚，踩在上面，左右碾

事件

在剧本中有两个事件激发了人物。

(1) 事件一

小男生看到了一把手枪。

剧本片段
卧室　内　夜景 　　父亲拿一把枪，在手掌中翻转 　　小男生趴在门缝看 　　父亲走向柜子，拉开柜门 　　把枪放进柜里，关上柜门，出画

（2）事件二

电影海报上一个牛仔准备掏枪的形象鼓舞了小男生。

剧本片段
卧室　内　夜景 　　小男生在书桌前把纸展开 　　手掌向上，两次抚平揉皱的纸   　　他抬头看着墙上的电影海报 　　一个牛仔准备掏枪的形象

发起挑战

小男生直接向"情敌"发出决斗的信息。

剧本片段
停车场　外　日景 　　小男生：你和我决斗，明天放学后   　　他眉毛微微上扬，笑出声 　　身体前倾 　　小男生：生死决斗   　　他嘴张着，哈哈大笑 　　转头、耸肩转回头，调整坐姿 　　男友：OK 　　怎么决斗   　　念到最后一词，眼睛瞪大 　　男友：剑、手枪   　　一字一顿 　　小男生：手枪

用玩具手枪"解决"问题

　　小男生手持玩具手枪，不断地假装做要开枪的动作。让对方误以为这是一把真枪，迫于压力，说出实话；小男生获得胜利。

终篇结构	用玩具手枪"解决"问题	前来决斗
		拿出玩具手枪
		冲他开枪

剧本片段
小男生的手在枪把上 　　四指并拢，向下发力，压下撞针

他大喊，连续两声

男友：OK

身体下沉，单膝跪下

他双手持枪

男人另一膝盖也跪下

男友：好吧

双手举在空中，身体晃动

语速加快，眉头皱着

男友：反正我不想跟她结婚

老师身体下沉，压低声音

女老师：你说什么

男友：她不停地催促

让我头疼

我只想……

让她闭嘴

老师皱着眉头看着

他双手举着，五指张开

男友：我不想结婚

整个结构就是小男生为了目标不断努力，最终取得胜利的具体过程，充满细节。

4.6　动机与观点表达

4.6.1　紧扣主题

剧本中主人公的动机和他自身的观点都需要紧扣主题。

动机将支撑着主人公向自己的目标不断地"努力"，并有所发现。

主人公的发现，即问题的所在，也是主人公即将要解决的。《情窦初开》中主人公小男生的发现是："你不关心她。"

下面的片段是小男生用手枪指着老师的未婚夫。

剧本片段
他眉头皱紧，摇头
男友：为什么

> 语速加快
>
> 男友：你不了解我
>
>
> 小男生：我知道你不配她
>
> 男友：为什么
>
> 小男生：因为你不关心她
>
>
> 老师眼睛瞪大
> 语气急促叫主人公的名字

4.6.2 主人公的决心

反角在与主人公的对抗中必定要"有所作为"，即对主人公行为的"反抗"；此时，只有主人公让对方看到了自己的决心，才能继续推动剧情的发展。

老师的未婚夫对着小男生的老师发火，质问她为什么无动于衷，然后老师开始对小男生施加压力。如剧本片段中所见"你父母会怎么看"。

小男生顶住压力，让她闭嘴；手举着玩具枪假装对着反角发狠。

剧本片段
老师提高音量，语速
女老师：你父母会怎么看
小男生：请你闭嘴
他双手举着
男友：听你老师的
小男生：说你不会跟她结婚
他大口呼气，摇头
男友：我不会说的
主人公向前一步，迅速举起枪，大喊
小男生：说
他叫出声来
男友：啊
老师身体后退，靠在门上
老师的未婚夫说话结巴，身体晃动
小男生手臂弯曲，向前举枪
男友：等一下

他深吸一口气，呼吸急促，嘴张着
手形成八字状

4.6.3　反角妥协

反角表达了自己的内心想法，其实他不想结婚，这与小男生所预见的一样。

反角迫于压力，认同了小男生预判的观点。

剧本片段
老师身体下沉，压低声音
女老师：你说什么
男友：她不停地催促
让我头疼
我只想……
让她闭嘴
老师皱着眉头看着
他双手五指张开
男友：我不想结婚

4.6.4　创造新的悬念

在反角妥协之后，小男生还需要进一步的动作。

只有让人物产生动作，才能继续推动剧情的发展。如果小男生此时因为反角的妥协而没有动作，就会是一个意料之内的"结局"；所以此时，小男生冲反角开枪，逼反角说出心里话，从而用"枪"消灭"虚假"。

剧本片段
一字一顿地说出，说完身体前倾
男友：求你
小男生持枪，把枪往前伸，抬起头
男友：求你
深呼吸，叫小男生的名字，结巴
小男生瞪着眼睛，手枪前伸
男友：别开枪
他双手五指张开，身体起伏
男友．求你
他深吸一口气，双手往下一摆，大喊一声
男友：你叫人啊

老师身体一抖，看着他

男友：叫人啊

小男生扣动扳机，咬牙

双手食指扣动扳机

枪声响

空镜，地面、墙面

4.6.5 结尾是一个不可逆转的结果

小男生的老师得知了未婚夫的真实想法，将订婚戒指扔到了地上。

剧本片段
渐显，未婚夫躺在地上 单臂伸直，头枕着，眼睁着 橘色的塑料球入画 滚到他的眼前，他眨眼，头后仰看着塑料球 老师缓缓移步向前 嘴微张，眼睛眯起看 老师的未婚夫，瞪大眼睛快眨 头缓缓抬起 小男生双手持枪，转身叫老师 老师把订婚戒指摘下来 扔到了地上

4.6.6 反角的反扑

男友知道被戏弄，想要反扑。老师站在了小男生的身旁保护他。小男生因此获得最终的胜利。而老师和未婚夫的关系已经不可逆转……

剧本片段
小男生双手持枪 老师气愤，腹部急速收缩 身体重心后移 小男生微笑低头看着老师的未婚夫

男友：该死的

　　他双手撑地，急速站起来
　　小男生微笑，老师伸手臂挡在前面
女老师：你过来的话
　　我把这事告诉所有人

　　小男生微笑拿着枪
　　老师瞪着眼，头前倾，喊出
女老师：收好你的戒指

　　老师叫学生
女老师：我们走

　　他瞪着眼，头发乱了，看着
　　老师弯腰拿起地上的背包

　　手搭在小男生的肩上
　　往门口走去，回头看了一眼

　　他身体略弯，看他们走出门口

4.6.7　进一步揭示

小男生在结尾时，跟老师说出观点，强调了自己"爱情观"：给爱人所需要的。

剧本片段
街道　外　日景
老师和小男生并排走着
老师单肩背包，小男生手拎着枪
小男生：学校会知道吗
老师双手张开，手指动了一下
女老师：只有我们知道
用手指了他手中的枪
女老师：为了安全起见由我来保管
他们站住，他把枪递给老师
老师咧嘴，皱着眉，双手接过手枪，身体微微下弯"哦"
女老师：像真的一样，哪儿来的

小男生仰着头，老师手拿着玩具枪

小男生：爸爸藏在抽屉中，送我的生日礼物

老师低着头

女老师：它检验了我和未婚夫之间的爱情

我放在包里为了安全

老师把枪放在包里后

从包的侧兜里拿出戒指

女老师：哦

小男生看着

女老师：这是什么

把戒指戴上

小男生：没关系

小男生抬头看老师，再看戒指

小男生：经过这事之后我决定不和你结婚了

女老师：为什么

小男生：我没有足够的财力满足你

老师耸肩笑了

小男生：我想给爱人……

老师手指拿着戒指，来回转动

小男生：所有她想要的

女老师：将来会有一个女孩很幸运

小男生：还要等很久

老师手向上提一下肩上的背包

伸手搭在他的肩上

女老师：来吧，我送你回家

向纵深走去

两人不时地对话

出字幕

4.7　本课小结

　　正如大家在引用的剧本片例中所见,直截了当地表达主题,然后整个故事都围绕着这个主题展开。《情窦初开》的编剧在开篇借三个单词提醒观众，这是影片的主题。三个单词将三个人物的命运连接在一起，每个人都有自己的观点，相互碰撞、冲击，最终"三观最正"的角色获得胜利。

　　因为主题就是角色的观点，我们在创作剧本的过程中，注意要让它们保持一致。

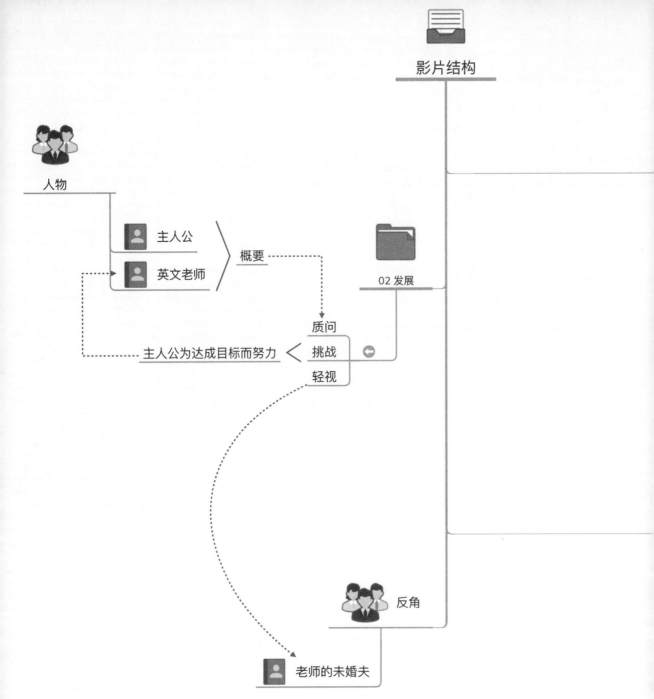

影片结构

人物

主人公

英文老师 〉 概要

质问

主人公为达成目标而努力 〈 挑战

轻视

02 发展

反角

老师的未婚夫

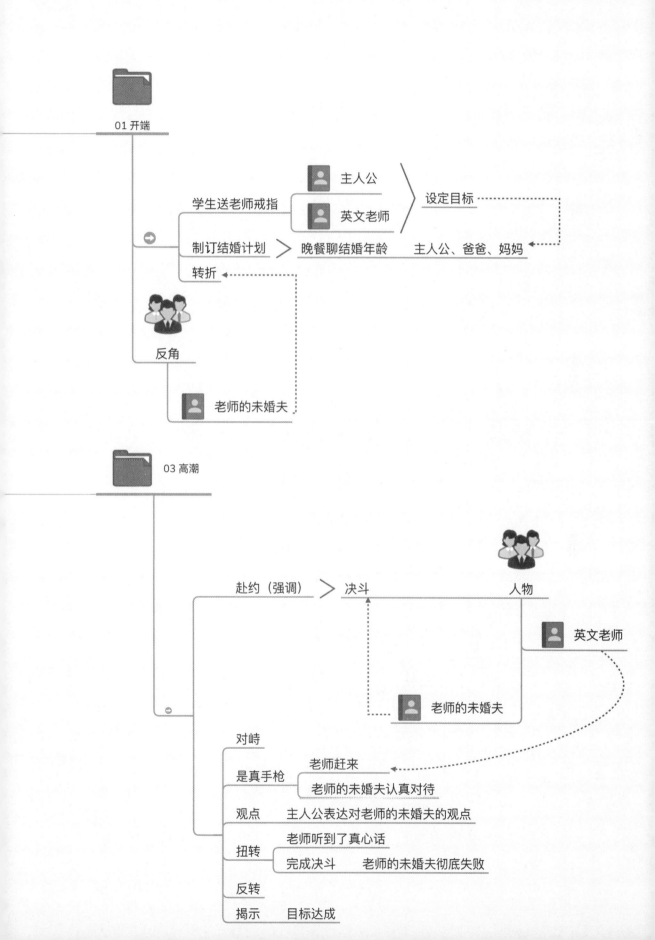

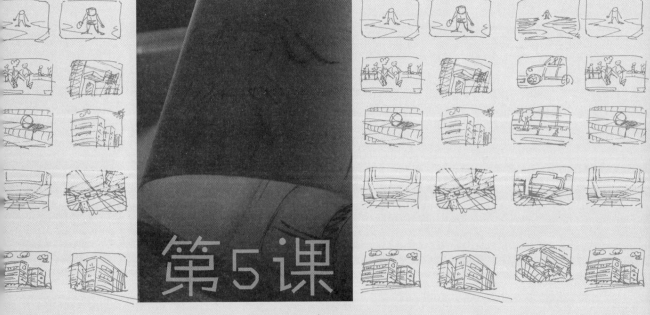

第5课

人物与超能力

在本课中，剧中人物都具有某种"超能力"。

人物因为"特殊"能力的存在，用他们的"超能力"影响甚至改变剧情的发展；**而整个故事就是围绕着主人公的"能力"展开的**。这两个片例用人物外化的"特殊"性，解释了剧本中人物应有的"样子"。

换句话说，每一个剧本中的人物，都需要创作者赋予其"特殊"性，"使人物鲜明"说的正是这个意思。

本课会围绕着两个案例展开讲解，一是学生创作的剧本作业；二是作者课堂上使用的教学案例。通过比较两个剧本中的人物设置，让大家了解"人物"，走近剧中"人物"，最终在剧本中更好地建立"人物"。

5.1　案例介绍

* 《天运之身》是学生的剧本作业。
* 《红领巾》是引用的片例。

但《知音》并没有将主人公的转变过程写清楚。

一句话大纲	
《天运之身》	主人公获得特异功能。
《红领巾》	少先队员和红领巾的故事。

《天运之身》这个剧本结尾设计得不好，事件还没有交代清楚，就草草地结束了，有点可惜。这个剧本中的人物因为意外事件获得了"超能力"，是一个不错的想法，但人物和事件都没能继续得到发展。

在参考片例《红领巾》中，主人公也有一种"超能力"，这种"超能力"只存在于想象空间，是主人公遇见影响心情的"糟糕"事件之后想象出来的情节。

《红领巾》中的"超能力"随着事件的升级，其表现效果也是不一样的："超能力"和人物都在发展；在接下来的内容中将对其展开讲解。

《天运之身》这个剧本的主要问题如下。

* 格式不正确，属于"梗概"式的剧情。
* 人物建置单薄，缺少推动事件。
* 主人公获得超能力之后人物没有后续事件。

先看一下学生的剧本作业：

学生剧本作业 (朱俊霞)	
《天运之身》	原创
故事概要：陈凡是一个古物的爱好者，偶然机会得到了特异功能，无论什么有价值的宝物，都逃不过他的法眼，因为有这种特异功能陈凡经历了许多意想不到的故事。	

人物

人物：陈凡　古老　债主刘　打手一　打手二　混混头

剧本中的问题更正
"人物：陈凡　古老　债主刘　打手一　打手二　混混头"
更正：剧本仅列出来了人名，如果能够写出人物性格，对剧本创作有帮忙。

5.2 剧本作业正文

场景一：夜幕下。（陈凡："老大、老大再宽限几天"。债主刘："（坏笑）哈哈，再宽限几天，找死，给我打！"打手一、打手二一拥而上。）陈凡为躲避债主追杀误闯进一座古墓。在古墓里奔走的时候，突然发现一具古尸，这是一具年代久远的古尸，（神色恐慌）陈凡看到古尸嘴里散发着幽蓝色的光，那光好像有魔力似的吸引他慢慢走近，走近一看，原来是古尸嘴里含着一块墨绿色的玉。陈凡好像听到有声音在提醒他：拿起它，拿起它！陈凡的手伸进了古尸的嘴里拿起了那块玉，在他手碰到玉的一刹那，墨绿色的玉突然发出一道耀眼的光芒，使他昏了过去。

剧本中的问题更正
"场景一：夜幕下" "（坏笑）"
更正：不正确的格式；笑没有好坏之分，不要这样写。
可以这样写：
街道　外　夜景
陈凡求情
陈凡：老大、老大再宽限几天
债主咧嘴，笑
债主刘：哈哈，再宽限几天，找死，给我打
两名打手冲陈凡跑过来，抬手便打
……

场景二：不知过了多久，陈凡悠悠醒来，发现玉不见了，就看了古尸一眼走出了古墓。

剧本中的问题更正
"陈凡悠悠醒来"
更正："悠悠"这种词都要删除。
可以这样写：
陈凡缓缓地睁开眼睛

场景三：回去的路上，陈凡的脑海里突然呈现出几人在围殴一老者的情景，陈凡甩了甩头……

剧本中的问题更正
"回去的路上"
更正：他是步行还是坐车，要写清楚。

场景四：刚走到巷子里，陈凡就听到一阵嘈杂（"交不交！快把东西交出来，老家伙！"）的声音，闻声望去，就看到一帮小混混在殴打一个身穿中山装的老人（混混头："老家伙，快把东西交出来"。（满身伤痕）老人："打死我也不会把东西交给你们这帮浑蛋。"）。陈凡本就是爱打抱不平的人，听到这话立刻冲过去和他们打了起来。混混们被突然闯出来的人吓呆了（"还真有不怕死的，给我打！"）反应过来的混混头命令道。

剧本中的问题更正
"（满身伤痕）"
更正：是脸上有伤，还是胳膊抬不起来了，不能简化，要写清楚。

场景五：混混们躺在地上呻吟，陈凡正在诧异自己什么时候变得那么厉害了，老者站起来对他说："谢谢你，年轻人，我姓古，<u>是 ×× 的博物馆馆长</u>，你以后就跟着我吧，我会好好报答你的！"

剧本中的问题更正
"是 ×× 的博物馆馆长"
更正：要写出具体的名字。

场景六：×× 博物馆里，陈凡跟在古老身后，听他讲述着有关古物的事，陈凡突然发现只要<u>专注地看一个古物的时候脑海里便呈现出这个古物的资料</u>，难道是受那天那块玉的影响？陈凡心想。

剧本中的问题更正
"专注地看一个古物的时候脑海里便呈现出这个古物的资料"
更正：具体到看到什么物品，脑海中呈现关于物品的什么资料。
可以这样写：
这样写太笼统，最好具体些。

场景七：古老带着陈凡在古玩市场转悠，古老对陈凡说："这市场赝品很多，只有极少数人可以碰到真品，是很考验人的眼力的。"陈凡在旁边的摊位上看到一幅画，就朝那个摊位走去，专注地看了起来。这时，脑海里又呈现了这幅画资料。原来是个老物件，陈凡努力使自己心里平稳，花钱把画买了下来，然后拿给古老看，古老看了一眼说："这不是 ×× 的真迹吗，这你都能淘到，运气真是太好了！""我看着喜欢就买下了，没想到竟然是真迹"。陈凡<u>不动声色</u>地说道。

剧本中的问题更正
"不动声色"
更正：这种修饰词要删掉或者是替换。

场景八：自从陈凡知道自己有这项异能后，就到各个古玩市场淘宝，<u>后来成为史上最年轻创办私人博物馆的人</u>。

剧本中的问题更正
"后来成为史上最年轻创办私人博物馆的人"
更正：他收藏的钱是从哪里来的？谁评他为史上最年轻创办私人博物馆的人？
可以这样写：
故事没有写完，老师无法修改。故事是同学们自己的，需要完整将故事写出来；故事可以编得问题百出，但未完成的故事是一个遗憾。

5.3　片例故事预览《红领巾》

一句话大纲：

少先队员和红领巾的故事。

将故事分成三段，展开分析。

- 第一段（开端）：历史事件，人物出场。
- 第二段（发展）：小明失去红领巾。
- 第三段（高潮）：小明重新戴上红领巾。

第一段（开端）：历史事件，人物出场		
电脑动画，历史感的营造		
17秒		
时代背景	朝鲜战争期间	主人公的爷爷负伤
16秒	28秒	41秒
撕下敌军军旗的事件	获得战争胜利	主人公出场（出片名）
47秒	57秒	1分15秒

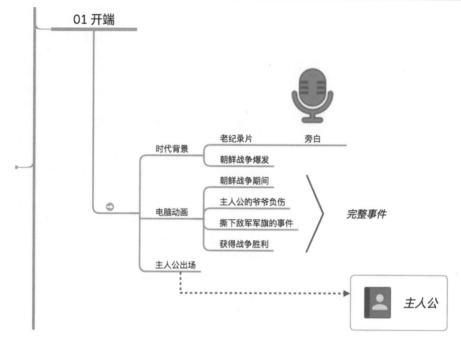

影片开始有一段动画制作的背景资料，介绍主人公张小明的爷爷在抗美援朝作战时的英勇事迹，他在牺牲前把国旗插进了敌军所占的高地上。

1950年6月25日，朝鲜战争爆发，英勇的中国人民志愿军支援朝鲜人民抗击侵略。房子爆炸，飞机投弹，战争纪录片的片段加上老胶片的效果。卡通人物造型的军人形象，背景是爆炸、火焰。

接着"画风"一转：今天我们要讲的是英雄的孙子——张小明的故事。

穿着校服的张小明，从远处跳着脚跑向镜头。张小明谨记爸爸对自己的教导"红领巾是国旗的一角，是用革命先烈的鲜血染成的"，一定要做一个像爷爷那样的英雄。

出片名，红色的大字占据了整个屏幕。

第二段（发展）：小明失去红领巾		
大队长报告老师（矛盾）	老师不让小明戴红领巾	杜撰老师们喜欢的检查
2分22秒	3分19秒	5分40秒
没有红领巾，没人相信你	同学们都疏远小明	老奶奶让大队长帮忙
6分36秒	8分	8分50秒
小明去买红领巾	班主任发现他买红领巾	小明反抗：我不是坏孩子
9分13秒	10分14秒	10分54秒

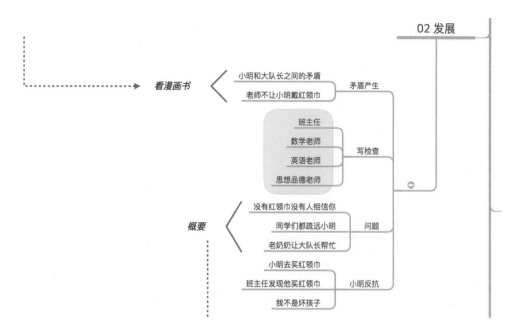

老师在黑板上写字，同学们的读书声；大家都在认真读书，后排的张小明却在笑，他在看漫画书，同桌的大队长看到漫画书后，问他："有什么这么好笑，让我看看啊"；"去去去，我还没有看完呢"小明直接拒绝了。大队长直接动手抢，两人你来我往就把漫画书撕掉了页。

大队长把书扔到张小明的跟前："还给你，以后早读课不要看漫画"；张小明让他赔，大队长举手报告老师。老师走过来翻看张小明的漫画书："挺厉害啊，还学会包书皮了，你给我站着上课"挥手让大队长坐下，回到讲台让同学们继续读书。

张小明不服气，继续跟大队长争执。张小明用力过猛，将大队长推到了地上。

"报告老师，张小明动手打人"，老师把张小明的红领巾扯了下来，拧着他的耳朵拽出教室，走到门口不忘记转身，指着教室的学生说："你们给我继续读书"。

老师一进办公室，一看是张小明，其他的老师也围了上来。

老师们集体发言，英语教师、数学教师、思想品德老师。每当张小明想说话解释，都被老师打断："你不要说了，今天不把检讨写好就不要上课了"。

张小明找了一个位置，想象了一个故事：大队长语重心长地说："小明，你好好读书才能学到知识，为祖国和人民做贡献，这些课外读物不应该带到课堂上来"。张小明起身把大队长推倒，还用脚使劲踢。老师走过来说他，大队长站起来，搂住张小明的肩膀："老师不要骂他，我没事，我们还是应该以教育为主"。

配合检讨书，画面被处理成一个想象段落，大队长浑身上下散发着光，老师也一样，张小明的发型跟平时有了明显变化，头发竖着，还喷了发胶。表情、动作完完全全被处理成为一个"坏孩子"。

写完检查，张小明同学低着头，从教学楼走了出来。

他遇到了同学（胖子），胖子说："没有红领巾就不是少先队员，而且没有人相信你"；张小明说："我在国旗下宣过誓，现在就证明给你看"。

一位女同学走过来，书没有拿稳掉到了地上，张小明过去帮忙捡起，当女同学得知张小明的红领巾被没收后，尖叫着跑开了，书扔得满地都是。

张小明回到教室，发现班里的同学正在议论他，众女同学"咬耳朵"说悄悄话。放学回家，张小明独自一人走在队伍的最后面；他快跑两步想跟上大家，同学们看他过来了都跑开了。

在校门口遇到一位需要帮助的老奶奶，他上去帮忙；大队长过来帮助奶奶，老人家一看三道杠，好学生，老奶奶跟大队长走了，张小明同学连做好事的机会都被剥夺了。

张小明在校外的地摊上问老板红领巾多少钱一条，能不能便宜点，老板教育他："红领巾这么神圣的东西怎么可以讲价，它是用革命烈士的鲜血染成的"。

黑板上的作文题目：《我的老师》。

老师看到张小明戴着红领巾，把他买来的红领巾扯了下来；小明又从书包里拿出一条系上，书包里有好多条红领巾；老师说："你这样的坏孩子不配戴红领巾，这是用革命烈士的鲜血染成的"。

张小明双手拍桌子猛地站起来："我不是坏孩子，我爷爷是抗美援朝的英雄，我最有资格佩戴红领巾"。老师说他顶嘴，让他去操场上罚站，天黑之前不能回家。

张小明哭了，委屈的眼泪流下来。

音乐起，进入想象的时空，他大喊一声，教室桌椅被气流掀起、炸飞。张小明身体不断地膨胀，比教学楼都要高。空中有蓝色的光，巨人张小明用手指着地面上的人哈哈大笑。

第三段（高潮）：张小明重新戴上红领巾		
小明惹怒"坏孩子"	从旗杆上摔下来	班主任老师的转变
11分54秒	13分30秒	14分21秒
学校的转变	张小明重新戴上红领巾	大队长被老师摘掉红领巾
14分53秒	15分4秒	16分5秒

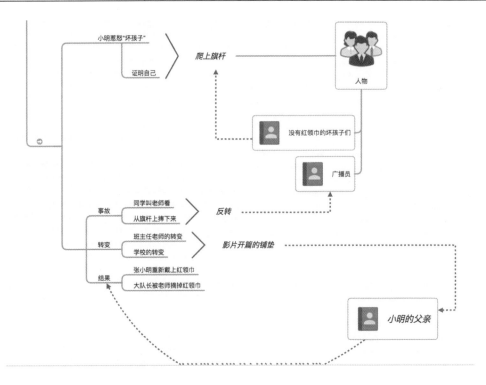

张小明在操场上罚站，来了四个坏小子，都是没有戴红领巾的学生。

"听说你最近干了很多坏事，我们老大很欣赏你，要你加入我们"。张小明义正词严地拒绝了，重申自己不是坏孩子。几个人要上来打他，张小明爬上了国旗杆。

班上的胖子正看着窗户外面发呆，看到了张小明爬到了旗杆上，随即报告老师。

张小明已经爬到了旗杆的顶部，大家齐声喊张小明下来，结果张小明和国旗一起从旗杆上飞下来。老师跑出教室，同学们也围了过来。

张小明躺在病床上，头和手缠着绷带，老师坐在里面的椅子上："笑，还笑啊，等一下把事情的经过告诉你爸之后，看你还笑得出来"。张小明低下了头。

一个人入画，老师说："你是张小明他爸是吧"；"没有，没有，没有，这才是"，来人一指站在旁边的男人"这是我们张局长"；老师马上站起来与对面的人握手说："您是张小明的父亲是吧"；这里的情绪转变得相当迅速，从表情到语气再到神情，180 度大逆转。

随后，剧情开始反转，影片以一种超现实的手法实现主人公张小明身上的变化：他成为品学兼优的好学生，护旗英雄……张小明出院后，同学们在学校门口排成两行，欢迎他归校，老师亲自把红领巾给他戴上。

新的一天，早读课，黑板上的作文：《小英雄归来》；张小明又在看漫画书，大队长笑了一下，举手报告老师；张小明很慌张，看着老师不知道怎么办，老师长时间俯视张小明；突然，老师把大队长的红领巾扯下来，大队长吃惊，不明白为什么？

老师说："如果你专心读书会注意到别人吗？以后这红领巾你也不用戴了，你看人家小明戴就好了"。

剧终

5.4　开篇与事件起因

在《天运之身》的剧本中，主人公因为被债主追杀误闯进一座古墓。

后续的剧情中，这条线索并没有交代，这一点暂且不谈，在《天运之身》的开篇该学生设计了事件的起因。

剧本片段
场景一：夜幕下，陈凡："老大、老大再宽限几天"。债主刘："（坏笑）哈哈再宽限几天，找死，给我打！"打手一、打手二一拥而上。陈凡为躲避债主追杀误闯进一座古墓。

我们看一下《红领巾》剧本开篇段落的设计。

- 上课看漫画书。
- 红领巾被老师摘下。
- 主人公重新拥有红领巾。

主人公上课看漫画书，被大队长报告老师，主人公的漫画书被没收。

看漫画书这个事件，引出后续一系列的问题，不断地使人物陷入困境。

剧本片段
教室　内　日景 　　老师在黑板上写字 　　同学们坐着读书 　　老师低头看书 　　远处的小明一个劲儿地笑

小明在看漫画书

同桌的大队长转头

大队长：哟，还会包书皮了呀

有什么这么好笑，让我看看啊

小明伸手连续摆动

张小明：去去去，我还没有看完呢

大队长：现在是早读时间，你不好好早读，快点儿把书给我

小明头冲她点了一下

张小明：哼，你还大队长呢，你自己怎么不读

大队长：你闭嘴，我是大队长，你要听我的

大队长伸手抢书

大队长：把书给我

两人向两个方向使劲拽

张小明：我不给你还抢啊

后排的同学看到边读书边笑

小明将漫画书扯下一页

书在大队长手中，她看书坏了

把书扔在小明的桌面上

大队长：还给你吧

大队长：以后注意上课不要看漫画书

小明非常气愤

低头看着桌面上的漫画书封面

张小明：这是我新买的，你赔

大队长看着小明

片刻，转身举手叫老师，站起

大队长：老师张小明早读看漫画

他把语文书皮撕下来包在漫画书封面上

老师皱着眉，听大队长报告

老师将粉笔扔在桌上走过来

小明看到老师过来，身体缓缓向后挪动

老师拿过张小明的漫画书，翻看

在影片的结束单元，老师将红领巾给小明戴上。首尾呼应，**事件的开始和事件的结束最终形成一个"闭环"。**

剧本片段
校园　外　日景
学校门口，两列学生鼓掌欢迎
老师站在中间，双手拿出红领巾.
广播：我们决定将这周的流动红旗
老师将红领巾拿过来，给小明戴上
广播：评给四年二班并赠予荣誉班级的称号

既然设计了事件的起因，就需要给出一个"结果"。

在《天运之身》剧本中，主人公陈凡因为躲避债主的追杀，进入古墓看见一块玉，从而获得了超能力。

剧本片段
陈凡努力使自己心里平稳，花钱把画买了下来，然后拿给古老看，古老看了一眼说："这不是××的真迹么，这你就能淘到，运气真是太好了！"

对人物"超能力"的处置，在剧本结尾段落需要给出交代，例如：主人公又失去这种能力……**不能没有交代直接收尾。**

《红领巾》中的超能力是一种"想象力"，它并不在影片中对其他人和事产生影响，它只存在于人物的脑海和想象中，**是主人公受到"伤害"后的一种夸张表现手法。主人公还有一个"隐性"的超能力：在剧本的开篇，编剧已经有所铺垫，结尾时人物的逆袭自然又成功。**

在下面的剧本片段中，主人公失去红领巾之后同学们议论纷纷，没有了红领巾的主人公被"传言"成为一个"坏人"：一个手持冲锋枪到处搞"破坏"的坏人，人物在剧中的**"人际关系"**陷入了危机。

5.4.1　人际关系的危机

张小明回到教室"你们都看着我干什么啊"，班里的几拨儿同学开始低头说话，一位女同学的脸贴着另一位同学的耳朵说悄悄话；不同的女同学相互说悄悄话……

1.	空镜，教室的门，女同学双手抱头跑向画石；中景
2.	室外女生的尖叫声，教室里，四位同学，他们眼睛看着一动不动；全景
3.	一女生对着画左女生的耳朵小声说话；特写

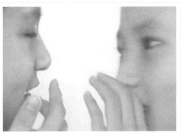

1.	画左另一女生眨着眼睛，侧耳听；特写
2.	另外一女生，听；特写
3.	另外两女生，说话；特写

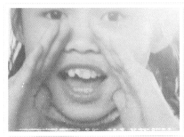

1.	主观镜头，一女生面向镜头，双手放在嘴边，张大嘴说话；近景
2.	小明双眼冒红光，左手持冲锋枪，对着天空开枪；机枪声、爆破声；小全
3.	一群学生冲镜头跑来，一女生双手捂住耳朵；小全

看完这个段落的拍摄画面，对比下面的剧本片段。这个段落是主人公第一次"超能力"的展现，是对主人公受到"流言蜚语"中伤的想象画面。

5.4.2　小明变成坏人

从小明上课看漫画书，到他的红领巾被没收，再到大家对他议论纷纷，主人公陷入被动局面。

剧本片段
教室　内　日景
空镜，门
女同学双手抱头，尖叫，跑过，再折回
班里的四位同学
一动不动看着
小明走到座位上，低着头看了一下
左转身看，右转身看
张小明：你们都看着我做什么
大家听到他说话

全都低头小声说话

他摇摇头坐下

同学两两在一起
小声说话

一女生对着小明的方向一指
一女生皱眉

一女生手放在嘴旁
对着旁边女生的耳朵小声说话

女生眼睛转动
一女生转头说，有口型，没有声音
女同学：真的

另一女生眨着眼睛，侧耳听
女生头伸过来，手放在嘴旁，小声说话

转头
女同学：不会吧

一女生双手放在嘴边
张大嘴说话

小明双眼冒红光
左手持冲锋枪，对着天空开枪

一群学生跑

接下来看《红领巾》剧本中人物"超能力"的升级效果。

主人公感觉没有红领巾之后产生了很多麻烦，所以他的解决方案是：去学校外面的店里买一条。结果被老师发现，红领巾又被没收了。老师说："你这样的坏孩子不配戴红领巾，红领巾是用革命烈士的鲜血染成的"。

张小明双手拍桌子猛地站起来，"我不是坏孩子，我爷爷是抗美援朝的英雄，我最有资格佩戴红领巾"。老师说他顶嘴，让他去操场上罚站，天黑之前不能回家。张小明哭了，委屈的眼泪流下来。音乐起，进入想象时空，他变成了"巨人"……

5.4.3　心理活动外化

小明很委屈，但愤怒无法表达，他哭着化身成为一个巨人，以幻想的形式宣泄情绪，是主人公想要"抗争"的具体画面。

老师双手去摘小明的红领巾"告诉你，以后你买一条我没收一条"；小明伸手摸桌子里的书包，从里面拿出一条红领巾，双手戴上，眼睛始终盯着老师。

1.	同学们的笑声，老师"嘿，还有"，伸手揪下；小明伸手又拿出一条，同学们笑得更大声；老师上前一步，从书包里不断地揪出红领巾；中景
2.	老师拿着红领巾，指着张小明"你知不知道红领巾是国旗的一角，像你这样的坏孩子，不配戴红领巾"；中景
3.	小明双手猛拍桌子，站起来 "我不是坏孩子"；中景

1.	老师看着小明，喘着气"你现在还学会顶嘴了是吧？你去操场上给我罚站"；中近景
2.	小明急促喘气，脸上挂着两行泪，小明深吸一口气大叫；近景
3.	气流冲击让椅子冲镜头飞来；小全

1.	能量波汇聚，持续震动，学生们跑到操场上；全景
2.	教室，空镜，尘土飞扬，一只巨大的脚由上至下入画；小全
3.	变成巨人的小明，伸手指着地面上的人，大笑；中景

小明变成巨人

人物的"超能力"增添了影片的趣味性和戏剧性。观众通过画面感受到主人公的委屈和愤怒。

剧本片段

老师看着小明，喘着气，伸手连续指

班主任：你现在还学会顶嘴了是吧？你去操场上给我罚站

小明急促喘气，流泪

班主任：天黑之前你不许回家，你现在就给我去

小明深吸一口气大叫

张小明：啊

爆炸效果，张小明的想象空间
气流冲击，椅子飞起

爆炸的火焰填充画面
小明持续的叫喊声

操场　　外　　日景

能量波不断汇聚
操场上的学生们向校门口跑去

小明的叫喊声
发亮的粒子四散飞

变成巨人的小明直起身体
有些学生转身，指向天空

楼一角倒塌了
尘土飞扬、碎石、木材

一只巨大的脚，踩脚

变成巨人的小明
伸手指着地面上的人哈哈大笑

5.5　本课小结

　　主人公从拥有红领巾，到失去红领巾，再到去买红领巾，最终老师又将红领巾给主人公戴上，这是一个完整事件发生、发展、结束的全过程。

　　人物在这个大事件的过程中不断地变化，人物的能力也随着事件不断"突显"出来。编剧开篇的铺垫，再到结束时人物的逆袭，真实而有力。

影片结构

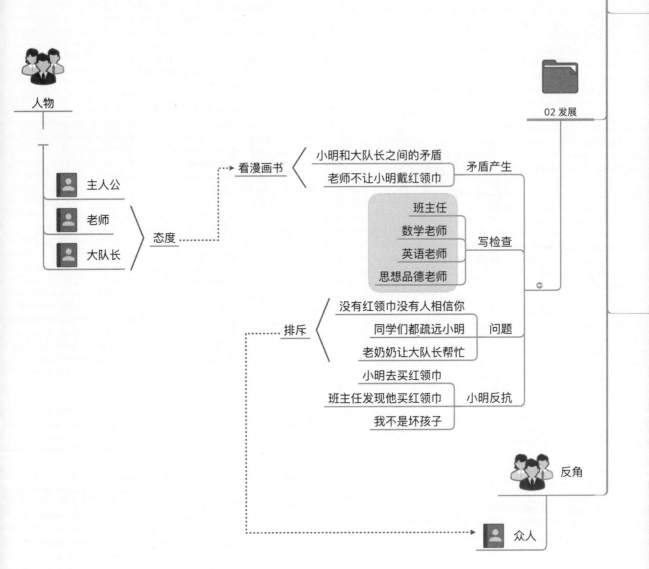

02 发展

人物
主人公
老师
大队长
态度

看漫画书
小明和大队长之间的矛盾
老师不让小明戴红领巾
矛盾产生

班主任
数学老师
英语老师
思想品德老师
写检查

排斥
没有红领巾没有人相信你
同学们都疏远小明
老奶奶让大队长帮忙
问题

小明去买红领巾
班主任发现他买红领巾
我不是坏孩子
小明反抗

反角

众人

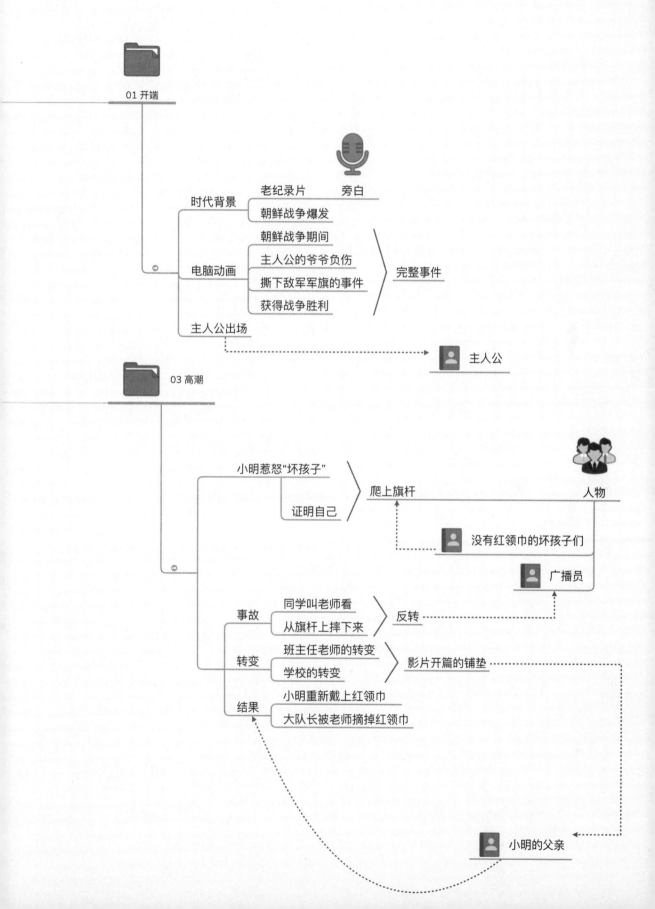

01 开端

时代背景
　　老纪录片　　旁白
　　朝鲜战争爆发

电脑动画
　　朝鲜战争期间
　　主人公的爷爷负伤　　完整事件
　　撕下敌军军旗的事件
　　获得战争胜利

主人公出场　　　　　　　主人公

03 高潮

小明惹怒"坏孩子"　　爬上旗杆　　人物
证明自己

　　　　　　没有红领巾的坏孩子们
　　　　　　　　广播员

事故
　　同学叫老师看
　　从旗杆上摔下来　　反转

转变
　　班主任老师的转变
　　学校的转变　　影片开篇的铺垫

结果
　　小明重新戴上红领巾
　　大队长被老师摘掉红领巾

小明的父亲

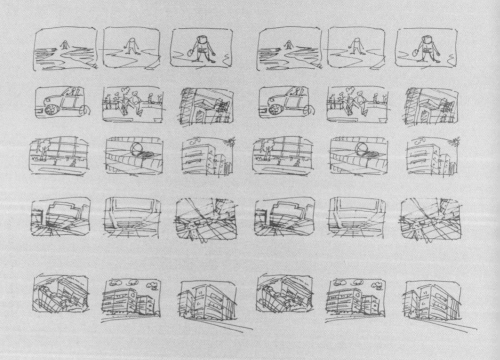

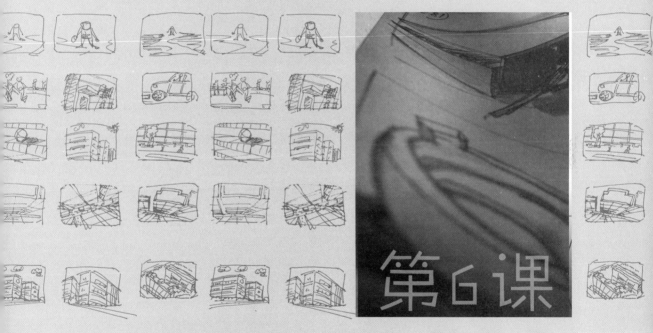

第6课

故事要素

开始本课的学习，请大家问自己一个问题：故事是由什么组成？

结构、人物、情节、时间、地点、对白……相信我们会收到很多种答案。本课着重讲一下影片的立意这个故事元素。

影片立意是一种价值观，价值观和人物一样，具有"变量"属性。

随着生命时间的流逝、见识的增多等因素，人的价值观也会"成长""进步"，逐步趋向于一个正面的价值观（反之）。

可能我们有过类似的经历：当我们回头看过往的经历，原本认为正确的事情，可能会有截然相反的认识。在正确和不正确的区间中，价值观起到了一定的决定作用。

生活如此，电影也是一样。**在剧本中价值观是主人公内心活动的"潜意识"**，它存在、左右并影响了故事所传递的思想。

6.1 案例介绍

- 《生日礼物》是学生的剧本作业。
- 《母亲的勇气》是引用的片例。

一句话大纲	
《生日礼物》	父亲为女儿准备一件生日礼物。
《母亲的勇气》	母亲奔赴千里之外看女儿。

《生日礼物》这个剧本的影片立意很有代表性，适合拿出来跟大家讨论。

学生在《生日礼物》剧本创作的过程中，关注点放在如何讲好一个亲情的故事，对于影片的立意缺少进一步的考量。剧本中，父亲这个角色是一个"钉鞋匠"，女儿生日从未收到过父亲的礼物，当女儿把这句话讲出来时，影片的立意发生了变化，因为观众会产生一种想法："父亲一定要在女儿过生日时送礼物吗？""父母对子女的爱，需要用记得孩子生日和送礼物来表达吗？"

记得近期在朋友圈看到过的一篇文章，大意是"父母不曾亏欠孩子什么"。

关于这些观点的讨论就是分析影片立意的一个缩影。

那我们如何在剧本中处理这样的问题呢，就《生日礼物》这个剧本来讲，女儿无须有这样的台词设计。通过画面、父亲的职业，观众可以感受到主人公家境不好，但父亲却依然坚持送给孩子自己精心准备的礼物，**正如生活中父母所做的那样，竭尽所能给予你全部……**

影片的立意，对于初学者来说可能难以理解，不知道如何实践。

很多时候，创作者因为太想完成一个好故事，所以会忽略情节中那些"额外的意思"，导致影片的立意处理有失妥当，这并无大碍，通过不断学习，逐步使影片立意和剧中价值观趋向于正面。

成长需要时间，写剧本的人更需要时间完善自己，完善自己创作的故事。

学生剧本作业	
《生日礼物》	原创
故事梗概：从小就失去妈妈的小月和爸爸一直过着艰苦的日子，爸爸是个钉鞋匠，小月从来没收过生日礼物。在一次饭桌上，她的一句："长这么大，我还从没收到什么礼物呢。"使爸爸非常愧疚，一天，爸爸看到女儿非常喜欢那条来缝衣服的女孩的裙子，爸爸便回家熬夜做了件一样的衣服作为女儿的生日礼物。	

6.2　剧本作业正文

场景一：食堂

　　爸爸和小月对坐着吃着馒头和一盘菜，这时<u>小月调皮地说</u>："爸爸，你猜明天是什么日子啊？"爸爸想了想说："哦，是你的生日啊，你看，爸爸差点把你的生日忘了。"<u>小月有点伤心地说</u>："长这么大我还没收过什么礼物呢。"爸爸摸着小月的头说："爸爸对不起你呀！"

剧本中的问题更正
"小月调皮地说""小月有点伤心地说"
更正："调皮""伤心"这些词都要删除，如果剧本作者想要表现演员的情绪，最好给出具体的动作。
可以这样写： 　　将"小月调皮地说"改为： 　　小月给爸爸夹菜 　　筷子没有松开，在爸爸碗前比画一下 　　爸爸微笑，抬头看她 　　她笑着对爸爸说 　　将"小月有点伤心地说"改为： 　　小月噘嘴，皱眉，深吸一口气 　　跟爸爸说话

场景二：校门口

　　爸爸坐在马扎上，左手拿着一只鞋，右手拿着粘鞋胶粘鞋。这时，从校门口走来三四个女生，小月也跑到爸爸跟前，爸爸说："放学了"小月说："嗯"。<u>一个穿着漂亮裙子的女生从校门走出来，小月羡慕地说："哇，好漂亮的裙子啊"</u>此时，爸爸看了看女孩，叹了口气，低下了头。

场景三：校门口

　　<u>爸爸在门口钉鞋，那位女孩拿着那件裙子过来缝</u>，爸爸看了看裙子说："你明天来拿吧"女孩应了声走了。

剧本中的问题更正
"爸爸在门口钉鞋，那位女孩拿着那件裙子过来缝"
更正：修鞋的爸爸，还身兼缝衣服的工作，这样的设计过于牵强。
可以这样写： 　　将前面段落中"一个穿着漂亮裙子的女生从校门走出来"要删除，要增加这件裙子如何拿到修鞋师傅这里的桥段。假设修鞋店旁边有一家裁缝店没有开门，或者一位熟人将这件裙子寄存在修鞋的师傅这里。

> 裙子被修鞋师傅的女儿看到，她特别喜欢。
>
> 修鞋师傅注意到这个细节。
>
> **提示**：剧本中类似这样的逻辑问题，都不好修改，合理化是剧本首尾相关、多个细节相互呼应而形成的，改动即意味着对剧本重写。

场景四：教室

爸爸在微弱的灯光下按照那件裙子做了件一样的裙子。

剧本中的问题更正
"爸爸在微弱的灯光下按照那件裙子做了件一样的裙子"
更正：修鞋的师傅不一定非要自己去做。
可以这样写： 　　剧本作者想表现父亲的用心，可以选择的方式有很多种，让修鞋的师傅去做裙子，这样的问题一定要避免。父亲可以花费很大的力气，请别人帮忙，例如裁缝店的阿姨，当父亲跟裁缝店的阿姨说出想法的时候，裁缝店的阿姨是拒绝的，因为他们的关系紧张或者裁缝店的阿姨家里有急事要处理。 　　但父亲没有放弃，帮裁缝店的阿姨处理完她家里的事情，然后再说出实情，父亲要完成孩子的一个心愿。裁缝店的阿姨被修鞋师傅的真情打动，连夜做了一件衣服。 　　这是使剧本合理化的一种调整方案。

场景五：教室桌子旁

爸爸把熬夜做好的裙子递给小月，小月满脸惊喜与感动，拉着爸爸的手说："爸爸，你不用这么辛苦的。"爸爸慈祥地笑了笑，两人相拥在一起。

剧本中的问题更正
"小月满脸惊喜与感动"
更正："惊喜""感动"这些词都要删除。
可以这样写： 　　小月瞪大眼睛看着手中的衣服 　　双手捂着嘴，眼泪流了下来

6.3　片例故事预览《母亲的勇气》

一句话大纲：

母亲奔赴千里之外看女儿。

将故事分成三段，展开分析。

- 第一段（开端）：老妇人被拘捕。
- 第二段（发展）：事件经过。
- 第三段（高潮）：通过安检。

第一段（开端）：老妇人被拘捕			
群众围观	安检拘捕女人	引起怀疑	不懂英文
5 秒	15 秒	32 秒	49 秒

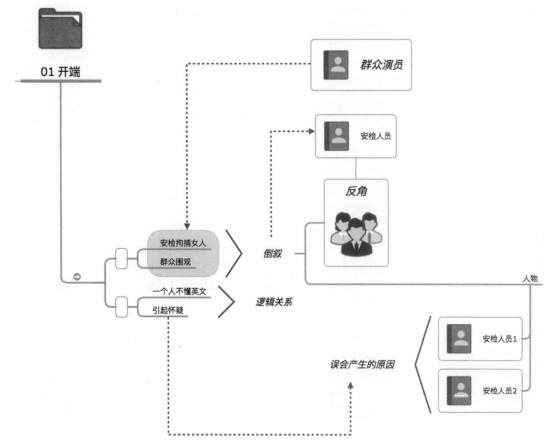

字幕：真实故事改编……

机场候机室，女人的呼喊声，众乘客看。

两名警察，双手抓着一个老妇人的胳膊。一名警察戴着白色手套在她的黑包里翻找，从中拿出一个白色的袋子，老妇人挣扎，大叫，表情狰狞。

"一个老妇人，因为携带违禁品在委内瑞拉被拘捕"。

闪回……

过安检时，警察发现老妇人双手抱着胸前的包，显得非常紧张。在过旋转门时，见到门口一名警察，神色慌张。这些举动引起了安检人员的怀疑。

"她是一个来自台湾的人，没有人认识她"。

坐在橱窗里的安检人员用手比画一个方形，她低头从包里拿出护照，安检人员抬头看她，她不敢直视。

她带的行李不多，长途旅行也毫无准备，渴了俯身就喝公共饮水池里的水；在卫生间化妆，往嘴唇涂抹口红；晚上就在候机室的座位凑合，还不时地低头看怀里的黑色包裹。

第二段（发展）：事件经过		
发现可疑物品	向华裔警察哭诉	人物处境
55秒	1分26秒	1分55秒

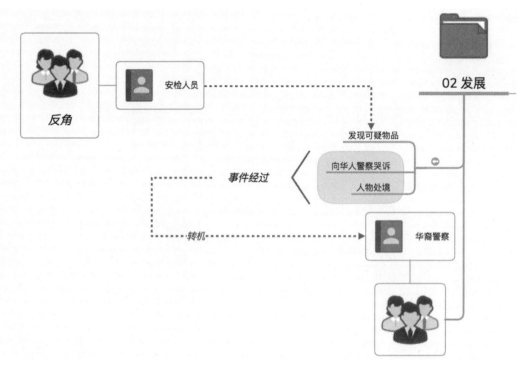

警察问她："袋子里的是什么？"一个塑料袋子落下，另外两名警察继续在她的包里翻。

她站在对面，警察抓她的胳膊不让她乱动。她叫嚷着冲过来，想抓袋子，警察手拿着袋子看着她。语言不通，一名华裔警察赶来。

她双手下移，挣脱警察的手，她冲华裔警察连说带比画，告诉他这是一包中药材。

华裔警察接过塑料袋，手拿袋子翻转过来看，"她是来这里炖鸡汤给女儿补身体的"。

华裔警察，抬头看她。她双手合十，祈求。

"她女儿刚生产完，她们好几年没见了"

"蔡英妹，63 岁"

"第一次出远门"

"一个人，没有人陪伴"

"独自飞行三天"

"三个国家，三万二千公里"

她在水池旁喝水，侧靠在候机室座位上睡觉。卫生间她双手接水，洗脸，用搭在肩上的毛巾擦脸。飞机的走廊，她在人群中走，她手拿张字条，举着让路过的人看，焦急的表情。

第三段 (高潮)：通过安检		
赶飞机 (高潮)	成功	点题
2 分 36 秒	2 分 45 秒	2 分 54 秒

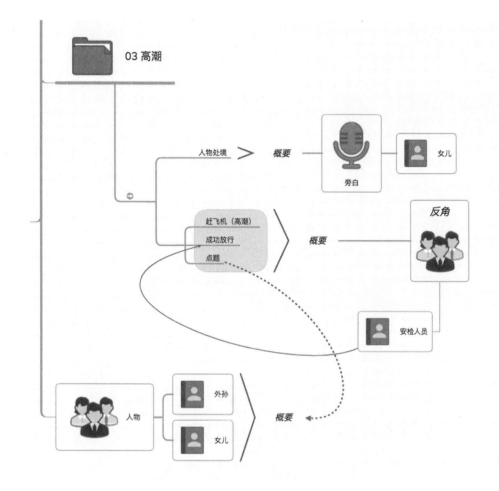

她听到航班起飞的信息，在卫生间快速收拾东西。

她手拿包裹，在候机室跑。她在人群中摔倒，爬起来接着跑，赶飞机。

她想到自己在飞机上，俯瞰城市的全景；想到女儿寄来的外孙照片；想到她双手拿着机票，找不到座位时的情景；想到她在候机时，想念亲人低头哭泣的情景；想到她双手合十，祈求警察放过自己的情景……

"她是怎么做到的"

当华裔警察解释了：这不是违禁物品，这是煲汤的中草药，是给她女儿生产完补身体用的。大家都沉默了；她站在警察中间，流着眼泪。

出字幕

坚毅、勇敢、爱。

6.4　影片的立意

《母亲的勇气》讲述了一位母亲，奔赴千里之外看望女儿。通过片例看一下剧本是如何完成故事要素的设计的。

故事核心：母亲对子女的爱。**爱需要表达，需要付出，爱在剧本中更需要具体的画面。**

6.4.1 看孩子的照片

剧中的主人公非常想念女儿，想要见到刚刚出生的外孙"她看女儿与外孙的照片"，幸福，微笑。

剧本片段
飞机上　内　日景
主人公看女儿与外孙的照片
手指在照片上缓缓下滑
透过窗户的光，照在她的肩上
她微笑着低头看照片

主人公在机场赶航班时，脑海中想的也是女儿和外孙的画面。

剧本片段
候机室　内　日景
俯瞰，城市，云，山，河
主人公奔跑，她边跑边把包往上提
回想看女儿和外孙照片
满足的微笑

除了照片之外，给出具体的画面"女儿怀中抱着的婴儿"。

剧本片段
候机室　内　日景
主人公手拿包裹跑
房间　内　日景
女儿怀中抱着的婴儿
候机室　内　日景
她奔跑，把包抱在怀中

通过三组镜头，直观地表达出母亲的思念、想念之情……**这是影片的立意：父母的爱无私而伟大。**而不是使用《生日礼物》剧本的方式，子女对父母提出直接的要求。

相比较而言，还是片例《母亲的勇气》处理的方式更恰当。

在《母亲的勇气》的剧本中，主人公也给女儿带了礼物："一包中药材"。

这包中药材是母亲的一份心意，一份真切的爱，一份礼物却为她惹来了麻烦。

6.4.2 主人公被警察拘捕

因为过安检时，这包中药材被扣留，因为它属于违禁品。

剧本片段
警卫室　内　日景
两侧各站了一名警察
他们双手抓住主人公的胳膊
两名警察，戴着白色的手套
从一个黑色的包中，翻出白色的袋子
她挣扎，嘴里叫，表情狰狞
警察表情严肃，他抬头向着老人……
OS：一个老妇人，因为携带违禁品在委内瑞拉被拘捕了

6.4.3　说明物品的用途

母亲为什么要带这样的礼物给女儿?

因为主人公感觉女儿的身体需要滋补，这是她爱女儿的一种方式，**是主人公的生活习惯与机场安检的安全性形成的冲突。**

警察和主人公语言不通，什么也问不出来。

赶来一位华裔的警察，他能理解主人公的"这包中草药"的用途。

剧本片段
警卫室　内　日景
主人公双手下移挣脱警察的手
她冲华裔警察连说带比画
OS：她告诉他这是一包中药材
华裔警察从戴白色手套的警察手中接过塑料袋
低头看
OS：她是来这里炖鸡汤给女儿补身体的
华裔警察，抬头看她
她双手合十，低下头，祈求
OS：她女儿刚生产完，他们好几年没见了

在剧本中，对于冲突的处理，不能仅靠角色之间语言的交流来完成。在华裔警察赶来之前，警察和主人公之间有强烈的冲突，对抗性的肢体接触。

6.4.4　可疑物品

"这包中草药"让机场的警察误以为是"违禁品"。在这种误解的前提下，语言又不通，强化了主人公的困境。

剧本片段
警卫室　内　日景 　　一包中草药的塑料袋落下 　　警察把包倒过来，包里的东西掉在桌面上   　　主人公在三名警察的中间，叫嚷着冲过来抓 　　后面的警察抓她的胳膊，不让她动   　　警察拿着这包中草药看着她 　　问她这是什么   　　后边一警察伸手指了一下袋子 　　她使劲挣扎   　　警察的手按住她的两只胳膊 　　一个华裔警察跑着赶过来……   　　警察表情严肃，冲她喊话 　　她在两名警察中间挣扎

由此可见，母亲为给女儿带"礼物"，付出了多大的代价。**这无形中都在丰富剧本"母亲"角色的塑造，将母亲的爱进一步升华。**

主人公遇到的困难，除了被安检扣留，还有第一次远行的艰辛。

6.5　路上的艰辛

前往异国他乡，路上的艰辛配合旁白，让观众进一步地了解主人公的经历。

6.5.1　介绍人物

旁白配合画面……

剧本片段
候机室　内　日景 　　主人公在人群中走，边走边找登机口 OS：某某某 63 岁

6.5.2　第一次出远门

机场的标识，旅行的途中。

剧本片段
机场英文牌子 OS：第一次出远门   **候机室　内　日景** 　　　登机口 　　　安全标识

6.5.3　没有人陪伴

主人公自己照顾自己，找不到地方就试着问其他乘客。

剧本片段
候机室　内　日景 　　　人流中，主人公手拿张字条 　　　举着让路过的人看 **候机室　内　日景** 　　　飞机的走廊，她双手拿着机票 　　　看座位号，俯身问座位上的旅客 **卫生间　内　日景** 　　　卫生间她双手接水，洗脸 OS：一个人没有人陪伴   　　　用搭在肩上的毛巾擦脸

主人公初次远行，表现"紧张""小心翼翼"，这也是导致安检的警察误会的主要原因：感觉她是一个不"正常"的人。

母亲角色的小心、胆怯都被警察看在眼里，最终将她锁定为携带违禁品的"坏人"。

需要大家注意的是：影片情景的设置，都跟母亲的"礼物"有关。**事件之间的衔接逻辑流畅，相互关联。**

6.6　形迹可疑的女人

用具体的动作表现人物面对事件时的状态。

6.6.1　动作让人怀疑

主人公格外看中包中的"礼物"；中草药和女儿寄来的照片，生怕它们遗失。

剧本片段
机舱　内　日景 　　　主人公双手抱着胸前的包 　　　抬头看，再看手中的包，把包抱紧

因为找不到地方，左右观望，惹人怀疑。

剧本片段
候机室　内　日景
主人公走在候机室的人群中
边走，边左右看

第一次过安检，很紧张。

剧本片段
安检　内　日景
主人公站立不动
安检员弯腰拿，检测棒从她胸前往下扫
身后排队的人
她走在人群中左右看

母亲"双手抱紧怀中的黑色包"，她害怕送给女儿的心意会丢失。因此被警察留意……

剧本片段
机场　内　日景
旋转门转，主人公走进
她从门口出来，双手抱紧怀中的黑色包
门口一个警察看她的背影
OS：她来自台湾，没有人认识她

6.6.2　她不敢直视

这个动作是最直接引人怀疑，又表现角色状态的具体画面。

剧本片段
安检　内　日景
坐在橱窗里的安检人员
用手比画一个方形
她低头从包里拿出护照
双手把护照迅速举到窗口
安检人员抬头看她
她不敢直视，把头转看其他地方

"低头打开胸前的黑色包裹查看"，这些动作都让安检人员产生误会。

剧本片段
候机室　内　夜景
在空无一人的候机室座位上
主人公双手抱膝盖，打哈欠
低头打开胸前的黑色包裹，检查

6.7　进入故事高潮

剧本进入高潮阶段，**用一个登机事件贯串母亲角色的过往经历。**

对过往经历起到强调作用，配合音乐，带动观众的情绪达到最高点。

强调母亲远行没有准备好的状态……

剧本片段
候机室　内　日景
主人公俯身在水池边
水柱出水，她喝水
前景有人影走过
卫生间　内　日景
镜子前，她往嘴唇上涂抹口红

6.7.1　强调孤独

旁白说明旅行的周期。

剧本片段
候机室　内　日景
主人公在水池旁喝水
OS：独自飞行三天

6.7.2　强调艰辛

路上艰辛的具体画面，再次强调，还有找不到地方的焦急感。

剧本片段
候机室　内　夜景
主人公身体蜷成一团
侧靠在候机室座位上睡觉
候机室　内　日景
主人公焦急的表情
手拿着字条，左转身，右转身，想问身边的人
OS：三个国家，三万二千公里

6.7.3 勇敢反击

开始奔跑，登机。误会和解，母亲角色再次踏上旅程，直抵目标。

剧本片段
卫生间　内　日景
主人公听到航班马上起飞的信息
她从卫生间停止擦脸的动作，收拾东西
候机室　内　日景
在候机室，跑

6.7.4 拉升到最高

用了一个摔倒的动作，与过去时空被警察质问的画面进行连接。摔倒了再爬起来，主人公不会被打倒，正如她所做的一样，克服障碍，见到女儿。

剧本片段
警卫室　内　日景
闪回，警察拿出塑料袋子
主人公挣脱，伸出双手过来抓
警察拍桌子
候机室　内　日景
她在人群中摔倒
手中的纸掉落在地上
在警察中间她用双手拍胸脯
她在人群中间，手拿字条
焦急地转身，不知道问谁
候机室　内　日景
在候机室，她用照片捂脸，低头哭泣
她冲镜跑，拎着包

6.8 揭示、点题与转折

爱不分国籍，异国他乡的警察也感受到母亲的爱；爱无需语言，每个人都能理解和体会到；影片在最高潮处进入尾声；字幕点题。

剧本片段
警卫室　内　日景 　　了解主人公的真实情况后 　　两个警察双手放在桌子上 　　看着她，不说话，沉默 　　一个警察看着她 　　华裔警察看着她 　　她在警察中间 　　表情痛苦，流眼泪 　　出字幕：坚毅、勇敢、爱

6.9　本课小结

剧本中的文字与其他文学创作有所不同……

在剧本中，**编剧用人物的动作"串成"故事，**这与观众在影片中看到的一帧帧画面相吻合。所以，创作剧本的过程，就是将编剧脑海中的画面以文字的方式"写"出来。

我们平时要训练自己描述画面动作的能力，看到一个画面，思考一下应该如何用文字将其形描述清晰，而不是描述其"意"，这一点很重要。

平时的写作，我们习惯了描写意境，这恰恰是写剧本时应该避免的。

作者在各课中引用的片例，给我们做出了很好的"榜样"。我们要效仿其"形"，然后将其转化为自己所用。

影片结构

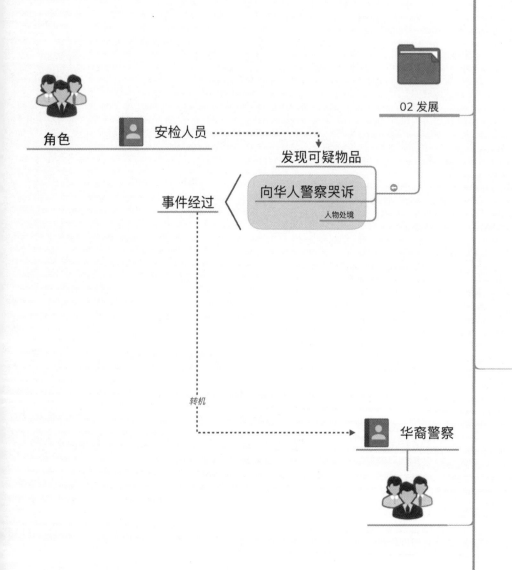

02 发展

角色　　　安检人员 ┄┄┄┄┄┄→ 发现可疑物品

事件经过 〈 向华人警察哭诉

人物处境

转机

华裔警察

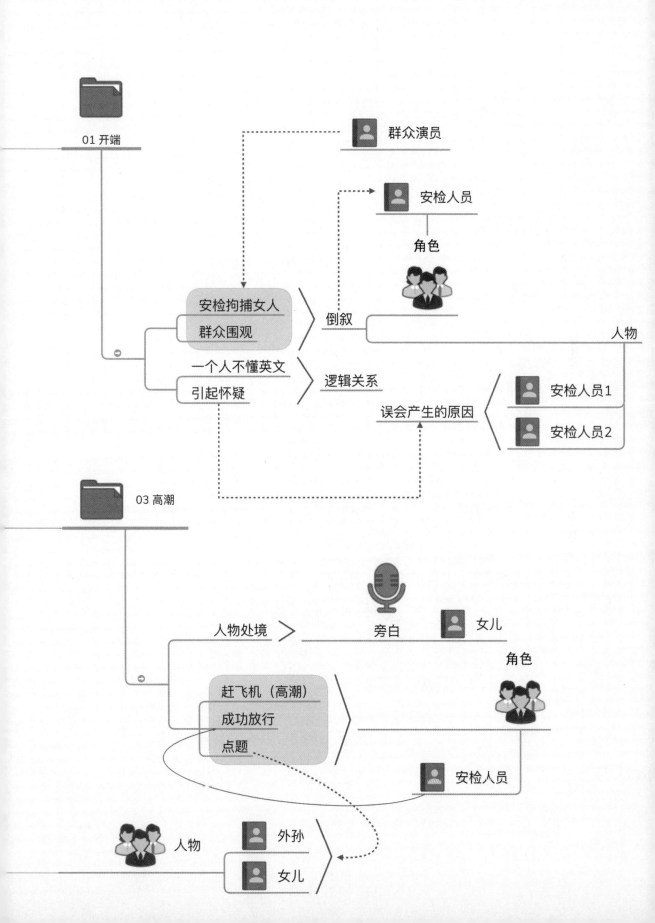

01 开端

群众演员

安检人员

角色

安检拘捕女人
群众围观
　　　　　　　　倒叙

人物

一个人不懂英文
引起怀疑
　　　　　　　　逻辑关系

安检人员1

安检人员2

误会产生的原因

03 高潮

人物处境　　　　　旁白　　女儿

角色

赶飞机（高潮）
成功放行
点题

安检人员

人物　　外孙
　　　　女儿

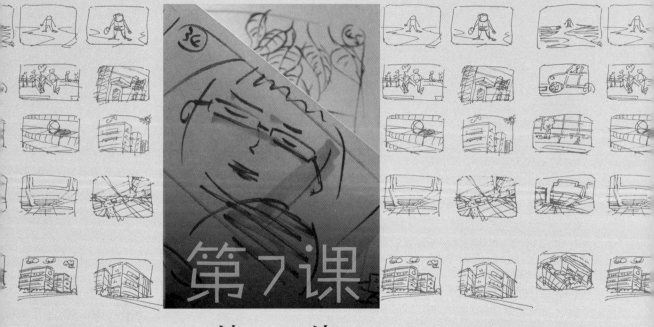

第7课

情　　绪

情绪原本是一个中性的词语，**但谈到情绪化，情感的"层次感"跃然眼前。**

编剧创作剧本，需要让剧中人物饱含"深情"，创造出情绪的层次，根据情节的转折、事件的发生，人物情绪要有起伏、变化，并且强烈。

本课将讲解剧本的情绪化设计。通过对比两个剧本案例，帮助大家找找"感觉"，好为创作的剧中人物找到适合的情绪。

7.1　案例介绍

- 《创业路》是学生的剧本作业。
- 《世界因爱而生》是引用的片例。

《创业路》的剧本有完整的故事情节，但也是属于"梗概"式的剧本。

因为该学生没有按照剧本格式和剧本方式去写作，所以问题很多。

用词不准确、概念化，几乎成了剧本创作初学者的通病，这需要长时间大量阅读成熟的剧本；**用剧本的语言练习写剧本，状况才能有所改善。**

一句话大纲	
《创业路》	支持爱人创业。
《世界因爱而生》	为爱人创造新世界。

《创业路》和《世界因爱而生》两个剧本，都是以爱情为主题的作品。

剧中人物都有着细腻的情感表达，主创们都有追求美好爱情的愿望。在《世界因爱而生》这个剧本里面，没有一句对白，但饱含深情；在情绪设计和故事情节方面《世界因爱而生》有很多值得借鉴的地方。

接下来先看一下学生的剧本作业。

学生剧本作业 (侯莉)	
《创业路》	原创
故事梗概：转眼又是毕业季，象牙塔里五彩斑斓的梦结束了，青春该散场了。	

7.2　剧本作业正文

场景一

603 宿舍的姑娘们都忙着整理行囊，准备离校。丹丹一边叠着手中的衣服一边问："毛毛，毕业后你们家大鹏回上海吗？"毛毛说："不回，大鹏说为了我留下来。"

"你们家大鹏真是个好男孩，你一定要好好珍惜他，祝你们幸福。"

咚咚咚……一阵敲门声。毛毛和丹丹回头，大鹏站在门口，和丹丹打完招呼说："毛毛，收拾好了吗？我来帮你搬东西。"

"嗯，好了。"

剧本中的问题更正
"603 宿舍的姑娘们都忙着整理行囊"

剧本中的问题更正
可以这样写：
宿舍　内　日景 　　603 宿舍三位女同学在收拾东西 　　丹丹正在叠衣服

场景二

　　他俩把东西搬到了出租房内，两人都累得筋疲力尽。

　　大鹏看着一脸疲惫的毛毛，<u>满是心疼</u>。他拉着她的手说：毛毛，人家都说毕业就是分手，但我们不会，我留下来和你在一起，我要挣很多很多的钱，不让你受苦，相信我，明天我就去找工作。毛毛依偎在大鹏的怀抱里，<u>满脸都是幸福</u>。

剧本中的问题更正
"满是心疼""满脸都是幸福"
更正：这样的描述都要删除，而且这个段落中两人的对话和人物状态都写到了一起，看着混乱。

场景三

　　大鹏穿得<u>西装革履</u>，坐在公交站台边啃着馒头。他松了松脖子上的领带，<u>垂头丧气</u>地看着自己手中的简历，生气地扔到了地上。他<u>漫无目的</u>地看着路上的行人、车辆来来往往；那么忙碌，那么匆忙，大家都奔向自己要去的地方。天渐渐黑了，他捡起简历，走往回家的路上。昨日的<u>信誓旦旦</u>还在眼前，现在回去他又该如何向毛毛交代。

剧本中的问题更正
"西装革履""垂头丧气""漫无目的""信誓旦旦"
更正：这样的词语都不适合出现在剧本中。
可以这样写： 　　大鹏穿黑色西装，褐色的皮鞋 　　坐在公交站台 　　手里拿着一个馒头，大口吃 　　馒头太干了，他松了松脖子上的领带 　　低头看着自己手中的简历 　　将它扔到了地上 　　公交车，停靠，又起步 　　他没有上车 　　他看着街道上的行人、车辆 　　天黑了，他捡起简历，走出公交车站 　　他想起昨日对女朋友的承诺 　　放缓脚步，摇摇头

场景四

毛毛将做好的饭菜端到了桌上，闹钟嘀嗒嘀嗒地响，<u>时间已经不早了</u>，大鹏怎么还不回来呢？毛毛掏出手机，拨通了大鹏的电话。这时，听到门外掏钥匙的声音。毛毛挂断电话，赶紧跑过去开门。"回来了，饿了吧，赶紧洗手吃饭吧。"看着大鹏一副垂头丧气的样子，毛毛知道，今天一定没有什么收获了，她不想问，不愿给他压力，只是一个劲儿地给他夹菜，让他多吃点。

剧本中的问题更正
"时间已经不早了"
更正：直接给钟表的镜头即可，像这样模糊的词语不要用。

场景五

<u>一天天过去了，大鹏辗转于不同的招聘会</u>，参加一轮又一轮的面试，可就是一无所获。这天他走着走着，路边发广告的人给了他一张广告纸。他看了一眼，是奶茶店的宣传单，他揉了揉，随手扔进了垃圾箱，头也不回地走了。没走多远，看到一群人围在一家店前，里外三层都是人。原来大家都在买奶茶，买到的人捧着杯子高兴地走了，没买到的人蜂拥而至。大鹏看到那么多人买，想着一定很好喝，也给毛毛买一杯吧。

他抱着奶茶往回走，脑海里又浮现出刚才那么多人买奶茶的场景。突然有个念头闪现在他的脑海里"为什么不开家奶茶加盟店呢？"回到家他把这个想念告诉了毛毛，毛毛举双手赞成。"大鹏，你放手去做吧，我回家向我爸妈借点钱。不管你做什么，只要你努力拼搏，我都支持你。"

剧本中的问题更正
"一天天过去了，大鹏辗转于不同的招聘会"
更正：时间流逝要用具体的镜头，例如日历翻页；将"辗转于"删除；"不同的招聘会"要给出其具体的名称。一定要使文字形成画面。

场景六

大鹏找到那家奶茶店，向他们提出想加盟的意向。这家奶茶店是自创品牌，奶茶制作方法也是自己研发的，与市面上的速溶奶茶不一样，出于品牌保护，他们没有同意大鹏的要求。

大鹏是个倔强的孩子，只要他认定的事情就一定要做到。<u>为了毛毛，为了他们的未来，大鹏决定三顾茅庐</u>。他每天都来买一杯奶茶，每天都跟老板提出自己想加盟的意向。

终于有一天，老板被他感动了，答应了他的要求。

东拼西借，大鹏终于凑足了开店的钱，他跑遍了这座城市的大街小巷，寻找人流最旺的商铺。为了找个地段好、房租便宜的商铺，大鹏磨坏了好几双鞋，磨破了嘴皮，人也瘦了好几斤。

<u>功夫不负有心人</u>，经过两个月的努力。大鹏的"喵小猫"奶茶店终于开张了。第一天有大学同学们的捧场，生意还算红火。<u>大鹏忙活得很带劲</u>，他觉得自己和毛毛的幸福生活就要来临了。

剧本中的问题更正
"为了毛毛……" "功夫不负有心人" "大鹏忙活得很带劲"
更正：这类的描述要避免出现在剧本中；通过剧本中主人公的行动，观众能够理解他的努力，明白他想要给爱人幸福，就无须多叙述，再次说明，显得多余；将"大鹏忙活得很带劲"删除。

场景七

开业已经好几天了，除了第一天的红火，这两天基本上没什么生意。<u>看着每天的营业额</u>，大鹏很焦虑，再这么下去连房租水电费都交不起了。该怎么办呢？大鹏<u>焦头烂额</u>，在网上搜索着各种改善奶茶店亏损的办法。

剧本中的问题更正
"看着每天的营业额""焦头烂额"
更正：每天的营业额具体是多少？将"焦头烂额"删除。

他去发传单，在网上做团购，所有能改变亏损的方法，只要他能想到的，他都去做了。这一切毛毛都看在眼里。如果奶茶店的生意再不好的话，<u>大鹏的干劲就会被抽空了</u>。大鹏所有的心血就会付诸东流。

这天大鹏像往常一样去开店，打扫好卫生，做好所有的准备工作。他坐下来等待第一位客人。第一位客人来了，<u>热情地买了两杯奶茶</u>，大鹏很高兴，今天总算有了第一笔生意。有了好的开头，接下来一定会顺利的。

今天的生意真是太好了，来买奶茶的人络绎不绝。一直忙活到晚上十点，大鹏才有时间坐下来喘口气。看着今天的营业额，他的斗志被重新燃起了。

剧本中的问题更正
"大鹏的干劲就会被抽空了""热情地买了两杯奶茶"
更正："干劲""抽空""热情"都要删除，整个段落不是剧本的写法，是故事梗概式的叙述故事。

<u>毛毛把饭菜又热了一遍</u>，她的思绪回到了今天白天，她去招工市场找了好多人，跟他们说明了自己的需求，他们揣着毛毛给的钱，分别去大鹏的奶茶店买奶茶，于是才有了今天的生意兴隆。

大鹏回到家后，一边吃饭，一边兴冲冲地向毛毛描述着今天店里是如何热闹，毛毛微笑地看着他，不停地给他夹菜。

剧本中的问题更正
"毛毛把饭菜又热了一遍……"
更正：整个段落需要重写。

场景八

大鹏不断地研制新的奶茶配方，研究新的销售方案，日子一天天过去，奶茶店的生意越来越红火。终于一切都不是空想了，大鹏成功了，他的创业梦想实现了，虽然艰辛，但一路走来，有了收获，那些汗水都值得。他能够给得起毛毛幸福的生活了。

7.3 片例故事预览《世界因爱而生》

一句话大纲：

为爱人创造新世界。

将故事分成三段，展开分析。

- 第一段（开端）：生活状态。
- 第二幕（发展）：创作细节。
- 第三段（高潮）：愿意达成。

第一段（开端）：生活状态		
创建一个方体	建立街道雏形	完成街道的创建
1分20秒	2分14秒	2分40秒

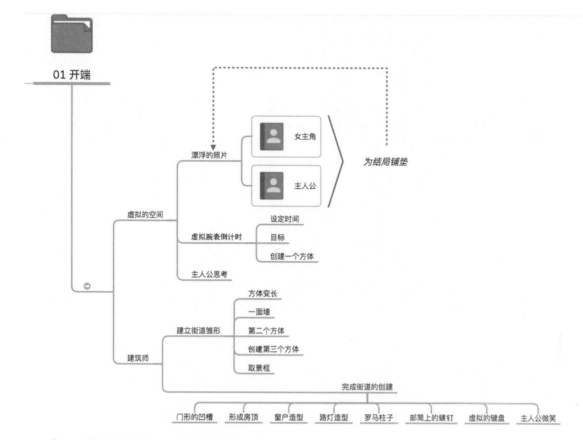

在一个虚拟的空间，电子照片飘浮在空中。

一个男人躺在地板上，用手触摸这些照片，翻看。照片里是两个人的合影，一个女人和这个男人。男人手腕上的虚拟腕表显示：一个小时倒计时提醒。

他站起身来舒展身体，开始创建一座虚拟的小城镇，准确地说是一条街道。

男人双手从空中一拉，出现一个立方体。

立方体悬浮在空气中，男人用手指一点，立方体下落，接触到地面上。他围着这个立方体走动，思考接下来应该怎么去做。

接着，他从立方体的后面一推，立方体变长。

他向上方拉动，方体变大，像一堵墙一样冲向空中。

节奏变快，他用手创建出第二个方体，用手一推，方体变成长条状。

创建第三个方体。

当他再次站起时，一排高大的方体组成的街道雏形出现；接着他把整条"街道"模型进行了镜像复制，完成街道的另一面的"建筑"。

他在这些巨大的方体中间穿行。

第二幕（发展）：创作细节	
丰富街道的细节	完成虚拟场景的创建
3 分 7 秒	4 分 33 秒

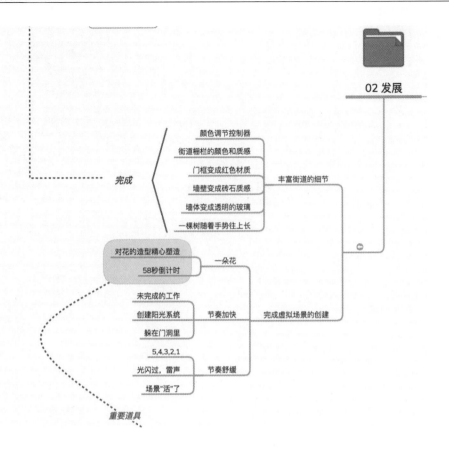

主人公对着一个方体的正面，向里推出一个门形的凹槽。

他站在高处双手挤压方体，形成倾斜状的房顶。节奏加快，画面的效果也越来越奇妙：主人公用手一推，出现窗户的造型、欧式的罗马柱子、寄信的邮筒；用虚拟键盘打出墙体上的广告字……

主人公面前的立方体，已经变成了一栋栋房子和商铺的造型，他刚才创建了整条街道的建筑物细节。他激活手中的虚拟调色盘，开始为建筑物着色。手臂上出现了各种大理石的材质菜单，选择一种材质往建筑物上一点，建筑物上就形成相应的质感。

他还创建了植物，树和一朵小花。

他对一朵花好像有了特别的情感，花了很长时间去"细化"它。

手腕上的虚拟腕表出现计时结束的提醒，他慌张地向左右看了一下，发现还部分墙体还没有完成着色。他跑过去继续完成着色任务。

他站在街道的中间，看着刚刚创建的这条街道，对用一个小时完成的"成果"心满意足……

他激活虚拟调节盘，调整了虚拟场景的阳光照射效果；然后跑在一个角落里躲了起来，手腕上的虚拟腕表出现3、2、1的倒计时。

一阵雷声响起，风把街道上的旗帜吹动，小鸟的叫声。好像一切都有了生命，就像身处在真实世界中。

第三段（高潮）：愿意达成		
女主人公出现	呼应开篇	点题
7分10秒	7分52秒	8分26秒

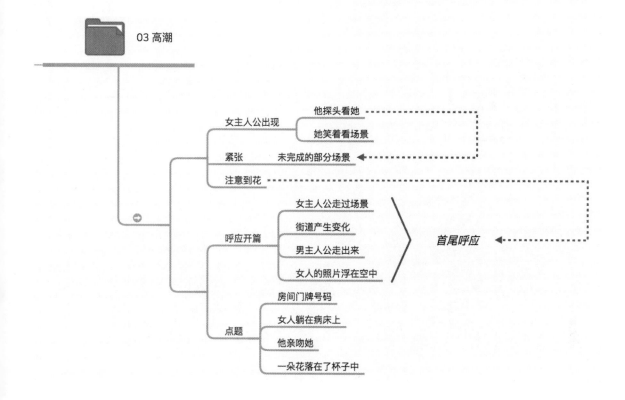

阳光透过树梢照在地上。

门铃声响起，一个女人从房间里小心翼翼地走出来。

女人穿着宽大的长裙，张大嘴，对眼前的景物惊讶不已。她在水池前停留，一座小天使的雕塑从身体里喷出水柱，她双手触摸栅栏，她在橱窗的玻璃前看着自己的样子……

男人从远处的房间探出头看她，又害怕被她发现，所以表现得特别谨慎。

他抬头，突然发现对面二楼的一面墙还没有着色，他显得特别紧张。

好在她没有发现。

女人在一朵小花前停留，这是主人公精心制作的"花"。

时间到了，女人在街道的拐角处离去，男人站在她身后目送。女人离开后，雷声响起，男人走出来，整个街道开始产生了变化：房子逐渐消失在空气中，男人从这些变幻的粒子中穿过，他创建的世界随着这个女人的远去，消失了。

所有的一切，最终幻化成一张照片。上面是女人在花前停留的样子。

照片飘浮在空中，男人几乎要哭出来。他把照片拿在手上亲吻了一下，字幕显示虚拟程序结束，黑屏。

房间的门被打开，病床上那个女人躺着，男人进入房间。

男人俯身亲吻了女人的嘴唇和额头，他走到空的玻璃杯子前，一朵小花落入杯子中，整个片子结束。

7.4 人物情感的负荷

7.4.1 饱含情绪的结尾

故事如何开篇？又将如何收尾？

这是编剧创作中需要精心设计的环节，相比较而言，结束段落比开篇更饱含情感：**结尾时人物巨大的情感负荷会产生强烈的代入感**。在《世界因爱而生》剧本的结尾，人物的情绪设计值得借鉴。

剧中人物经历了一系列的"努力"之后，与爱人（女主人公）见面，影片开篇设置的悬念也随即揭晓。先来看一下影片的画面。

主人公来到病房，看望躺在病房上的爱人。

1.	画面全黑，屏幕底部白色的字幕显示，英文（结束）
2.	开门声，房间门牌号码，门拉开；特写
3.	病房，男人从门口往前迈了一步；女人躺在床上，闭着眼睛双手放于胸前；小全

病人的头上贴着高科技的感应器，主人公通过计算机程序虚拟出一个场景，然后引导爱人走进虚拟的场景，主人公以这样的方式与爱人"交流"。

对主人公来说这种"交流"就是：远远地看着，看见一个久病在床，失去意识的爱人，又重新站在自己的眼前。

1.	男人注视着她，缓缓迈步走过去；特写
2.	女人闭着眼睛，男人俯身入画亲吻她的脸；近景
3.	桌子上有一杯水，一朵花落在了杯子中；全景

主人公深情地望着爱人，在病房里留下一朵花。

这朵花是虚拟空间中的"产物"，是躺在床上的爱人特别留意的东西。**此刻"道具花"的出现，**

成为情绪的载体，以物抒情。

剧本片段
病房　内　日景

> 开门声，焦点变实
> 房间门牌号码，门开
>
> 男人从门口往前迈了一步
> 站定，看
>
> 女人躺在床上
> 闭着眼睛双手放在胸前
>
> 仪器有人类大脑的图像
> 男人俯身亲吻她的脸
>
> 手放在她的头上
> 起身再次亲吻她的头部
>
> 桌子上有一杯水
> 一朵花落在了杯子中
>
> 嘀嘀作响的仪器声
> 有节奏地响着

剧本中段出来的女主人公是谁，来自哪里，他们之间的人物关系？

在剧本结尾段落都进行了揭示……

7.4.2　比较《创业路》的结尾

我们看到了一个不正确的剧本格式、"概念化"的总结发言……

这样的剧本，没能带给观众情绪和情感方面的"波动"。

像剧本片段中的"成功""汗水""幸福的生活"，这些都需要具体的画面去承载，**需要有与此相应的铺垫，才能最终完成情绪上的渲染。**

剧本片段
场景八

> 大鹏不断地研制新的奶茶配方，研究新的销售方案，日子一天天过去，奶茶店的生意越来越红火。终于一切都个是空想了，大鹏成功了，他的创业梦想实现了，虽然艰辛，但一路走来，有了收获，那些汗水都值得。他能够给得起毛毛幸福的生活了。

7.4.3 开篇的悬念

我们看一下《世界因爱而生》的开篇：虚拟的空间中"一个男人躺在地面上，很多张照片飘浮在空中"，这些照片中有女主人公的形象……

这是哪里？这人在做什么？照片又是怎么一回事？

剧本的开篇设置了重重悬念，一直到剧本结束才一一揭晓。

剧本片段
虚拟空间　内　日景
电脑屏幕打字效果 字母从右下角，逐个字母顺序出现
在一个虚拟的空间 光忽明忽暗，白色背景，绿色的地板
一张照片从屏幕下方往上升 出片名
两张照片往上升 前景一张，背景一张
照片里是两个人的合影 五张照片往上升
光在最前面一张照片的边框一闪
主人公的手入画 食指在一张照片上向纵深滑动
照片变换成为一张女人的样子
一个男人躺在地面上 很多张照片飘浮在空中

剧本结束段落，男主人公在进入病房看望爱人之前，他所有的努力化为一张照片。

因为照片的"道具"开始时已经出现过：剧本开篇中那些飘浮在空中的照片。

主人公手拿着照片，完成点题。

1.	在一个白色背景、绿色地板的空间，男人伸手接触照片，接触瞬间手中有一团光；全景
2.	手接触到照片，照片上的高光消失，照片正常显示；特写
3.	他凝视着照片，靠近，嘴部亲吻，皱眉闭上眼睛；特写

7.4.4　《创业路》的开篇

该学生通过同学们的对话，让观众了解到男女主人公的恋情，以及男主人公毕业后留在了女主人公所在的城市。他们最终能克服困难走到一起吗？完成悬念的创建。

这类"对话式"的悬念，创建得有点"无力"：人物的情绪、情感略显单薄。

剧本片段
丹丹一边叠着手中的衣服一边问："毛毛，毕业后你们家大鹏回上海吗？"毛毛说："不回，大鹏说为了我留下来。""你们家大鹏真是个好男孩，你一定要好好珍惜他，祝你们幸福。"

7.5　故事高潮与情绪设计

《世界因爱而生》是一部特别的片例，编剧运用特效创建了一种"视觉奇观"。

整部剧本没有一句台词，但却精彩纷呈。悬念、高潮和人物的情绪随着"视觉奇观"不断地被"创建"出来。

故事被主人公创建的一个个神奇事件连接在一起。接下来通过比较《世界因爱而生》和《创业路》的故事线，展开分析。

为了课程讲解的清晰性，先梳理一下《创业路》的故事线。

《创业路》的故事线

- 找工作
- 受挫
- 理解
- 支持
- 目标
- 困境
- 鼓励

1. 找工作

主人公设定目标。

剧本片段
我留下来和你在一起，我要挣很多很多的钱，不让你受苦，相信我，明天我就去找工作。

2. 受挫

目标没有达成。

剧本片段
天渐渐黑了，他捡起简历，走往回家的路上。昨日的信誓旦旦还在眼前，现在回去他又该如何向毛毛交代。

3. 理解

爱人的理解，照顾他的生活。

剧本片段
看着大鹏一副垂头丧气的样子，毛毛知道，今天一定没有什么收获了，她不想问，不愿给他压力，只是一个劲儿地给他夹菜，让他多吃点。

4. 支持

再次设定目标（第二个目标）。

剧本片段
突然有个念头闪现在他的脑海里"为什么不开家奶茶加盟店呢？"回到家他把这个想念告诉了毛毛，毛毛举双手赞成。"大鹏，你放手去做吧，我回家向我爸妈借点钱。不管你做什么，只要你努力拼搏，我都支持你。"

5. 目标

向目标努力。

剧本片段
大鹏找到那家奶茶店，向他们提出想加盟的意向。这家奶茶店是自创品牌，奶茶制作方法也是自己研发的，与市面上的速溶奶茶不一样，出于品牌保护，他们没有同意大鹏的要求。

6. 困境

新的问题出现。

剧本片段
看着每天的营业额，大鹏很焦虑，再这么下去连房租水电费都交不起了。该怎么办呢？

7. 鼓励

想到了一个办法，找人帮忙，给爱人信心。

剧本片段
毛毛把饭菜又热了一遍，她的思绪回到了今天白天，她去招工市场找了好多人，跟他们说明了自己的需求，他们揣着毛毛给的钱，分别去大鹏的奶茶店买奶茶。于是才有了今天的生意兴隆。

当了解剧本的故事线之后，就会明显感觉有什么地方不对劲，好像又说不出哪里出了问题。**这就是影片立意的问题，在前面的内容中曾经讲过。**

男女主人公的努力并不是靠自己的力量去驱动，帮助男友实现目标最直接的事件是：靠"父母的钱"来支撑。这样的设置是现实，也是国情，非常贴近生活。

但剧本中仅有的改变命运的事件，是这类"外力"的叠加，那会削弱主人公的力量。

剧本中解决问题的方式：一定要靠主人公自己克服困难，抵达目标，才会有可能打动观众。

7.6　《世界因爱而生》的故事线

接下来看一下参考片例是如何解决这一点的。

主人公为了爱人从无到有，创建了一个"世界"。

动机和目标：只为见她一面。

整个"创建"的过程，是人物自己"努力"的结果。从"一块砖"开始，到一条街道……影片主创借助电脑特效化梦为真。

主人公"创建"的过程以点带面，由局部再到整体。

- 点
- 线
- 面
- 局部
- 整体

7.6.1　点

主人公凭空创建了一个方形物体，这个方形的物体是"世界"的起点。标题中的点、线、面，对应着主人公向目标接二连三地"努力"。

剧本片段
手掌朝上 一个虚拟的环形圆盘悬浮上方 双手指尖接触，旋转 拉出一个透明的方体 方体飘浮在空中 主人公低头看着方体 食指接触方体 方体下落在地板上 他盯着方体 绕了半圈

7.6.2 线

主人公对方体进行变形处理。

重新塑造它的外形，以符合自己心中的想法。因为主人公的想法不可知，人物将要随着观众一起去探寻。

剧本片段
主人公手摸了下巴，思考 右手食指点了一下左手的中指
左手攥拳又打开 一个蓝色透明的控制盘悬浮在手掌上方
他面向方体，伸手往前一推 方体变长
他单膝触地 向前推，方体变长冲镜
他双手向上方推 整个方体变大，像一堵墙一样冲向空中
他站起来，仰头望 他身体 6～8 倍高的方体
向后退一步 他眼睛看着墙体

7.6.3 面

通过复制、拉伸、变形的处理，排成一行的"街道"雏形出现。

剧本片段
主人公跪在地板上 俯身，双手一拉
一个透明的方体（第二个方体） 在他两手之间的空间中逐渐变大
他站在比他高 1 倍的方体前方 双手用力向推
双手和方体的接触点

有两个环形的光

方体随之被推长
成长条状

双手拉出第三个方体
几个方体向纵深排成一列

他抬头看
双手叉腰，思考

在这个虚拟的空间中，主人公就是一个"**造物主**"。他用双手实现了现实世界中借助机械和众人的力量才能完成的结果。

剧本片段
主人公从取景框中看到景别 双手分离，再接触 所有方体变成蓝色边框 两手之间出现一个透明的线框 手指抓紧线框向上抬起，旋转 纵深排列的方体复制 他手中间的线框，显示方体的微缩模型 它随着手臂的运动而旋转 他双手控制着新复制出来的方体 将其摆放在画右 方体接触地面又弹起 再缓缓被放置到位 主人公双手放下 他在两排巨大的方体中间走 街道形成 人就像一个小点般大

7.6.4 局部之一

在接下来的段落中主人公将会着重对方体进行细节化的处理：建筑物的大结构出来了，剩下的工作就是"雕琢"。

剧本片段
门　外　日景
主人公面向方体的一个面 　　向里推出一个门形的凹槽
门形线框闪烁动画 　　他向前一步迈进去
他从门形的凹槽中倒退两步 　　双手叉腰站立
他站在街道的二层 　　双手挤压，方体形成倾斜状的房顶
他双手，手部发光 　　在墙体勾画出一个门形的窗户
他站在二层楼上 　　用手一推，连续复制窗户造型
他单膝跪在地上 　　单手在地板上画圆
线条旋转出现路灯造型 　　他单手向上拉出一个欧式的罗马柱子

7.6.5 《世界因爱而生》的画面效果

配合影片的画面，看一下主人公的"工作"。

1.	主人公站在高处，双手挤压，形成倾斜状的房顶，镜头后拉；中景
2.	他双手在墙体上勾画出一个门形，双手位置有光；中景
3.	镜头后拉向左摇，他站在二层楼上，用手一推出现窗户的造型；大远景

1.	主人公单膝跪在地上，单手在地板上画圆，线条旋转出来路灯；全景
2.	俯拍，他单手向上拉出一个欧式的罗马柱子；中景
3.	他在二层楼，提出欧式窗户的立柱，楼体的建筑细节变得丰富；大远景

1.	主人公的手指在寄信的邮筒上轻轻点击，螺钉在点按的位置出现；中景
2.	俯身，轻轻微调物件的位置，背景街道已经成型；近景
3.	字母飞到建筑物的墙面上，一个虚拟的键盘，他双手敲击键盘，打出墙体上的字；特写

7.6.6　局部之二

看到这里，观众可以感受到主人公是在创建一个"世界"。

剧本片段
主人公面向镜头
站在街道的栅栏边
手指点按颜色调节控制器
两指指尖，棕色的光
点按建筑物
为其增加颜色和质感

手指点按

门框变成红色材质

他走向街角的路标，抬手点按

前景的建筑已经有了质感

他抬起的手臂

出现很多虚拟材质框

他用手指一划，材质框滚动

单击中间位置的一个材质块

点按墙壁

被手指点按的墙壁变成砖石质感

7.6.7 整体

主人公创建的虚拟场景，完成之时也是幻灭的开始。

当女主人公走过街道，欣赏完爱人的"杰作"之后，建筑物幻化消失，会留下一张照片。

剧本片段
躲在门后的主人公看着 女人走到街道的拐角 她转身看，叹了一口气 女人走过，消失在拐角 街景一道光扫过 建筑物的颜色变淡 街道建筑物内的结构线框 不断闪烁 他看着街角 身后的建筑物不断消失，无数小方块飞出 他缓慢走，建筑物逐渐消失 整条街道建筑物在不断向里收缩 无数光点汇聚在中间一点 他像一个小黑点往前走

7.7　人物的情绪处理

整个剧本人物没有台词，演员要释放出更大的情绪空间完成表演。

7.7.1　伤感

与爱人难得一见，见面的时间又很短暂，主人公面对回忆 (留下来的照片) 的情绪。

剧本片段
主人公从一片亮光中走来
站定，光亮消失，一张照片
他笑着歪着头看着
女人的照片浮在空中
有光缓缓在照片上流动
白色背景、绿色地板的空间
他伸手接触照片，照片上的高光消失
他凝视着照片
皱眉闭上眼睛，亲吻
灯光不断闪烁，环境变暗
画面全黑
屏幕底部白色的字幕显示
剧终

7.7.2　紧张

虚拟的空间受到时间的控制，要在 60 分钟内完成虚拟空间的创建。

女人出现在虚拟空间中的时间也是有限的，主人公不能被爱人遇见；当她走进场景后，他担心自己会被她看到，谨慎又紧张。

剧本片段
主人公手臂上的数字 5,4,3,2……
他低着头看
一栋楼上有两面旗，光闪过
雷声，旗帜飘了起来，天空中的云朵
他站在门洞里

眼睛左右看，嘴角上扬，微笑

仰拍，一棵大树
阳光从树梢穿过
街道　外　日景
树叶飘过
小鸟的叫声
街道　内　日景
他探头看
金色的光照在脸上

铃铛声
他身体迅速后仰，躲在暗处

7.7.3　兴奋

女人的意识出现在虚拟空间中，对主人公的这个"作品"，她充满了惊喜"她张大了嘴，笑着，停下来转身看"。

剧本片段
街道　外　日景
一间酒店的门缓缓打开
一只脚入画，裙角
一个女人探头出来
左看，再扭头右看
小鸟的叫声
她眼睛看着天空，微笑
女人向前走了一步
放慢动作看环境
她走到街道，街道的背景
她张大了嘴，笑着，停下来转身看
主人公从远处的房间里
缓缓探出头来看，又怕被发现，头又后缩

7.7.4　倾情

剧本用一个"花"的道具连接人物，是人物相互交流，传递"信物"的一个载体（花也是表达爱情的重要道具）。

- 男人对花格外用心
- 女人对花倾情

男人对花格外用心

主人公创建这么多的东西，只有对"花"的创建投入更多的热情。因为他感觉她会喜欢。这与现实世界中，男女朋友交往送花类似。

剧本片段
主人公创建一朵花 拇指和食指连续拉出两片叶子
起身，他突然又站住 转身看着花
他下蹲，对着花 触摸叶子
手连续接触花的叶子两次 花叶上浮现一层带线框的虚拟物体
指尖在每瓣叶子上滑过 手放下，他注视着花
手摸着自己的下巴 形成握拳状支撑下颚

女人对花倾情

她进入这个场景之后，看这里，看那边，一切都让她惊喜，但能让她更多的停留就是这朵"花"。

剧本片段
女人走在街道上 主人公藏在门后
女人低头看到花 微笑着放慢脚步
女人弯腰屈膝，双手扶着膝盖 他在房间里，身体缓缓后退
女人侧身蹲下 光在花坛的砖上闪过

女人头靠近花

闭上眼睛，深吸一口气

藏在门后的男人，看着，微笑

女人笑着看花，她伸手指轻触花瓣

女人缓缓地站起身来

起身后，将头发捋到耳后

他看着她

女人笑着转身向纵深走去

边走边来回看花

7.7.5　紧迫感

时间即将结束，但工作还没有完成，时间的紧迫感，使主人公加快速度。

剧本片段
手腕上的虚拟腕表
出现计时结束的提醒
抬左臂低头看信息
58 秒倒计时
主人公眉头上扬，抬头看
左看，右看
镜头推向街道上没有上材质的一栋建筑物
他迅速站起身，跑过去
站在墙边
用手点一下墙体变换其材质
再点一次
材质与周围环境一体化

缺陷创建的紧迫感

时间结束"作品"并不完美，剧本将不完美的地方展示在观众的面前，主人公感受到压力，担心缺陷会被发现。

剧本片段

街道　外　日景

街道，女人走向画左
在路中停下脚步，叶子落在地上

主人公的头缓缓缩回到房间里
头往后仰，抬头

眼睛看到二层建筑物中间
有一间墙体还没有上材质

女人张着嘴，微笑
她转身抬头看街道的环境

她双手缓缓触摸木质的门
男人转头盯着有问题的墙面

二层建筑物有一面墙体还没有上材质
墙体上有结构线框闪烁

女人没有面向画右
往画右走去，并没有注意到

7.8　本课小结

在本课中，我们通过片例看到了各种情绪在剧本中的"样子"，道具的运用对于情绪的表达也发挥了重要的作用。

读者可以尝试着写一段没有台词的剧本，仅用人物的动作和道具来承载情绪，完成情绪的渲染。

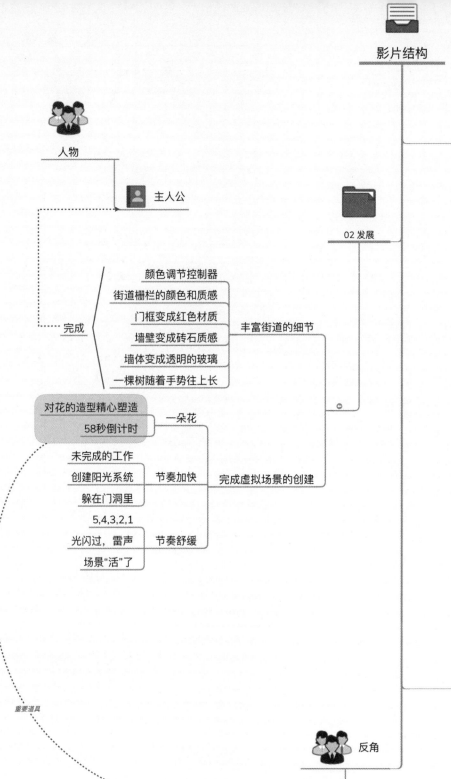

影片结构

人物

主人公

完成
- 颜色调节控制器
- 街道栅栏的颜色和质感
- 门框变成红色材质
- 墙壁变成砖石质感
- 墙体变成透明的玻璃
- 一棵树随着手势往上长

丰富街道的细节

02 发展

一朵花
- 对花的造型精心塑造
- 58秒倒计时

节奏加快
- 未完成的工作
- 创建阳光系统
- 躲在门洞里

完成虚拟场景的创建

节奏舒缓
- 5,4,3,2,1
- 光闪过，雷声
- 场景"活"了

重要道具

反角

疾病

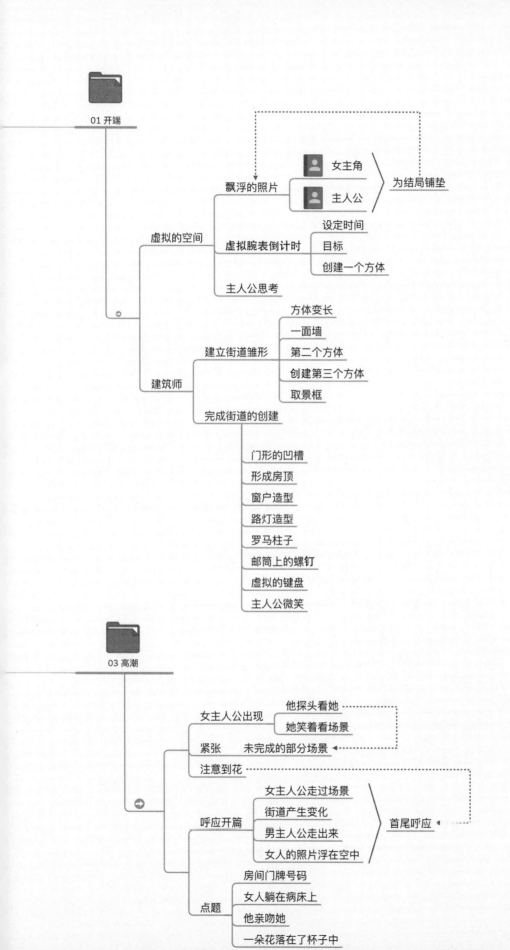

01 开端

虚拟的空间

飘浮的照片
　女主角
　主人公 ⟩ 为结局铺垫

虚拟腕表倒计时
　设定时间
　目标
　创建一个方体

主人公思考

建筑师

建立街道雏形
　方体变长
　一面墙
　第二个方体
　创建第三个方体
　取景框

完成街道的创建
　门形的凹槽
　形成房顶
　窗户造型
　路灯造型
　罗马柱子
　邮筒上的螺钉
　虚拟的键盘
　主人公微笑

03 高潮

女主人公出现
　他探头看她
　她笑着看场景

紧张　未完成的部分场景

注意到花

呼应开篇
　女主人公走过场景
　街道产生变化
　男主人公走出来
　女人的照片浮在空中 ⟩ 首尾呼应

点题
　房间门牌号码
　女人躺在病床上
　他亲吻她
　一朵花落在了杯子中

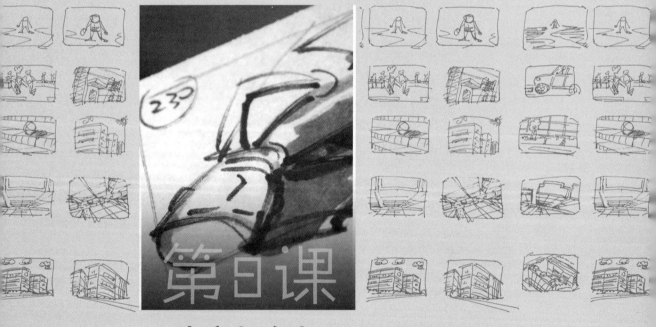

第8课

冲突与危机

在剧本创作中人物要有对手，危机与希望并存，不断地创造冲突；这样的影片才会好看，具有吸引力。

本课中的两个案例都具有这样的情节设置，两个剧本中的主人公出场时都是颓废的，是对生活失去希望、信心的人。经历了与其他角色的互动，重新拾起信念，感受到生活的美好，**拥抱曾经摒弃的信念，从颓废的状态中走出来。**

8.1 案例介绍

- 《有梦的人生才精彩》是学生的剧本作业。
- 《宵禁》是引用的片例。

一句话大纲	
《有梦的人生才精彩》	走出颓废，重获新生。
《宵禁》	准备轻生的叔叔和侄女之间的故事。

《有梦的人生才精彩》的剧本剧如其名，以一个梦境的结束让主人公幡然悔悟。这样的处理缺少说服力，**因为现实中我们仅仅靠梦中的启迪是无法解决问题的。**

比较《宵禁》中的情节设置，轻生的主人公在自杀前去帮妹妹照看一下自己的侄女，接触之后发现侄女身上的闪光点，由厌恶生活到欣赏他人，过程中有一个大转折；**从产生危机再到危机化解，剧情和人物关系值得借鉴。**

学生剧本作业（刘芳 张翼鸣）	
《有梦的人生才精彩》	原创
故事梗概：一个三十岁左右的北漂男，他没钱没房没车，处处被人排挤，经多次失败，受尽挫折，导致他堕落，每天借酒消愁，邋邋遢遢地过日子，后因一个梦改变了一生。	

8.2 剧本作业正文

1. 大街上 夜 外

一个很邋遢，浑身脏兮兮的年轻男子（男主角），手里拎着一个酒瓶，迈着醉步晃晃荡荡地走在大街上。他已经喝得烂醉，还不时拿起酒瓶喝上两口。路人见他是个醉鬼都远远躲开。

剧本中的问题更正
"一个很邋遢，浑身脏兮兮的年轻男子（男主角）"
更正："邋遢""脏兮兮"要给更具体的画面；"年轻男子（男主角）"直接写主人公的名字。
可以这样写： **街道 外 日景** 　　冬子的脸上有污渍，头发油腻打卷 　　身穿的衣服上有大块的汗渍斑点

2. 出租屋门前 夜 外

男子**跌跌撞撞**走到住处门前，扔掉手里的空酒瓶，拿出钥匙打开房门走进去。

3. 男子住处 夜 内

室内空间狭小，<u>又脏又乱</u>，男子进了屋，走到大衣柜前，打开柜门迷迷糊糊钻了进去，竟然倒在里面<u>浑然睡去</u>……

剧本中的问题更正
"跌跌撞撞""又脏又乱""迷迷糊糊""浑然睡去"
更正：这样的用词都不合适，参见前面课程中的修改意见，写出更为具体的画面。
可以这样写：
"浑然睡去"，将"浑然"删除，就是睡着了，即可。

4.（梦境）男子洁净的住处 日 内

男子被一阵敲门声惊醒……

视线由模糊逐渐变得清晰，只见自己置身于一个非常洁净的室内，似乎来到了另外一个地方，但仔细看还是自己的家。他<u>疑惑地</u>四下观望……

敲门声更加急促，同时屋外传来一个女孩的喊声。

<u>女孩急切地</u>：哎呀，都几点了，你快点啊！人家还等着你哪，你在屋里磨蹭什么呢？

剧本中的问题更正
"疑惑地""女孩急切地"
更正："疑惑地"删除；"急切地"不要放在角色名的后面，删除。

<u>男子诧异地</u>：喂，姑娘，你是不是找错人了，我认识你吗？

<u>女孩</u>：哎呀，你赶快开门吧，别闹了，没有时间再浪费了！

男子<u>不知所措地</u>打开了房门。

<u>一个漂亮女孩</u>闯了进来。

女孩有点不敢相信地看着他：哥啊，你咋了？赶紧把衣服换了，还有个演讲等你呢。

男子刚要张嘴，还没等说出话来……

女孩急切地催促：你快点去洗个澡，换身衣服，快点了，快来不及了。

剧本中的问题更正
"男子诧异地""女孩""不知所措地""一个漂亮女孩闯了进来"
更正："诧异地"删除；"女孩"需要有一个名字；"不知所措地"删除；"漂亮女孩"，怎么漂亮？是大眼睛、长发，还是身材高挑，要有具体画面。

5.（梦境）大街上 日 外

男子穿着洁净衣服<u>精神抖擞地</u>和姑娘走在大街上。

路上几个年轻的女子回过头来，低声地：哇，好帅啊！

男子有些<u>羞怯地</u>红了脸。

女孩：你看，就在前面，那么多人等着你哪，快点！

女孩说完拉着男子向前跑去。

6.（梦境）会场大厅　日　内

女孩拉着男子走进一个会场，<u>硬将他拉上了讲台</u>。

男子<u>不知所措茫然地</u>站在讲台上。

台下人头涌动，响起<u>雷鸣般的</u>掌声……

女孩对男子说：快点讲话呀，大家都等着你哪！

男子<u>稀里糊涂摸不着头脑</u>，脸涨得通红……

女孩冲台下：对不起大家，今天出了点小意外，我们来晚了……

剧本中的问题更正
"精神抖擞地""羞怯地""硬将他拉上了讲台""不知所措茫然地""雷鸣般的""稀里糊涂摸不着头脑"
更正：这类词不要出现在剧本中，写作时要时刻提醒自己，写具体的画面。

男子转身向会场外跑去……

女孩：哎！你别走啊——

7.（梦境）公园　日　外

男子<u>气喘吁吁地</u>跑进公园，在一个长椅处停了下来。

<u>女孩随后追到</u>。

女孩生气地：你今天是怎么了？是不是生病了？

男子低头不语。

女孩转变了，<u>态度温柔地</u>：好了，你不舒服咱们坐下歇一会儿吧。

男子和女孩坐到了长椅上。

男子依旧沉默，<u>气氛有些尴尬</u>。

女孩：你怎么了？怎么不说话？

男子：我不知道该说什么！

女孩：不知道该说什么，那你就给我讲个故事吧，你不是善于讲故事嘛！

男子：那好吧，我就给你讲个故事……

女孩拍手：好啊，好啊！

男子：从前有一个学习很好的孩子，他以优秀的成绩考上了一所很有名气的大学。他以为将来一定
会有份很好的工作！可是，等他毕业之后……

剧本中的问题更正
"气喘吁吁地" "女孩随后追到" "态度温柔地" "气氛有些尴尬"
更正：用词不准确，参见前面的修改建议。

画面切入

(1) 某公司　日　内

男子向老板递上简历。

老板草草地看了一遍简历，摇摇头，将简历退还给他。

男子沮丧地转身离去……

剧本中的问题更正
"画面切入" "(1) 某公司　日　内" "草草地" "沮丧地"
更正："画面切入"删除；"(1)"删除，剧本中不要出现编号；"某公司"，不恰当；"草草地"删除；"沮丧地"删除。

(2) 某办公室　日　内

男子垂头站在办公室主任面前。

主任对男子大发雷霆：你看看，你这工作是怎么干的？我们要的不是高学历！我们要的是有实
际操作能力的人！现在我正式通知你，你被解雇了！

男子哀求：主任，求你再给我一次机会，我会努力的！

主任：行了！你不用说了，赶紧走吧！我们这儿不需要你这样的高材生！

(3) 广场上　日　外

男子站在广场上，呆呆地看着一个漂亮的女孩，挽着一个男人的手臂从他面前经过。

男子旁白：就在他第52次失败的时候，他看见自己女友和别的男人亲亲密密地走了……从此，他心
灰意冷了，也就是从那天起他颓废了，对一切都失去了信心，每天只是借酒消愁……

剧本中的问题更正
"垂头" "男子哀求" "呆呆地" "男子旁白" "亲亲密密地" "他心灰意冷了" "他颓废了" "借酒消愁"
更正：用词不准确，删除或者替换；"男子旁白"用 OS 替换。

(4) 男子住处　日　内

男子伤心地坐在餐桌前。

男子悲切地：苍天！你为什么要这样对我？

男子抓起酒杯，一杯接一杯地喝酒……

<u>切入结束</u>

剧本中的问题更正
"切入结束"
更正：删除，无须再次强调。

女孩：他怎么能这样啊？就连一点点挫折都承受不了，他怎么能成功？不怪他女友离开他！看看你
　　现在多成功！如果他能像你一样，经得起失败，不懈地努力，他也一定会成功的！

男子惊讶地：你说什么？你说我现在很成功？

女孩：是啊！你有那么大的企业，有几百名员工，上亿的资产，难道这还不算成功？

男子震惊地：你说我有企业，有几百名员工，有上亿的资产？

女孩：是啊！会场里那些人不都是你的员工吗？

<u>男子似乎有些触动</u>。站起来转。可是他发现身边的人都消失得<u>无影无踪</u>。

剧本中的问题更正
"男子似乎有些触动"　"无影无踪"
更正：什么样的表现是触动？是低头不语，还是深思？
"无影无踪"删除。

8. 男子住处　日　内

熟睡在大衣柜里的男子猛地一挺身躯，头磕到了柜角，<u>一阵剧痛</u>，他从梦中醒来……

男子睁眼看看室内的环境，屋子里还是那样的脏乱。

男子拿起地上的酒瓶将其摔碎。

随后<u>开始疯狂地</u>整理自己的房间……

剧本中的问题更正
"一阵剧痛"　"开始疯狂地"
更正：删除。

9. 大街上　日　外

男子穿着整洁的衣服，挎着一个<u>高档的文件包</u>走在街上。

<u>猛然</u>，他发现前面有一个女子的背影，那背影很像梦里的女孩，他追上去拍了下女子的肩头
……

剧本中的问题更正
"高档的文件包"　"猛然"
更正：怎么来表现"高档"，要具体；"猛然"删除。

女子回过头来，果然就是梦中那个女孩！

——剧终——

8.3 片例故事预览《宵禁》

一句话大纲：

准备轻生的叔叔和侄女之间的故事。

将故事分成三段，展开分析。

- 第一段（开端）：叔叔与侄女碰面。
- 第二段（发展）：两人相处融洽。
- 第三段（高潮）：叔叔答应继续照看侄女。

第一段（开端）：叔叔与侄女碰面		
电话打断男人的自杀	男人与侄女相遇	侄女不喜欢这个叔叔
1分48秒	2分32秒	3分10秒

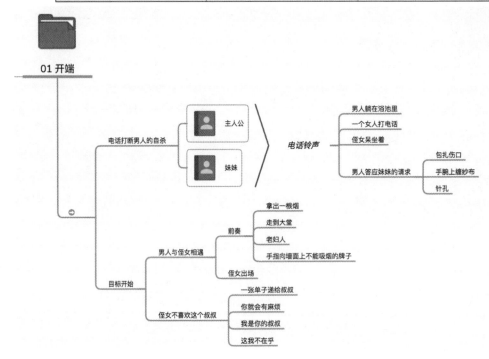

电话铃声，一台拨号的电话机，一只沾满鲜血的手拿起话筒，一个男人正躺在浴池里实施自杀。电话是他的妹妹打过来的，请他帮忙照看自己的孩子（主人公的侄女），他们好久不联系，但他是她唯一能够寻求帮助的人，看得出他们的关系并不好。

一个小女孩呆坐着，眼睛盯着地板。

主要人物全部出场。

出字幕，主人公快速清理手上的血渍，包扎伤口。他的胳膊上有一个针眼。

他来到妹妹家楼下的大厅，等侄女下来。拿出烟，他脸色苍白；长椅上坐着一位老太太，指着墙上不能吸烟的牌子。

小姑娘从楼梯上下来，他们见面，看到他的样子，她叹了一口气。

她给他一张卡片，上面写着规则：去哪里、不能去哪里、什么时候回、钱只能花在她的身上，不然他就会有麻烦。

　　"我是你的叔叔"，"我不在乎"，然后从他面前走开。

第二段（发展）：两人相处融洽		
叔叔聊画画的事情	两人聊到一件意外的事件	带她去单子上没有的地方
4 分 14 秒	5 分 1 秒	6 分 8 秒

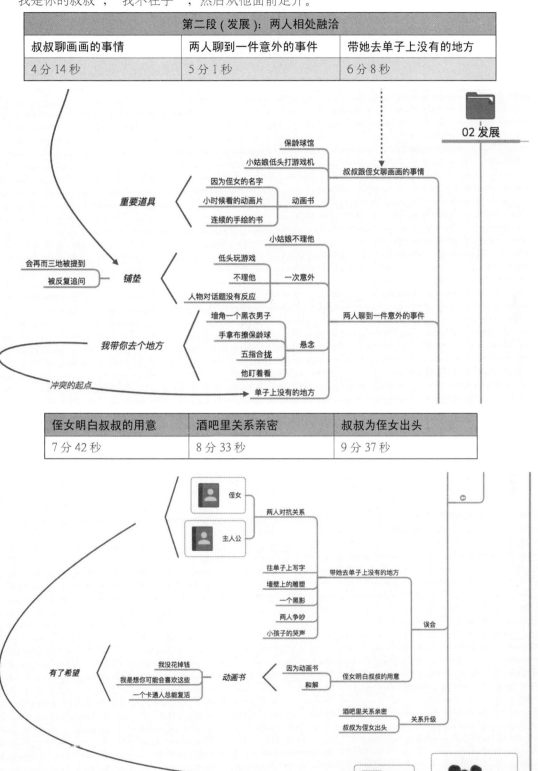

侄女明白叔叔的用意	酒吧里关系亲密	叔叔为侄女出头
7 分 42 秒	8 分 33 秒	9 分 37 秒

保龄球馆，他们坐在沙发上，小女孩始终拿着游戏机玩，他不断地找些话题来聊，诸如：你的名字曾经是一个卡通人物；你妈妈小时候很喜欢玩那种手翻动画，她跟你提起过吗？

"她很少提你"聊着聊着就聊不下去了。

他看到远处的一个人手里拿了一包东西，然后说是要带她去一个地方。单子上没有写的就不能去，然后他在单子上写上。小女孩跟着他来到一个满是涂鸦的狭长走廊，在最里面的一间房子旁他敲门，让她等在外面。一个人影闪过，小女孩瞪大眼睛看着。

当他们从长廊里出来，小姑娘哭着走到外面的街道上，说她要回家，指责他花光了她的钱。他不断地解释，只是想给她看他曾经画的画：手翻动小本上的纸，一个人物就能动了起来。他告诉她钱就在这里，他从来不撒谎，不知道她的妈妈对她都说了什么。

从这之后，小姑娘对他的看法就转变了，不再那么充满敌意，他们一起聊玩过的游戏。在酒吧里问他有女朋友吗？让他少吸烟，说他照顾不好自己……他陪小女孩去洗手间，他在外面等，两个女人卫生间门口排队，用力敲门，聊天的声音很大。

他发火了，让她们闭嘴，把两个女人吓得不敢说话。

小女孩从卫生间走出来，站在他面前的椅子上，跟他一般高。他帮助她整理了一下头发，两人手拉手离开。

第三段（高潮）：叔叔答应继续照看侄女		
追问叔叔说出意外事件	侄女跟着音乐跳舞	出现幻觉
10 分 31 秒	11 分 8 秒	11 分 47 秒
发现叔叔的伤口	叔叔和侄女关系亲密	互道晚安
12 分 31 秒	3 分 22 秒	13 分 33 秒
妹妹对哥哥的质疑	哥哥回忆往事	男人准备自杀
14 分 51 秒	16 分 54 秒	18 分 52 秒

第一次在保龄球馆，他无意中谈到一次意外，这次意外是小女孩小时候的事情。

在酒吧他们聊天时，小女孩问起了那次意外，但他没有说。当他们又回到了保龄球馆，小女孩再次问他有关那次意外的事情。

在她小的时候他不知道怎么抱小孩，失手把她摔到地上，为此他一个月没有睡好觉；小女孩听到后哈哈大笑。小女孩听到一首好听的音乐，随着音乐起舞，在保龄球的球道上边走边跳；在保龄球馆的其他客人也扭动身体配合，打球的人跳、吧台喝酒的人也跳。

他们与小女孩的跳舞交叉在一起，音乐的高潮小女孩以一个一字马结束。

他感觉自己出现了幻觉，周围的人并没有跳舞，他左右观望再次确认。小女孩过来拉他的手叫他一起跳，他哎哟一声，她发现了绑着绷带的受伤手腕，她说他应该去缝针。

地铁上，小女孩慢慢蹭到他的身旁，看了他一眼然后头靠在他的身上。

他们回到了家，他把两个画本送给她。妈妈让她去睡觉，侄女拥抱了他。

他妹妹脸上有瘀青，他在妹妹进屋后看了桌子上的法院禁止令，显然他的妹妹被家暴了，而且还正在打官司。妹妹走出来要给他钱，并让他离开，他们之间有隔阂。

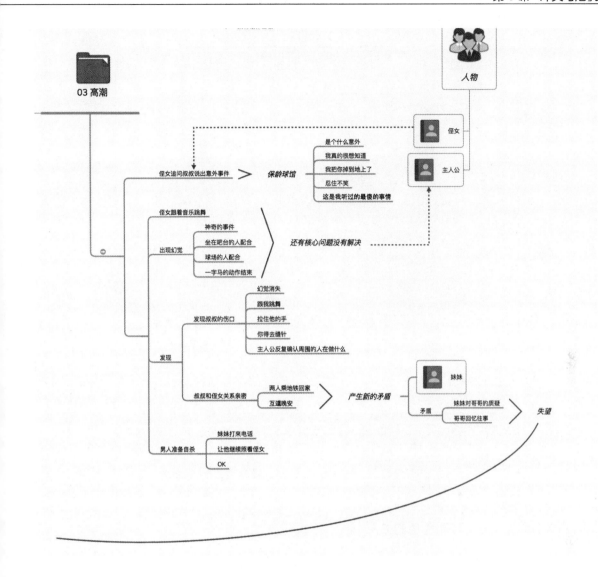

他讲了小时候受欺负时，妹妹帮助他打架的往事。他特别喜欢妹妹的女儿，想必在她的成长过程中，一定是因为有一个了不起的母亲。妹妹哭了，他离开。

他在地铁站，眼神迷离。

他回到家，又坐在浴缸边上，眼睛看着天花板想了一下，然后脱掉衣服又把身体浸泡在水中，撕掉左手腕的绷带……电话响了，他转身拔掉电话机的线，停了好一会儿又迅速地插回去，听筒里传来妹妹的声音："能不能帮我一个忙，经常过来照看一下我的女儿"。

这也正是他所期待的，他帮助了别人也挽救了自己。

救赎一定是发自内心的强烈意愿，从而产生巨大的力量改变自己。任何外力都是无效的，这个片子很好地诠释了这一点，改变是由内向外的。

8.4　人物设计

《宵禁》的主人公是一个吸毒的人，他准备自杀……因为妹妹的电话，答应去照看一下侄女；

人物在洗漱的时候，身体上的"伤痕"暗示了人物的经历。

剧本片段
洗手间　内　夜景 　　主人公用水冲洗血迹 　　拿起纱布，拆包装 　　往手腕上缠纱布，双腕旋转 　　一只手固定腕部的纱布 　　他低下头，用牙咬住线头 　　身体在画外，腹部一角 　　手臂，背心穿上 　　手臂上的针孔

《有梦的人生才精彩》的人物出场非常"直接"，过于直接，这样的画面只是感觉形象，却构不成冲突。因为人物被观众一眼看透了。

剧本片段
一个很邋遢，浑身脏兮兮的年轻男子（男主角），手里拎着一个酒瓶，迈着醉步晃晃荡荡地走在大街上。

《宵禁》主人公的出场，隐藏着"他是一个危险人物"的潜台词，**危险中常常隐藏着冲突**。

8.4.1　主人公与其他角色的关系

在《有梦的人生才精彩》的剧本中，以主人公被敲门声吵醒作为契机，引出新的角色（女主角）。还是老生常谈，**人物之间没有任何冲突，仅是语言上的急切**……看起来让人感觉着急、紧张，实则并没有。当这样的剧情用画面中呈现出来，平淡的视觉感受会更加明显。

剧本片段
敲门声更加急促，同时屋外传来一个女孩的喊声。女孩急切地："哎呀，都几点了，你快点啊！人家还等着你哪，你在屋里磨蹭什么呢？"

8.4.2　《宵禁》的人物关系处理

打电话，妹妹求他（危机）。

请他帮忙照看自己的孩子，他们好久不联系，但他是她唯一能够寻求帮助的人……**剧本用几句话就完成主人公和妹妹关系很差的设置**。对话中，给妹妹女儿的表情，让当事人进入到事件中。

主要人物全部出场了，编剧成功营造出多个悬念：他为什么要自杀？这个小姑娘怎么了？他们在一起会发生什么样的故事（冲突）。

1.	窗户前的女人，"我现在一团糟，也找不到人帮忙"；中景
2.	一个小姑娘呆坐在窗户边，"你真的是我最后一个选择了，你能帮我这一次吗"；中景
3.	浴缸中听电话的男人，"求你了，说点什么"；中景

1.	一个小姑娘呆坐在窗户边，"我知道你现在也没有什么重要的事情"；中近景
2.	"你要我在电话里求你吗？好，我求你"浴缸中听电话的男人，眼睛慢慢抬起看房顶 OK；特写
3.	出字幕

我们看一下剧本中的这个段落。

剧本片段
浴室　内　夜景 　　出片名 　　电话铃声 　　沿着地板上的电话线 　　推到一台拨号的电话机上 　　沾了血的手颤抖着拿起听筒 　　刀片还在手指中间 妹妹：RICHARD 我有麻烦 　　浴缸上的刀片，上面有血 妹妹：我得出去有点事，我不知道还能找谁

地板上，未抽完的两根烟
烟头上有血渍

一个男人躺在浴池里
接电话，手上和浴缸边沿都有血
妹妹：我不能让 SOPHIA 一个人待着

一个女人打电话，来回走动
玻璃窗户外城市的风景，天蒙蒙亮
妹妹：我得找人带她几个小时

女人边说话边走
妹妹：我知道我们已经很久没有联系了
妹妹：你也很清楚

男人全身赤裸
在浴缸中一句话都没有，听电话

电话线紧绷着
让他感觉有点不舒服，手拉动线
妹妹：要求你来帮我担当我很不情愿

电话受到线的拉扯向浴缸移动
妹妹：但你是我哥，我想也许……

男人拉话筒的力量更大
电话迅速滑向一侧

男人眼睛看着房顶
一句话都不说

8.5 冲突的设置与缓和

在剧本中，**设置冲突的目标就是：在恰当的时刻缓和冲突。**例如，片例《宵禁》在改善人物关系紧张方面所做的"努力"……

8.5.1 设置生效

保龄球馆内，两人坐着。

主人公为了缓和两人的紧张关系，跟侄女解释他曾经做过的一件事情。让他解释的原因是：她说了一个让主人公难以理解的词，**这个词听起来是形容他性格方面的某种缺陷。**但他却解释了另外一个事件，这个新事件最后起到缓和人物关系的作用。

 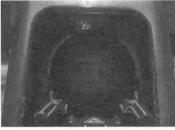 

1.	黄色的保龄球撞击球瓶；特写
2.	红色的球被弹出，球滚向镜头；特写
3.	黑色上衣的男子，出球后，身体保持着出球的姿势；小全

1.	球扔出，身体向画左退；中景
2.	两人面对面坐在大厅里，他（她叔叔）手伸进兜里掏东西；小姑娘双腿盘在沙发上低头打游戏机；全景
3.	小姑娘低头拿着游戏机玩，他问"你上几年级"；她没有抬头回应；中景

1.	他把烟放在嘴里，点烟；中景
2.	她抬眼睛看他，再看手中的游戏机；中景
3.	他点燃香烟，左手把火机放回口袋；抽一口，看着画右

8.5.2 用解释缓和冲突

主人公得到一个"负面"的评价，促使人物想要去解释。

剧本片段
两人面对面坐着，主人公跟侄女说话 男人：也许她就是按那个动画给你起的名字 男人：她提过吗 　　小姑娘低头看着游戏机 小姑娘：她从来不谈你 　　他看着她，打了一个嗝 小姑娘：其实她有说你 　　他转头看她 　　小姑娘眯着眼睛 小姑娘：被动难缠 　　他双手搭在腿上，身体前倾 男人：被动……被动什么 　　小姑娘看着他，重复 小姑娘：被动难缠 　　他身体前倾 男人：被动难缠

8.6　意外的事件

由解释而产生的"意外"事件。

意外事件被置入到故事中，角色第一时间并没有对这个意外事件进行反应。剧本中这样设置，对"冲突和对抗"产生了延续效果；问题没有解决，并不意味着问题的结束，它们被积压，等待故事高潮时一同"爆发"。

剧本片段
小姑娘不理主人公 　　他抽口烟，往烟缸弹烟灰 男人：几年前其实是一次意外 　　手比画配合表达 男人：是我太大意，所以她不让我见你 　　不断地比画 男人：所以我想让我们相互多了解一些

小姑娘抬起头，手撑着下巴 看着他，嘴往后咧 头左右摇 继续低头玩游戏

8.6.1　对意外事件第一次反应

这是两人关系提升的起点。当事人问起时，主人公没有说，问题继续被延续解决。

剧本片段
快餐店　内　夜景 　　两个人坐在酒吧里聊天 　　小姑娘前面有一份薯条 　　主人公（她叔叔）手夹着一根烟 　　眼睛看着侄女，手撑着下巴 小姑娘：喜欢什么？ 男人：3 小姑娘：颜色 男人：蓝 　　拿烟的手放下 小姑娘：是个什么意外 　　烟缸上弹烟灰 男人：什么意外 小姑娘：那个我妈妈不让我见你的意外 　　他微笑着瞥了一眼画外，抽烟摇摇头 男人：那不重要 小姑娘：我想知道 　　夹烟的手放下 男人：这有什么意义 　　停顿

8.6.2　对意外事件第二次反应

主人公被侄女的可爱"打败"了，准备要讲出来……

剧本片段
保龄球馆　内　夜景 　　　主人公（她叔叔）侧坐在球架上 　　　手原地旋转一只球   　　　小姑娘手持球，走过来 　　　走到他的身边 小姑娘：是个什么意外   　　　他微笑着闭眼睛 　　　转头看画外 男人：不 小姑娘：是个什么意外   　　　他抬起头，笑着，头微晃 男人：我不记得了   　　　他看画外，不想与她对视，不想回答问题 小姑娘：拜托求你了   　　　小姑娘用力让下嘴唇突出，做鬼脸 小姑娘：我真的很想知道

8.6.3　冲突缓和

意外事件讲出，人物关系彻底转变。

剧本片段
主人公转头看着画外，停顿 　　　瞥她一眼，再看画外，转头看地板 男人：好吧，我把你弄掉了 小姑娘：什么 男人：我把你掉到地上了   　　　他看她 小姑娘：什么时候 男人：你还是个婴儿 　　　我负责照顾你   　　　手配合表达 男人：我不知道应该怎么抱小孩

头转向画外
男人：你手脚乱动

　　摇头，手在胸前摆动
男人：不停地哭还吐东西……

　　头来回晃
男人：我没抱稳还把你弄掉了

　　他说完看着她，吸气
男人：你妈妈差点吓出心脏病

　　小姑娘看着他，咧嘴，忍住不笑
　　他微笑着，摇头
男人：这不好笑

　　小姑娘笑出声来
男人：我以为把你摔得很重

　　小姑娘咧嘴大笑
男人：很严重，是件很严肃的事情

　　小姑娘耸肩，咧嘴大笑
男人：你好变态

　　小姑娘肩隆起
小姑娘：你是个傻子

　　肩放松，边说边摇头
小姑娘：这是我听过的最傻的事情
男人：你就笑吧
男人：后来我一个月没有睡好觉

　　手抬起，大拇指连续轻摸上嘴唇
　　尴尬

8.7　冲突与危机《有梦的人生才精彩》

接下来梳理一下《有梦的人生才精彩》剧本中的冲突与危机设置。

整个设置是线性的，一、二、三……这样的方式写剧本，导致冲突不够强烈。

- 主人公要去演讲
- 抵达现场
- 主人公讲述自己的挫折
- 回忆被解雇的经历
- 女朋友离开
- 被骂醒

8.7.1　主人公要去演讲

主人公不明原因，被其他角色设定了一个目标。

剧本片段
女孩有点不敢相信地看着他：哥啊，你咋了？赶紧把衣服换了，还有个演讲等你呢。 　　男子刚要张嘴，还没等说出话来…… 女孩急切地催促：你快点去洗个澡，换身衣服，快点了，快来不及了。

8.7.2　抵达现场

人物处置危机的方式是逃跑。

剧本片段
女孩拉着男子走进一个会场，硬将他拉上了讲台。 　　男子不知所措茫然地站在讲台上。 　　台下人头涌动，响起雷鸣般的掌声…… 女孩对男子：快点讲话呀，大家都等着你哪！ 　　男子转身向会场外跑去…… 女孩：哎！你别走啊——

8.7.3　主人公讲述自己的挫折

主人公准备讲出自己的内心"秘密"。

剧本片段
男孩：那好吧，我就给你讲个故事…… 女孩拍手：好啊，好啊！

8.7.4　回忆被解雇的经历

受到挫折的经历，却没有具体的事件。

剧本片段
主任对男子大发雷霆：你看看，你这工作是怎么干的？我们要的不是高学历！我们要的是有实际操作能力的人！现在我正式通知你，你被解雇了！

8.7.5　女朋友离开

将女友离开作为失败事件，却没有在开篇铺垫任何与女朋友之间的冲突。

剧本片段
他看见自己女友和别的男人亲亲密密地走了……

8.7.6　被骂醒

主人公被其他角色激励，这样的设置削弱了主人公应有的"力量"。

剧本片段
如果他能像你一样，经得起失败，不懈地努力，他也一定会成功的！

然后主人公梦醒，开始收拾房间，振作起来，出门遇见梦中的女孩。

让剧中的主人公袒露心扉设置得过于简单，在《有梦的人生才精彩》的剧本中根本就没有设计，主人公过于"喜欢"说出心事，这样会弱化冲突的效果。

8.8　秘密被他人发现的危机《宵禁》

下面看一下《宵禁》中是如何处理主人公心中的"秘密"。

主人公实施自杀是一个秘密。

他不会轻易地告诉他人，即便是眼前跟他关系亲密的侄女，他也一直守口如瓶……**直到这个秘密被侄女发现**。

剧本中，保龄球馆声音起，侄女开始跳舞。

主人公因为身体原因产生幻觉，他看见周围的人都在跳舞。这时侄女过来拉他的手，想叫他一起跳，他哎哟一声，让她发现了绑着绷带的受伤手腕。

1.	声音过渡，"跟我跳舞"小姑娘拉住他的左手；"我不想跳舞"小姑娘继续拉"快"；中近景
2.	小姑娘"求你了"；中景
3.	吧台的人们各自聊天，一男人靠在吧台和一女人说话；小全

1.	三个女人说话；中近景
2.	他左手往回撤，小姑娘双手拉"快啊"；中景
3.	双手向画右拉"啊"；特写

1.	他身体弯曲，两人同时看着他受伤的腕子，他迅速抽回左手；小姑娘拉他的手"怎么回事"，他的手往回撤"没什么"，两人看伤口；中景
2.	她握住他右手，缓缓向上提起衣袖；带有血渍的纱布露出"是个意外"；特写
3.	"你得去缝针"；中近景

8.9 引起共鸣

要使影片和剧本打动观众，需要产生共鸣，观众将自身的情感移情于主人公，对人物的经历感同身受。在这个段落的处理上《宵禁》做到了这一点：剧中人物叔叔和侄女两人关系亲密，**生活的大幕向着美好的那一面缓缓拉开**。

但主人公身上的秘密随即提醒剧中人物，也提醒了观众：当主人公把小姑娘送回到妹妹的身边后，他应该何去何从，他要如何面对自己的现实生活。

8.9.1 拉叔叔跳舞

剧本片段
主人公产生幻觉
他揉眼睛，手放下，身体挺起
双手举在空中，眼睛看自己手
想确认是不是眼花了
手放下，深吸一口气，确实是幻觉
小姑娘在他身边拉住他的手
小姑娘：跟我跳舞
男人：我不想跳舞
小姑娘继续拉
小姑娘：快
小姑娘：求你了
他看周围的环境

前景一个女人走过
吧台的人们各自聊天
一男人靠在吧台 手举着一个杯子和一女人说话
小姑娘双手拉他的手 小姑娘：快啊 男人：啊

8.9.2 发现伤口

剧本片段
小姑娘：快啊 男人：啊
主人公身体弯曲，两人同时看着他受伤的腕子 他扶住手臂，迅速抽回
小姑娘伸手去拉他的手臂 小姑娘：怎么回事
他的手往回撤 男人：没什么
小姑娘双手并没有放开 他低下头，手不再动了，两人看伤口
手臂缓缓上移 衣袖里带有血渍的纱布露出 男人：是个意外 小姑娘：你得去缝针

当观众意识到主人公有可能回到家，还会实施自杀。这个危机让观众心头一紧，担心人物未来的命运。

而这种担心在《有梦的人生才精彩》中几乎没有。

8.10 本课小结

读剧本中的文字，读者脑海中会产生相应的画面感。这样的写作，算是上了"正轨"。要做到这一点，编剧的脑海中也要有画面，然后用准确、具体的词句写出来。

在此基础之上再对情节进行编织和铺排，建立人物关系，设置冲突和故事高潮……运用诸多剧本的元素创作出一个故事。

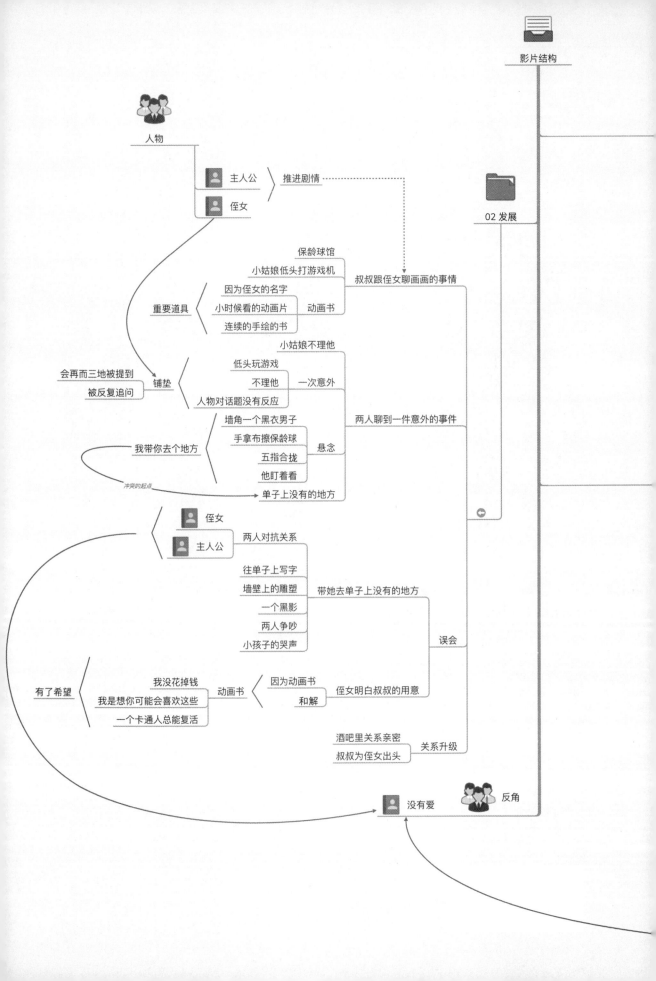

影片结构

人物

主人公
侄女 ———— 推进剧情

重要道具
保龄球馆
小姑娘低头打游戏机 ———— 叔叔跟侄女聊画画的事情
因为侄女的名字
小时候看的动画片 ———— 动画书
连续的手绘的书

02 发展

会再而三地被提到 ———— 铺垫
被反复追问

小姑娘不理他
低头玩游戏
不理他 ———— 一次意外
人物对话题没有反应

我带你去个地方
墙角一个黑衣男子
手拿布擦保龄球
五指合拢 ———— 悬念
他盯着看
单子上没有的地方 ———— 两人聊到一件意外的事件

冲突的起点

侄女
主人公 ———— 两人对抗关系

往单子上写字
墙壁上的雕塑
一个黑影 ———— 带她去单子上没有的地方
两人争吵
小孩子的哭声 ———— 误会

有了希望

我没花掉钱
我是想你可能会喜欢这些 ———— 动画书 ———— 因为动画书
一个卡通人总能复活 ———— 和解 ———— 侄女明白叔叔的用意

酒吧里关系亲密
叔叔为侄女出头 ———— 关系升级

没有爱 ———— 反角

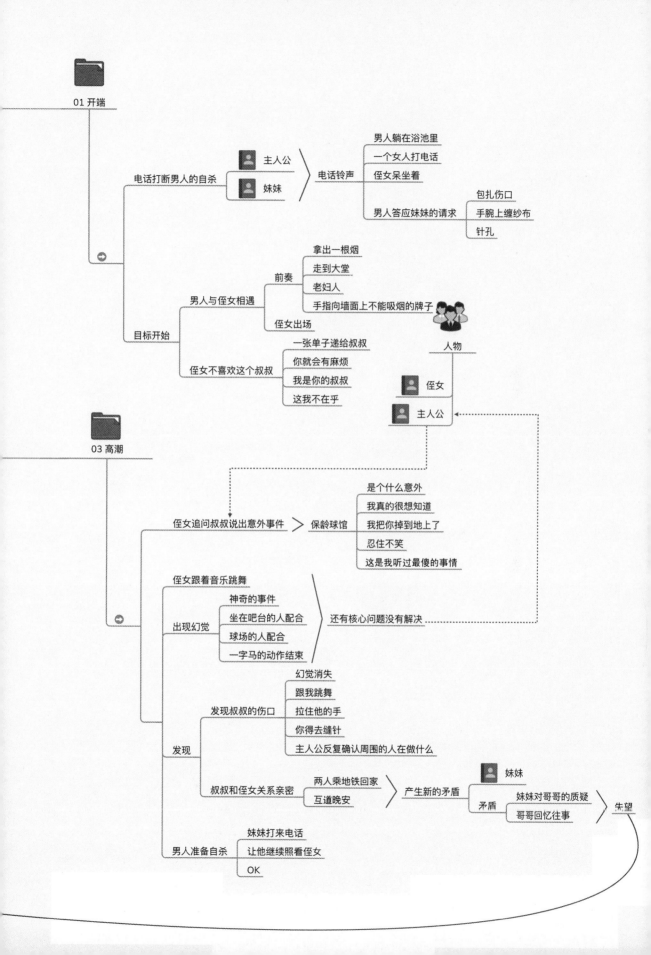

01 开端

电话打断男人的自杀
- 主人公
- 妹妹
  - 电话铃声
    - 男人躺在浴池里
    - 一个女人打电话
    - 侄女呆坐着
  - 男人答应妹妹的请求
    - 包扎伤口
    - 手腕上缠纱布
    - 针孔

目标开始

男人与侄女相遇
- 前奏
  - 拿出一根烟
  - 走到大堂
  - 老妇人
  - 手指向墙面上不能吸烟的牌子
- 侄女出场

人物

侄女不喜欢这个叔叔
- 一张单子递给叔叔
- 你就会有麻烦
- 我是你的叔叔
- 这我不在乎

- 侄女
- 主人公

03 高潮

侄女追问叔叔说出意外事件
- 保龄球馆
  - 是个什么意外
  - 我真的很想知道
  - 我把你掉到地上了
  - 忍住不笑
  - 这是我听过最傻的事情

侄女跟着音乐跳舞

出现幻觉
- 神奇的事件
- 坐在吧台的人配合
- 球场的人配合
- 一字马的动作结束

还有核心问题没有解决

发现
- 发现叔叔的伤口
  - 幻觉消失
  - 跟我跳舞
  - 拉住他的手
  - 你得去缝针
  - 主人公反复确认周围的人在做什么
- 叔叔和侄女关系亲密
  - 两人乘地铁回家
  - 互道晚安
    - 产生新的矛盾
    - 矛盾

- 妹妹
  - 妹妹对哥哥的质疑
  - 哥哥回忆往事

失望

男人准备自杀
- 妹妹打来电话
- 让他继续照看侄女
- OK

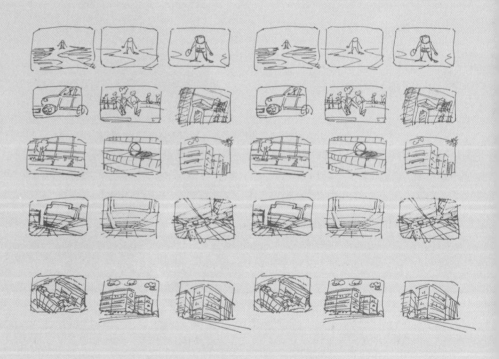

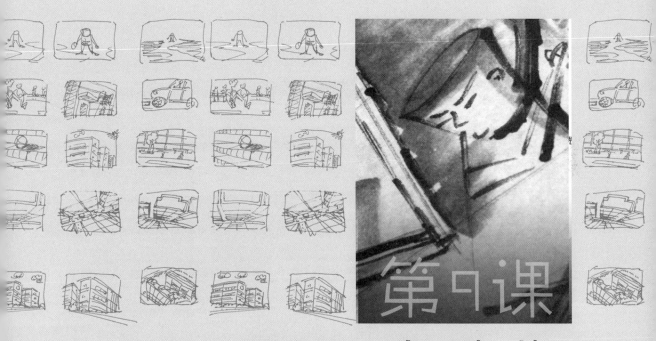

第9课

戏 剧 性
·········

本课要讲的两个剧本都与梦想有关……青春，梦想，执着，勇敢，挥洒汗水并付出行动。这样的故事很吸引人，因为我们每个人都有梦想，或许实现，或许还走在实现它的路上。

虽然这类故事的结局只有两种：**梦想实现或者是梦想破灭**。但讲故事的方式却是天马行空，任由你发挥。一个梦想破灭的伤感故事，因为夸张的讲述方式，能让人看得笑中带泪。

这种夸张的方式就是作者今天要跟大家聊的"戏剧性"。

如何实现戏剧性：将原本的常规事件夸张处理，浮夸却又无比真实。具体什么情况接下来通过分析剧本，娓娓道来……

9.1　案例介绍

- 《我们》是学生的剧本作业。
- 《老男孩》是引用的片例。

一句话大纲	
《我们》	三个年轻的学生拍摄作品参赛的故事。
《老男孩》	两个大龄青年参加选秀比赛的故事。

《我们》这个剧本结构完整，情节合理，人物丰满……是学生剧本作业中不错的作品。**这个剧本的主要问题就是戏剧性不足，故事过于伤感**。青春有梦、有伤、有痛，更有喜悦、有欢愉，不能仅仅只展示其"伤痕累累"的那一面。

如果这个剧本中有少许的"喜悦"元素，观众的感受更容易得到抒发。

或许生活有点"苦"，很多观众看电影希望能看到"甜"的那一部分（作者的个人意见仅供参考）。

接下来先看一下剧本的格式问题。

学生剧本作业	
《我们》	原创
故事梗概：这是一部关于青春苦痛与成长、人生抉择、现实方向的故事，一群毕业不久的影视系学生的电影梦想与现实碰撞之后所发生的故事。大学学了四年影视专业，毕业后，同学都散落四方，多数人从事不喜欢的工作。人就是这样活着吗？没有理想，没去实现，这还是我们自己吗？	

人物

梁子：毕业于影视系，编导专业，梦想是做导演。毕业后在叔叔开的婚庆公司做摄像，家境较好，性格倔强。

小川：跟梁子是同班同学。梦想职业是做编剧。毕业后一直没有找到工作，性格比较懦弱，因为家庭的原因，父母经常吵架，家境一般。

王影：毕业于表演系，梦想是做演员。来自小县城的王影比较自主独立，家境差，所以锻炼了其独立的性格。但最后还是屈服于现实，做了胡老板的情人。

9.2　剧本作业正文

1. 行驶的出租车内

梁子，抽着烟。车内收音机在播放的是利比亚最新的革命动态，利比亚人民开始反抗，进行了革命。

电话响

拿起手机，背影画面是与小川、王影大学时的合照。

梁子：喂，爸，我知道了。下次不会跟叔叔吵了。他让拍什么就拍什么，这样行了吧。嗯，先挂了啊。

剧本中的问题更正
"1. 行驶的出租车内" "车内收音机在播放的是"
更正：剧本中不要出现编号；"播放的是"后面的话之前加 VS。
可以这样写： **出租车　内　夜景** 　　梁子坐在车后座上，抽着烟 　　车内收音机播放新闻 VS：利比亚最新的革命动态，利比亚人民开始反抗，进行了革命

2. 唐山夜景 (摇臂)

梁子的车在灯火通明的城市街道上行驶。镜头慢慢往上摇，画面移至黑洞洞的天空。

移出字幕片名《我们》

剧本中的问题更正
"2. 唐山夜景 (摇臂)" "移出字幕片名《我们》"
更正："(摇臂)"删除，剧本中不要出现摄影器材的名字；"移出字幕"删除，替换为：出片名《我们》

3. 某小饭店

梁子一个人在喝酒吃饭。

看到吵架情侣。

画面闪回跟老板吵架。

(喜良缘婚庆摄像公司)

老板：小梁，别说叔叔说你，咱下次别拍这些没用的。

梁子 (不耐烦的)：……明白。

老板：跟你说过多少次，这些结婚的新人要的就是有自己的正脸，别拍这些较艺术的画面。

梁子 (不情愿的)：……嗯。

老板：你别这种态度啊。我跟你说，不是看在咱们有点血缘关系，我早不用你了，现在工作那么难找。

　　行了，你回吧。

梁子：……

剧本中的问题更正
"(喜良缘婚庆摄像公司)" "……明白"
更正：不要加括号，场景已经转换；剧本中所有的省略号删除。

可以这样写：

办公室　内　夜景

喜良缘婚庆公司

梁子和老板争吵

闪回

梁子一饮而尽。

梁子：结账，老板！

4. 过街天桥下

梁子走到天桥下，看到拿着吉他卖唱的年轻人。

注视着他，两人对视着。

听了一会儿，梁子拿出钱包，挑了一张十元，放进流浪艺人吉他盒子里。

走，梁子出画。

画面黑

5. 梁子家

梁子从出租车上下来，点了一根烟。

进屋，打开电脑，开始看北野武导演的《花火》。

<u>外边母亲</u>：梁子，吃饭没?

梁子：吃了，别管了，妈。

接着看，睡着

剧本中的问题更正
"外边母亲"
更正："外边"删除。

6. 梁子的梦境 (动画呈现)

满是镜子的房间，推开一扇门，下面是万丈深渊。

7. 酒吧化妆间

王影在化妆，睫毛、口红、假发。<u>采用手持的、有规律性的摇动作为拍摄方式，跳切。</u>

电话响。

王影：喂，妈，上月的生活费不是给你打过去了、怎么了⋯⋯我回不了家⋯⋯。跟你说过多少遍。
我有工作的⋯⋯。行，有时间再说吧。我工作了。

剧本中的问题更正
"采用手持的、有规律性的摇动作为拍摄方式，跳切"
更正：删除。

8. 酒吧舞台

镜头跟随王影的脚步来到酒吧舞台，王影唱了一首《海阔天空》。

今夜，我寒夜里看雪飘过，怀着冷却了的心飘向远方，风雨里追赶，雾里分不清影踪，海阔天空你与我可会变……（或者是唱《容易受伤的女人》王菲）

剧本中的问题更正
"（或者是唱《容易受伤的女人》王菲）"
更正：删除，必须要明确自己在写什么，不要有"或者"这样的情况。

舞台下，酒吧起哄的人们，其中有人过来动手动脚的。

小混混：小妞，今天晚上跟爷出去 K 歌去（一堆人笑）。

王影唱完匆匆离开。

剧本中的问题更正
"其中有人过来动手动脚的"
更正：描述得过于概括，要具体。

9. 酒吧内一个角落

一个老板模样的人，手下点烟，然后挥手过来两个人，老板给两人耳语一番。

10. 酒吧化妆间

镜头跟拍侍者，侍者拿着花，来到王影化妆间，敲门。

侍者：王小姐，胡老板送的花。

王影回头。

王影：放那吧。

侍者出去，关上门。

王影看着镜子里浓妆艳抹的自己，镜子里有老板送的花，她把镜子前边的花突然地拿起来扔掉，无言无声哭泣，哭花了妆容。

剧本中的问题更正
"无言无声哭泣"
更正："无言无声"删除。

11. 大街上

老板手下点烟。

胡老板踢了一脚那个调戏王影的人。

以后别来这个酒吧了。

把烟扔到调戏王影的人身上。

12. 小川家

接上，转场川子把烟头摁死在烟灰缸。

在桌子上开着电脑，看电影《心灵捕手》。

手边还有一个笔记本，<u>自己在写剧本</u>。

听到门开，外面有父母吵架的声音。

母亲：你还知道回来啊你。

父亲：你管我呢。

母亲：我不管你，行，我不管这个家早就散了。

父亲：你少说点吧你。在外边输钱，在家听你唠叨。

母亲：你……你出去。

父亲转身重重关门离开。

剧本中的问题更正
"接上，转场川子把烟头摁死在烟灰缸"；"自己在写剧本"
更正："接上，转场"删除；"自己"删除。

小川起来出去客厅，站着，看着母亲。

母亲：孩子，你爸早晚要输掉这个家，你就不能说说他。

小川 (<u>唯唯诺诺</u>)：我……

剧本中的问题更正
"(唯唯诺诺)"
更正：删除。

母亲一个人瘫坐下，哭泣。

小川过去倒杯水，放在母亲面前。

回屋，重重地关上房门，靠着门慢慢蹲下。<u>画面前实后虚，小川虚，前景有一张合影照片；梁子，小川，王影</u>。

画面黑

剧本中的问题更正
"画面前实后虚……"
可以这样写： 　　桌上有一个相框 　　小川和同学梁子、王影的合影

13. 小饭店 (日)

梁子、小川、王影三人一起喝酒吃饭。

饭店的角上有电视在播报新闻。

梁子：小川，你最近还在家？还没找着工作？

小川：嗯……前段时间写了几个本子给制片厂，都给退回来了。

王影：来来，大家先吃菜，一晃也毕业一年了，真是挺快的，不说了，干一杯吧！

　　三人一饮而尽。

小川：你们俩呢，工作怎么样？

梁子（苦笑）：……能怎样。

王影（无奈）：……就那样。（同时说出）

　　暂时沉默，又是一杯酒。

　　电视里开始播放广告：征集新锐影片的活动。获奖者有机会独立执导电影，与著名电影演艺公司签约，还有奖金数万。

　　三人都抬头看着电视。

　　画面闪回曾经的大学时光。

　　三人一起拍短片的场景。

　　梁子（拿着摄像机），王影在镜头前转动，小川拿着反光板。

　　无言，沉默

剧本中的问题更正
"梁子（苦笑）""王影（无奈）""（同时说出）"
更正："苦笑""无奈"删除；"同时说出"另起一行，放在对话之前。

14. 出租车上

　　川子喝得有点多，昏昏欲睡。

梁子：这过的是什么日子啊……真烦。

王影：别想了，没什么用。

小川：再回到大学吧，一起拍……

收音机：反对派今日已经攻占首都，卡扎菲仓皇逃窜。反对派势力的迅速崛起掀起了整个国家的革命热情。

　　三人沉默着。

小川：拍……（喃喃自语）

15. 唐山夜景

　　车流人流，气势淹没了三人曾经的梦。

剧本中的问题更正
"昏昏欲睡" "气势淹没了三人曾经的梦"
更正：删除。

16. 梁子家

打开电视，去拿出<u>心爱的</u> DV 在屋里<u>拍这拍那</u>。

拍完，把机子放在床头桌子上。电视里播放的是征集新锐影片的活动。获奖者可以有机会独立执导电影，与著名电影演艺公司签约，还有奖金数万。

梁子拿着 DV 冲着电视，DV 显示屏上是征集影片的广告，停了一下。

把未关掉的 DV 放在电视机旁。

自己躺到床上，蜷缩一团，睡觉。

17. 梁子的梦境

梁子跳下去，看到一朵萌芽的小草，抬头。

剧本中的问题更正
"心爱的" "拍这拍那"
更正：删除。

18. 王影工作的酒吧

梁子和小川骑着电动车来看王影。

王影化妆间镜子前又有<u>一簇花朵</u>。

王影在台上唱歌，看到梁子和小川，打招呼。

有<u>流氓模样</u>的人骚扰王影。

小混混：来啊，过来陪爷喝杯酒，唱得还可以啊。

王影：对不起，这不是我的工作范围。

推托着要走开。

梁子上来就是一脚，嘴里骂着。

小川<u>脑子蒙蒙的</u>，脑海闪过父母吵架的场景，迟迟不敢动手。

慢慢地小川拿起了凳子。

黑场

剧本中的问题更正
"一簇花朵" "流氓模样的" "脑子蒙蒙的"
更正：不恰当的用词。

19. 小诊所

护士在给梁子包扎。

梁子：这工作还是别做了吧。

王影：做不做是自己的事，你们今天太冲动了。对了，你们今天来干什么？

梁子：小川跟你说吧。

踢了小川下。

小川：哦，我们打算拍个电影。

王影：啊……干什么……拍电影？你俩没事吧。

梁子把小川的包拿过来，从里面拿出，小川写的剧本。

梁子：这是小川最近写的本子，我看过了，挺不错的，写自己人的故事。我在电视上看到，一个征集影片的比赛。赢了，能获得不少好处。我和小川打算参赛。你是学表演的，想让你做女主。

王影拿起剧本看了看，转身走到小诊所门口，踱来踱去。

头也不回地说：走不走，还愣着干吗，带我跟老板说辞职去啊。

梁子、小川呆呆地站在那里，露出笑容。

剧本中的问题更正
"头也不回地说"
更正：谁说话，前面是谁的名字要写清楚。

20. 过街天桥下

梁子带着三人又一次路过那个流浪艺人。

三人站在艺人的对面，听歌。

听罢，梁子再次拿出钱包，拿出一张五十的，放进艺人的吉他盒内。

三人打闹着出画。

21. 梁子所在婚庆公司（日）

梁子给老板点烟。

老板：你想好了，真不干了？

梁子点点头。

老板：找到新的工作了？

梁子摇头。

老板：你什么意思，到底什么个意思，你知道现在工作多难找，你瞎折腾什么啊。

梁子：我想拍个片子，以后就不能在这干了。

老板：拍片子，啊？拍出来给谁看。能当饭吃吗？

梁子：你不懂，那能比饭重要。

老板站起来，走到梁子身边，转身走开。

老板：你啊你……年轻人。

梁子准备出门。

老板：等下，这个机子是快淘汰的，你带走吧。

梁子拿起机子。

梁子（门口停顿）：……谢谢。

转身走。

剧本中的问题更正
"那能比饭重要"
更正：这句话让人猜不出意思。

22. 学校操场

接上一场，三人来到学校，故地重游。

王影：毕业这么久，仿佛在昨天毕业。

梁子：……

小川：昨天我给一些同学打电话，好多人愿意过来帮忙。

梁子：拍片所需的经费我找了以前拍过婚庆的一些老板，他们有些人愿意以参演角色的方式来出钱。

现在差不多有五万多了，小川是编剧，到时候顺便管账吧。

三人在操场奔跑欢呼打闹，梁子来到操场中央的舞台上。

梁子：现在是我们的时刻了。画面闪回；梁子的特写；梁子：我想做导演，穿着学士服。画面闪回。

镜头移向蓝天白云。

剧本中的问题更正
"画面闪回：梁子的特写：梁子："
更正：这块的文字太乱了，没有办法修改。

第二部（开始拍摄）

23. 开阔的广场

镜头从蓝天白云下移。

王影在那边走，四五个流氓坐在一起，看着王影从身边走过，各种起哄。

梁子导演：卡，那个王影你走得能不能再妖那么一点点？

还有阿福，你这个流氓能不能再流气一点，<u>太憨厚了。行</u>。

再来一次。

剧本中的问题更正
"太憨厚了。行"
更正：这里的"行"，如果是另外角色说的话，就应该另起一行，加入该角色的名称。

梁子导演：卡！

梁子导演：话筒入镜了。

<u>梁子导演</u>：卡，摄像机，摄像机跟上了。

剧本中的问题更正
"梁子导演"
更正：角色的名字要统一，角色的称谓变了，称谓最好不要和名字一起成为角色的名字(本套课程，为了使引用片例中角色更加清晰，作者也出现过此类问题)。

24. 一片空地

小川买来盒饭。

剧组人员吃饭。

<u>梁子接到电话对小川</u>：你们先吃，我接个电话。

走到一边接电话。

梁子：喂，爸，嗯，辞职不干了，我有点别的事，你就不能让我有点自己的事情，让我做完这件事，
　　　好吗？

挂掉了电话。

王影：没事吧？

梁子：没事，家里的事。

小川沉默。

剧本中的问题更正
"梁子接到电话对小川"
更正："小川"说的话还要另起一行。

25. 夜晚街道

王影在街上走，一个人慌慌张张地跑过来撞倒。

演员：对不起对不起，有人追我。我先走了。

王影：你……

后边一堆人跑过。

别跑……

剧本中的问题更正
"别跑……"
更正：要加上说话者的名字。

梁子特写

梁子：卡，好的，收工，大家辛苦了。明天早起啊。

小川在旁边打电话。

梁子：小川，过来给演员说下明天的事情。小川，小川。

小川有点失神的样子。

小川（失神的）：啊？哦，哦。

梁子：没事吧你？

小川：额……没事没事……

剧本中的问题更正
"梁子特写""小川有点失神的样子"
更正：删除。

26. 梁子梦境

身边全是盛开的花朵，一瞬间全部枯萎。

27. 梁子家

梁子惊醒。看表，时钟指向四点。

躺下，再次睡着。

28. 某废墟，拍摄现场

剧组人员都陆陆续续到来，唯独小川始终未来。

梁子开始有些着急。打电话给小川。手机是关机的。

王影：那怎么办？咱们所有的钱可都在他那，没他，咱们这一票人……

梁子：跑哪儿去了？今天看来是没法拍了，我跟大家说声吧。

整个剧组开始有点乱七八糟。很多人过来问还拍不拍。

剧本中的问题更正
"很多人过来问还拍不拍。"
更正：都有谁来问？配角的戏份过少，配角也需要事件塑造。

梁子走到一块高点的地方。

梁子：今天因为天气以及制片原因，我们暂时停拍，实在不好意思，大家还是先回，去做自己的事吧，非常对不起大家。

人群发出各种声音"切""干吗呢""大早上起来又不拍了"。

剧本中的问题更正
人群发出各种声音"切""干吗呢""大早上起来又不拍了"
更正：不要将多人的对话放在一行，避免这样的写作。

29. 出租车内

收音机里播放的是卡扎菲被处死的消息。

梁子不停地给小川打电话，一直无人接听。

梁子：去哪了？

梁子抽烟。

给小川母亲电话。

梁子：喂，是阿姨吗？您别哭，怎么回事，算了（小川在没？什么，小川走了，去哪了您不知道吗？）

您等下，我去你那吧。

剧本中的问题更正
"梁子：喂，是阿姨吗？您别哭，怎么回事，算了（小川在没？什么，小川走了，去哪了您不知道吗？）"
更正：这块太乱了，人物的对话不能这样写。

30. 小川家

小川母亲哭着，旁边他父亲低着头。

小川母亲：昨天，这个不争气的出去赌博欠了好几万，人家放高利贷的说不还就把他打死。小川就把钱给还上了。

梁子：那可是剧组的钱啊！

梁子父亲：对不起梁子，这都是我做的孽。现在小川一直不见人，希望你能好好找找他，告诉他我不赌了。让他回来吧，你们组的钱我会以后还上的。

梁子：……

31. 某公园（摇臂暂定）（已拍）

梁子颓废地坐着，喝着酒。

手机响。

画面切王影在私家车内。

王影：梁子，在哪里？小川还是没找到？我真的不能再耗了，我需要工作，我这正好有个老板有份不错的工作。我必须得去了。实在对不起了，我演不了了，对不起。

王影挂掉电话，胡老板坐在旁边。

胡老板：开车。

画面切回

梁子挂掉电话一饮而尽。

梁子把饮料扔到湖里。

梁子大喊：啊啊啊啊啊啊啊啊

画面黑

剧本中的问题更正
"画面切王影在私家车内""画面切回"
更正：转场即可，不要"切"，是否"切"是剪辑师来决定的。

32. 过街天桥下（摇臂）

梁子再一次来到流浪艺人那里。

这次他跟艺人并排站在了一起。

听歌，把身上所有的钱都放进了吉他盒子里。

镜头慢慢往上摇，黑洞洞的天空。

33. 黑场（直接录音即可）

梁子打电话。

梁子：爸，我错了。我明天就去上班，好好工作。

34. 喜良缘婚庆公司

画外音：

梁子又回到了老乡的那个婚庆公司。

梁子继续做着那份平淡的工作。

梁子：片子没拍成，我们谁都不怪，梦想追过一次，那便知足。

梁子忙碌的身影，背着摄像机。

像一个独行的孤独的侠客。

画面黑

剧终

剧本中的问题更正
"画外音""平淡的""独行的孤独的"
更正："画外音"替换成为OS；"平淡的"删除；"独行的孤独的"用词不恰当。

9.3 片例故事预览《老男孩》

一句话大纲：

两个大龄青年参加选秀比赛的故事。

将故事分成三段，展开分析。

- 第一段（开端）：主人公的学生时代。
- 第二段（发展）：登上舞台重拾梦想。
- 第三段（高潮）：比赛失利生活赢家。

第一段（开端）：主人公的学生时代		
婚庆主持与理发师	学生时代	喜欢共同的女孩
1 分 17 秒	1 分 51 秒	3 分 32 秒
校花给王小帅送磁带	肖大宝失恋	当众羞辱王小帅
4 分 42 秒	5 分 56 秒	6 分 52 秒

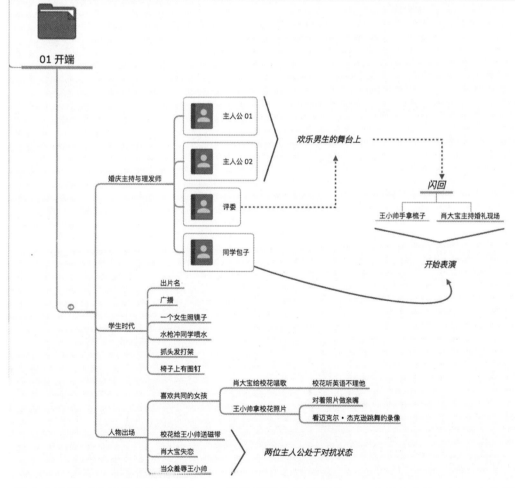

两个人站在《欢乐男生》的舞台上，评委谈到他们的职业：一个婚庆主持；另一人是理发师。评委旁边是他们的老同学（该节目的制片人），他用手扶了一下眼镜对评委说："我们看他们表演吧"。出片名。音乐起，"老男孩"几个字充满了屏幕。

学生时代，学校的大喇叭开始广播。

一女生受了欺负大喊；一男生拿橡皮管充水的水枪，与另一男生打水仗喷水；一同学手上的俄罗斯方块游戏机上都是水珠，擦了擦继续玩；一男同学笑眯眯地看代数书；一男生和一女生相互抓头发打架；椅子上有图钉，一个胖子屁股坐下来，疼得"啊啊"大叫。

在男生宿舍，肖大宝拧紧琴弦，弹琴，肩膀来回扭动唱"村里有个姑娘叫小芳"；拿起一张照片，一个穿校服的姑娘。

下课铃响，同学们冲出教室。

楼梯扶手处跑过来两个男生，冲下面的肖大宝喊："嘘，嘘，来了，来了"；肖大宝在楼梯的拐角想象着跟校花见面的场景。

想象结束，肖大宝的胖脸，他开始唱歌。

一个胖姑娘先走下来，边走边回头看他，校花看了他一眼，把耳机戴上，直接下楼，肖大宝越唱声音越小。二楼楼梯扶手处的两个男生叹口气，把头低下枕在手臂上。

校花的照片在王小帅的手里，他对着镜子跳舞。

他把录像带放进了放映机中，迈克尔·杰克逊在电视里跳舞，他瞪大了眼睛看傻了。

学校花园，王小帅模仿杰克逊跳舞，同学们围观。校花看着他跳舞，眼神中充满了欣赏。肖大宝坐在垃圾车里，一位男生推着入画，他看到校花喜欢王小帅，非常失落。

同学们散去，校花笑着叫王小帅的名字，王小帅回头翻白眼，轻咬嘴唇怪怪地说了一句："你在叫我吗"。王小帅进入想象空间，姑娘向前一步，王小帅扭动肩膀一晃也向前一步；姑娘闭上了眼睛，王小帅也闭上了眼镜，两人好像要亲吻一样。

乌鸦在叫，幻想结束。王小帅睁开眼睛，校花把一盒杰克逊的磁带双手递过来，那个胖胖的女同学从远处的柱子探出头来看。王小帅双手接过磁带，校花说："郝芳给你的，她想让你跳得越来越好，好好练练吧"。

王小帅拿着磁带看着远处那个胖姑娘，胖姑娘害羞，又退回到柱子后面。

下着大雨，在车棚外面，肖大宝跨在自行车上，淋着雨；校花打着伞走过来。肖大宝弹唱："多少次我回回头……"校花从他的旁边经过，在拐角处转弯。

第二段（发展）：登上舞台重拾梦想		
肖大宝学坏	王小帅找到偶像	模仿偶像的舞蹈
7分47秒	9分8秒	9分39秒
肖大宝挨打	王小帅与鬈毛比舞	准备学校的联欢会
10分54秒	13分17秒	14分9秒
肖大宝怯场	主持婚礼现场	肖大宝挨打
15分27秒	16分27秒	17分46秒
理发店被砸	撞奔驰	包子羞辱肖大宝
19分22秒	21分13秒	21分57秒
肖大宝重拾梦想	艺考失败痛苦经历	鼓励王小帅参加欢乐男生
22分36秒	24分12秒	25分25秒
王小帅失眠	两人重拾梦想	王小帅怯场
26分57秒	27分34秒	28分38秒

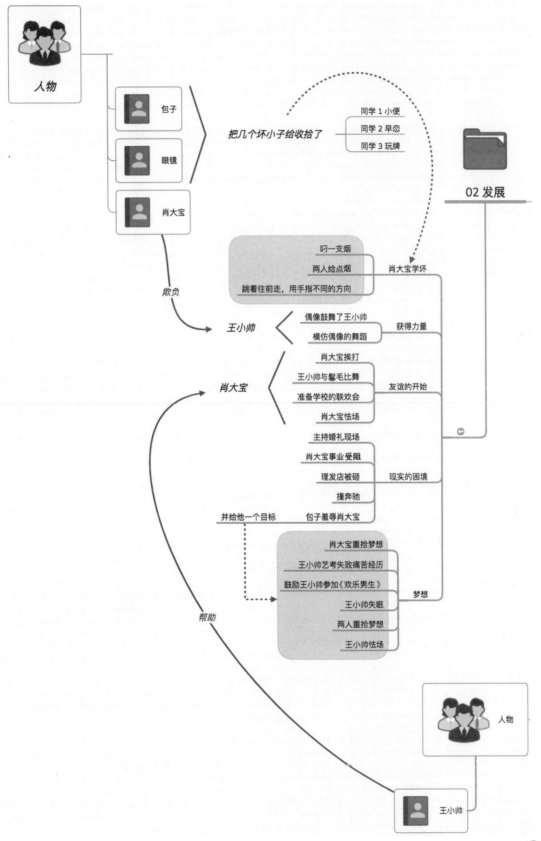

肖大宝失恋了，嘴里叼着狗尾巴草，在桥底下呜呜地哭泣。他哭着把吉他扔到了河里。肖大宝双手打打火机，点燃嘴里的烟，吸了一口，咳嗽，抿着嘴恶狠狠地看着远方。

王小帅在车棚里边跑，后面有人追他。实在跑不动了，他在拐角处弯着腰喘粗气，肖大宝递上来一瓶饮料，冲他眨眼睛，他接过来。

一只大筐扣在了王小帅的头上，王大帅大叫："你们干什么啊"。在墙角，筐被拿了下来，两个人一边一个把王小帅按到了墙上，王小帅求饶；肖大宝看远处有女同学过来，拿出小号对着天空吹响。他跑到王小帅跟前，蹲下，猛地趴下他的裤子。

几个女同学看到了，王小帅使劲挣扎，连蹦带跳，嘴上喊："我不活了"。肖大宝还用手比画，哈哈大笑。

肖大宝嘴里叼着烟，身后跟着另外两个同学。对面三个男生，他们都不服气肖大宝，其中一个还冲他伸出了中指。肖大宝把烟扔在地上，用脚踩灭，用手指不同的方向，对面的三个男生被收拾了。

此后，肖大宝成了学校的一霸。肖大宝站在讲台的黑板前，一群同学挤在一起，每个人都拿着打火机点着了，大家唱"祝你生日快乐"。

深夜，王小帅蜷缩在蚊帐里哭，想起被扒裤子的一幕幕，满脸泪痕。杰克逊的海报贴在墙上闪着亮光，王小帅直起身，不哭了，用手中的纸巾擦眼泪，冲杰克逊的海报点头，太阳冉冉升起。

肖大宝在车棚和几个同学玩牌，校花走过来；一个瘦瘦的坏小子包子仰头看校花，肖大宝看到后，拧住他的手腕。边看校花边拍包子的头，问他疼不疼，包子"哎呦哎呦"叫个不停，包子打不过肖大宝就去拧他旁边人的手，校花走过去。

王小帅在家里，看杰克逊舞蹈的录像带，在纸上分解杰克逊的舞蹈动作。

时间流逝，电视机出现雪花，王小帅的着装和舞蹈动作已经十分接近杰克逊。王小帅学成了，他对着镜子大喊，室外一道闪电划过夜空。

肖大宝对着镜子梳理发头上的发胶，他戴墨镜摆造型；手机响，显示"宝哥我们被劫"肖大宝拿起手机看，拉开抽屉，从里面拿出一块板砖，夹在自行车的后座上。

一个鬈发、穿一身红色皮衣的人，把霹雳舞的动作和打人融合在一起，对肖大宝的几个小伙伴进行询问。手往胖子的裆部一比画，吓得胖子往后一躲闪；另一只手指着胖子问："你是肖大宝？"

得知他不是肖大宝后，手臂像波浪一样完成一个"导电"的动作，对两人左右开弓抽了他们两个耳光，愤怒地说："到底谁是肖大宝"；肖大宝骑自行车，嘴里骂着赶来。

肖大宝的眼镜被一双回力鞋踩碎，肖大宝脸上满是瘀青。

鬈毛一只手抓着肖大宝，笑着对他说："宝哥唱个歌听听"。

王小帅出现在对面的屋顶上，起风，他跳了两下，向前一跃，站在街道上。然后通过跳舞把一群打人的坏小子吓跑了，同伴骑着摩托车把鬈毛扔下跑了，鬈毛眼里王小帅头上有了光环，此时王小帅踩到一泡狗屎，但并不影响王小帅在鬈毛心中的光辉形象。王小帅领着鬈毛跳舞，舞蹈结束鬈毛也跑了。

肖大宝抢过王小帅的鞋，用树枝刮上面的狗屎，两人相对一笑，成为好朋友。

学校广播文艺比赛的信息，两人合作准备节目，演出当天舞台的保险丝被人掐断，他们刚摆好造型舞台就黑灯了。至此第一个段落结束，他们追求梦想的学生时代结束了。

回到现实时空，两人过得都不顺利：肖大宝主持婚礼挨打；王小帅的理发店被砸。

转机是肖大宝开车撞到一辆奔驰，结果车主是学生时代被他欺负的包子，包子是《欢乐男生》的制片人，给他名片叫他去参加比赛。

肖大宝和王小帅两人吃火锅商量，成为一个组合。

终于两人在舞台上完成了合作，他们唱了一首原创的歌，把整个学生时代、现实困境进行了一个连接。包子最后娶了校花，也是包子在学生时代拔的保险丝。

因为他们这个组合很火，又是包子告诉评委他们年龄太大，就不要再让他们晋级。

最终两人没有在舞台上获得成功，但现实生活中越来越多的人来找他们，他们的梦想得以实现。

第三段（高潮）：比赛失利生活赢家		
初试得到评委的认可	校花电视上看到他们的表演	初尝成功
30 分 43 秒	31 分 48 秒	32 分 38 秒
包子从中作梗	评委刁难	两人在舞台上表演
33 分 20 秒	34 分 41 秒	36 分 56 秒
曾经的朋友们		
胖子	眼镜	鬈毛
司机	坐轮椅的老头	理发的顾客
校花	民工	同学
女工	中年男子	包子
37 分 53 秒	38 分 2 秒	39 分 2 秒
比赛结果	理发师的生活	婚庆主持的生活
39 分 51 秒	40 分 10 秒	40 分 34 秒
校花与肖大宝		
40 分 53 秒		

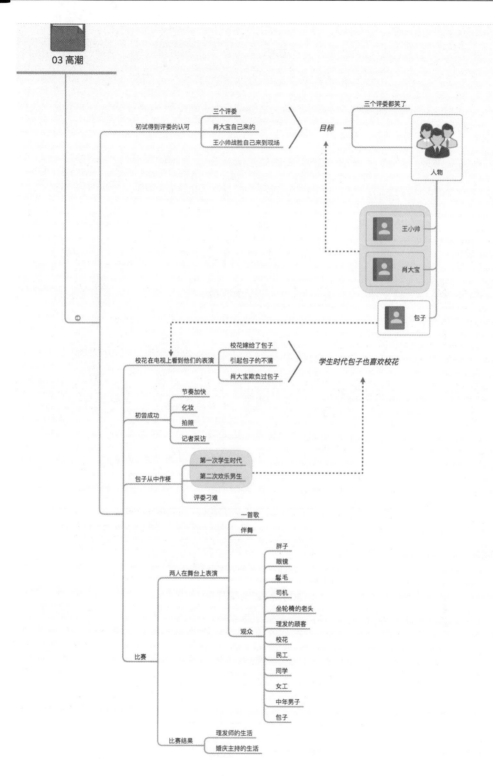

9.4 戏剧性处理打架段落《老男孩》

主人公在学校与同学打架，是以戏剧性的形式表现出来的：一个"坏孩子"称霸学校的过程。欢快的音乐起……主人公的黑色皮鞋，他和另外两个同学出场……

1.	音乐起，一双皮鞋上下摆动；特写
2.	肖大宝往嘴里递了一支烟，几个人身体有节奏地起伏，两个同学掏出打火机给肖大宝点烟；中景
3.	一名男同学对着墙角的黑板搞"破坏"；全景

1.	一个胖同学想亲吻女同学；中景
2.	班里几个同学在玩牌，一个同学头上贴满了纸条；小全
3.	肖大宝吐着烟看了一圈；中近景

1.	搞"破坏"的同学眯着眼睛转头看；中近景
2.	胖子头转看；中景
3.	玩牌的一个同学伸出了中指；中近景

9.4.1　两组同学亮相的剧本片段

剧本片段
走廊　内　日景 　　音乐起，肖大宝身后跟着另外两个同学 　　三个人身体有节奏地起伏

肖大宝的后脚跟抬起放下

叼一支烟

身后的两个同学

同时从左右两边掏出打火机，给肖大宝点烟

点烟同学的两只手伸展

像拉开序幕一样缓缓向旁边张开

教室　内　日景

一名男同学对着墙角的黑板

转着圈"搞破坏"

长廊　内　日景

一个胖同学亲吻女同学

女同学使劲推他，不让胖子靠近

教室　内　日景

五个学生在玩牌

一个同学头上贴满了纸条

长廊　内　日景

肖大宝吐烟圈

眼睛扫视一圈

教室　内　日景

"搞破坏"的同学眯着眼睛

转头看

长廊　内　日景

胖子叉着腰，仰着头看着他

教室　内　日景

脸上贴满了纸条的男同学

伸出了中指

9.4.2　主人公开始行动

没有表现具体打架的画面，直接给出结果（另一方同学被欺负的画面）。主人公还是跳着脚（他独创的舞步），通过指指点点就搞定了这件事情。

1.	肖大宝把烟扔在地上；中近景
2.	用脚踝灭；特写
3.	肖大宝歪着嘴，用手指不同的方向；中近景

4.	一个同学在厕所里，双手被绑；小全
5.	嘴里塞满了纸；近景
6.	肖大宝跳着往前走，用手指；中近景

7.	一个同学躺在地上，自来水淋到肚子上；中景
8.	肖大宝歪着嘴，用手指；中近景
9.	一个同学在桌子底下抽搐；中近景

9.4.3 主人公获得胜利

剧本片段
长廊　内　日景 　　肖大宝怒目圆睁 　　把烟扔在地上，用脚踝灭 　　跳着往前走 　　用手指不同的方向 **厕所　内　日景** 　　一男同学在厕所里双手被绑 　　闭着眼睛，嘴里塞满了纸 **长廊　内　日景** 　　肖大宝跳着往前走，瞪着眼睛

杂物间　内　日景

　　　胖子头上罩着三角内裤

　　　坐在水龙头底下

　　　敞开怀，自来水淋到腹部

长廊　内　日景

　　　肖大宝跳着往前走，用手指前方

教室　内　日景

　　　脸上贴满了纸条的男同学

　　　趴在桌子底下抽搐，浑身都是扑克牌

9.4.4　霸道

主人公得到众人的拥护，大家以独特的方式给他庆祝生日。

剧本片段
长廊　内　日景
一男同学走出教室，看到肖大宝
扔掉手中的书，跑进教室
王小帅从教室里走出来
刚一露头，吓得赶紧退回去
教室　内　日景
一群同学挤在一起
每个人都拿着打火机点着了，往前凑
肖大宝站在讲台的黑板前
嘴里叼着烟，包子和眼镜开始唱
同学：祝你生日快乐
众人拿着打火机一起唱起来
肖大宝把前面的火苗吹灭
哈哈大笑

9.5　故事线梳理

接下来将《我们》剧本的故事线进行梳理。

- 人物出场和职业介绍
- 歌手出场
- 初获成功
- 重要人物消失

- 家庭矛盾
- 机会来临
- 陷入困境
- 回到起点

剧本中人物逐个出场，近况都不如意：一人工作中与老板吵架；一人去酒吧做歌手被人欺负；一人家里的父亲赌博。**开篇设计得真实、不做作。**

9.5.1　人物出场和职业介绍

梁子出场，他是故事线（目标）的主要推动者。

剧本片段
电话响 　拿起手机，背影画面是与小川、王影大学时的合照 梁子：喂，爸，我知道了。下次不会跟叔叔吵了。他让拍什么就拍什么，这样行了吧。嗯，先挂了啊。

9.5.2　歌手出场

女主角出场，漂亮，有才艺。

剧本片段
酒吧舞台 　镜头跟随王影的脚来到酒吧舞台，王影唱了一首《海阔天空》

9.5.3　家庭矛盾

追梦过程中的反面角色。这个人物在剧本中变化很大：刚开始与主人公一同追求梦想，**最终他先背弃了理想，背叛了朋友们。**

剧本片段
小川起来出去客厅，站着，看着母亲。 母亲：孩子，你爸早晚要输掉这个家，你就不能说说他。 小川（唯唯诺诺）：我……

9.5.4　机会来临

因为一个比赛，主人公设定目标。

剧本片段
暂时沉默，又是一杯酒。 　电视里开始播放广告：征集新锐影片的活动。获奖者有机会独立执导电影，与著名电影演艺公司签约，还有奖金数万。 　三人都抬头看着电视。

9.5.5　初获成功

资金到位，三人开始合作。

剧本片段
现在差不多有五万多了，小川是编剧，到时候顺便管账吧。
三人在操场奔跑欢呼打闹，梁子来到操场中央的舞台上。

9.5.6　重要人物消失

管账的人失踪，资金去向不明，目标受阻。

剧本片段
剧组人员都陆陆续续到来，唯独小川始终未来。
梁子开始有些着急。打电话给小川。手机是关机的。
王影：那怎么办？咱们所有的钱可都在他那，没他咱们这一票人……
梁子：跑哪儿去了？今天看来是没法拍了，我跟大家说声吧。

9.5.7　陷入困境

主人公了解了真相，目标彻底无法实现。

剧本片段
小川母亲哭着，旁边他父亲低着头。
小川母亲：昨天，这个不争气的出去赌博欠了好几万，人家放高利贷的说不还就把他打死。小川就把钱给还上了。
梁子：那可是剧组的钱啊！

9.5.8　回到起点

主人公回去上班，人物回到原点。

这个角色处理得不好，**这样的结局意味着主人公没有变化**；这是剧本较大的一个失误。

剧本片段
梁子又回到了老乡的那个婚庆公司。
梁子继续做这那份平淡的工作。
梁子：片子没拍成，我们谁都不怪，梦想一次追过，那便知足。
梁子忙碌的身影，背着摄像机。

剧本中唯一一次转机就是三个人凑齐了拍摄电影的费用，然后剧情又是一路向"下"，直至梦想破灭，主人公回到了原点。

如果我们先不谈剧本的戏剧性，这个故事或许是对真实生活的还原。

但结尾设计得并不恰当，影片开始时人物的状态不能与结尾时完全一样。人物不能没有任何的变化。不能处理成一天、二天……日子都是这么过来的样子。

这个结尾设计拉低了整个剧本的得分，希望读者在以后的创作中注意这个问题。

通篇读完《我们》的剧本，发现没有戏剧性的设计。**三个人物都是扁平化的处理方式，每个人**

除了同学关系之外毫无交集。

而在《老男孩》中却是另外一番景象：两位男主人公同时喜欢上了女主人公，他们之间由开始的竞争关系和对抗关系，逐步发展成为好朋友；好朋友归好朋友，喜欢校花这个事件却贯串全剧，谁也没有让步。

《我们》和《老男孩》有着相似的人物数量，却没有在三人之间建立更深入的关系，有点遗憾。

对爱情的表达容易产生戏剧性。

在《老男孩》中，对于爱情和幻想爱情的戏剧性设计，都有着具体的画面。

9.6 爱情的幻想《老男孩》

每一次喜欢对方的同时，也都幻想着对方也喜欢自己。

主人公在向姑娘表达喜欢之情时，他幻想着这个漂亮的女生会对着自己微笑；然而，事实却不是。产生反转，主人公痴情的镜头让观众心生共鸣，会心一笑。

下课铃响起，同学们冲出教室……

1.	仰拍，楼梯扶手过来两个男生冲下面喊；中景
2.	俯拍，肖大宝用手固定中分的发型；中近景
3.	音乐起，固定中分的发型；近景

1.	照片里的姑娘笑着冲镜头走来；中近景
2.	背景虚幻的光，姑娘转向镜头；近景
3.	眨眼，微笑；近景

1.	姑娘微笑着；近景
2.	姑娘转头；叠画
3.	叠画，肖大宝的胖脸，他开始唱歌；近景

我们看一下这段的剧本：

这个段落的结尾有一个反转，姑娘看了看主人公，然后将耳塞上，径直下楼，留下主人公一人"独自唱情歌"。

剧本片段
宿舍　内　日景 　　肖大宝拧紧琴弦 　　四指并排向下抚琴弦 　　吉他谱，翻页 　　肖大宝弹琴 　　他来回扭动肩膀 　　开唱 肖大宝：村里有个姑娘叫小芳 　　唱了一句，拿起一张照片 　　一个穿校服的姑娘 　　他身体靠在墙上 　　笑眯眯地看照片，轻咬下唇 **学校　内　日景** 　　下课铃响起 　　同学们冲出教室 　　楼梯扶手，冲过来两个男生 　　包子和眼镜 　　他们冲楼梯下面喊 包子：嘘，嘘 眼镜：来啦，来啦 　　肖大宝在楼梯的拐角处 　　怀里抱着吉他 　　用手蘸了下嘴唇

固定中分的发型

音乐起，他幻想照片里的姑娘笑着走过来
背景充满了虚幻的光

姑娘对他眨眼
始终微笑着

肖大宝的胖脸，他开始唱歌
肖大宝：谢谢你给我的爱

一个胖姑娘迈步走下来
边走边回头看他

肖大宝眯着眼看着校花
肖大宝：今生今世我不忘怀

9.7 本课小结

《我们》这部学生的剧本作业有很多优点，本课开篇也提到过这一点。

或许悲情的故事更需要创作者的"戏剧性"技巧。影片的创作与青春的情怀一样，它可以伤感，但最好还能抱有大的"胸怀"……有一种坐看风云起，云淡风轻的洒脱。**让人物笑对困难，包容伤痛，这也许是成长之后的释怀吧。**

作为影片的创作者，我们要尽可能多地让观众看到希望……**拥抱希望，即要敞开胸襟。**

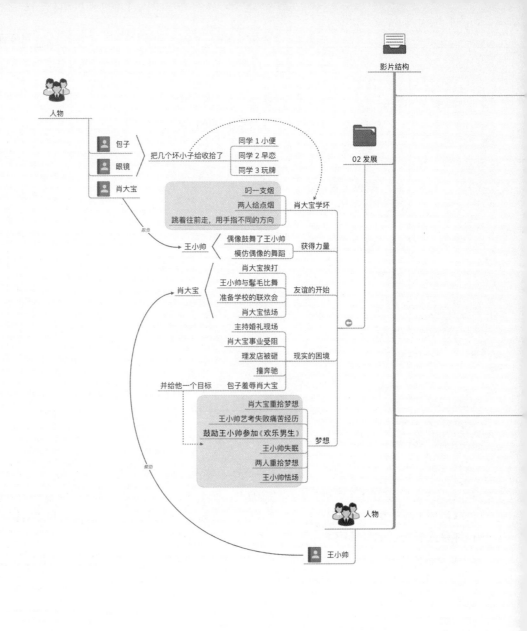

人物

包子
眼镜
肖大宝

把几个坏小子给收拾了

同学 1 小便
同学 2 早恋
同学 3 玩牌

叼一支烟
两人给点烟
跳着往前走，用手指不同的方向

肖大宝学坏

偶像鼓舞了王小帅
模仿偶像的舞蹈

获得力量

王小帅

肖大宝挨打
王小帅与鬏毛比舞
准备学校的联欢会
肖大宝怯场

友谊的开始

肖大宝

主持婚礼现场
肖大宝事业受阻
理发店被砸
撞奔驰
包子羞辱肖大宝

现实的困境

并给他一个目标

肖大宝重拾梦想
王小帅艺考失败痛苦经历
鼓励王小帅参加《欢乐男生》
王小帅失眠
两人重拾梦想
王小帅怯场

梦想

影片结构

02 发展

人物

王小帅

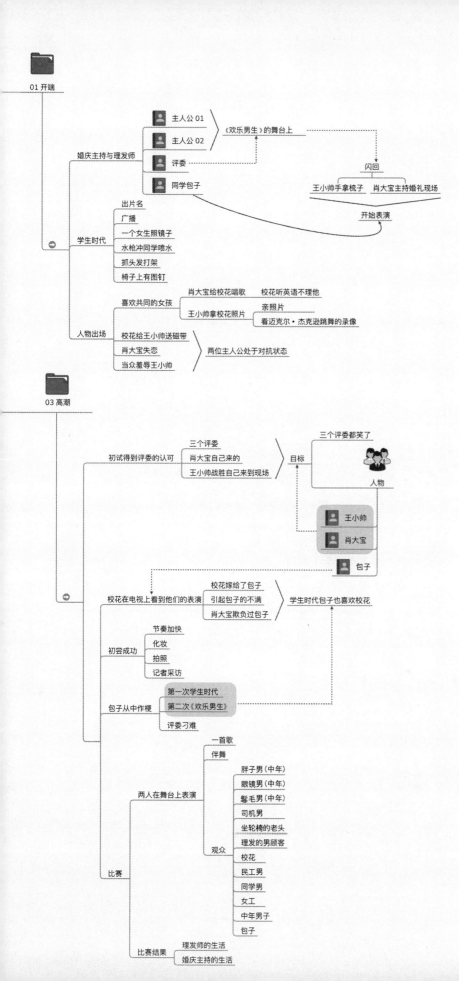

第10课

幻　觉
• • • • • •

大家有没有试过跟一个并不存在的人聊天……这种小朋友们常玩的角色扮演类游戏，已经在成年的"大人"们身上很少见到。如果见到，那可能会是个"差评"，这人会被贴上一个"有问题"的标签。

如果将生活中类似"有问题"的事件放到电影里，那就会有不一样的叫法："精彩的创意""导演是怎么想到这个点子的""绝了"……

剧本是影片的基础，常规来说都是先有剧本，然后再将其拍成电影。想象力和创造性是完成这项工作必不可缺的要素，**这课要与大家聊点缥缈的话题："幻觉"。**

10.1　案例介绍

- 《赌上性命的恐怖小说》是学生的剧本作业。
- 《衣柜迷藏》是引用的片例。

一句话大纲	
《赌上性命的恐怖小说》	一次离奇的写作比赛。
《衣柜迷藏》	意外事件中同学离奇失踪。

这位同学交上来的剧本作业《赌上性命的恐怖小说》，是一个很好的"点子"，但通篇看完，**感觉距离最终的剧本完成，还有很长的"路"要走。**

每天都有无数的"点子"在我们的脑海中闪现。想的时候感觉很好，但将它们写在纸面上，通读一遍又会感觉"不像那么回事"。

这是什么原因呢？**因为"点子"在脑海中没有细节的，或者是仅有细节。**

在电影院看电影时，有的影片出开篇字幕时，对于剧本"点子"的提供人，专门有一个称谓，叫作：故事梗概或者故事创意。意思是：剧本基于这个"点子"和创意完成的，但是剧本编剧的署名却另有其人。

在创作剧本时，如果有一个好的故事创意，这是一个好的开始。但要将好的开始延续成好的剧本，还需要主创们付出长年累月的努力。

希望这位同学日后能够创作出好的剧本，一个完整的剧本。

学生剧本作业 (代宇宸)	
《赌上性命的恐怖小说》	参考：某本《读者》或《青年文摘》里的一个大型小说，看了一遍之后记住了，之后修改成了下面的内容。
故事梗概：我应邀参加恐怖小说的比赛，没想到的是：主办方会把我们写的小说变为现实。为了获得冠军，我们都使出了浑身解数，然而令我意想不到的是……	

10.2　剧本作业正文

我是一个恐怖小说爱好者。与其说是爱好者，不如说我已经深深地迷上了恐怖小说。从最开始的阅读到现在的自己尝试，我已经不能自拔。我喜欢其中的刺激与惊悚，喜欢那种晚上不敢睡觉的感觉。

剧本中的问题更正
"我是一个恐怖小说爱好者……"
更正：交上来的故事不是剧本，是故事梗概和片段对话的集合，因为该故事的构思不错，供大家参考。

> 可以这样写：
>
> 剧本作者开篇的这段描述，可以这样写，但是要以旁白的形式出现。再给出主人公夜晚看书、模糊之间看见某种影子，或者听见什么动静，营造出恐怖的气氛。

　　最近，一家出版社给我发了一封邮件，内容大概是邀请我去参加他们的恐怖小说写作评比。我以前已经收到过无数这样的邀请了，在我参加过一两次之后发现这些满满的都是欺骗，他们会将你的文章盗取，之后变成他们的文章，再给你一些钱糊弄过去。

剧本中的问题更正
"最近，一家出版社给我发了一封邮件……"
更正：整个段落可以这样写。

可以这样写：

客厅　内　夜景

　　　阿伟打开电脑

　　　鼠标点按新邮件那一栏

OS：最近，一家出版社给我发了一封邮件

　　　阿伟眼睛左右转动

OS：内容大概是邀请我去参加他们的恐怖小说写作大赛

办公室　内　日景

　　　阿伟和七个人站成一排，向坐着的人交稿

OS：我以前已经收到过无数这样的邀请了

走廊　内　日景

　　　一个男人对阿伟摇摇头

　　　阿伟走后，男人走进办公室，将稿子交给坐在电脑前的一个人

OS：在我参加过两场比赛之后，发现里面都是欺骗

办公室　内　日景

　　　男人站在操作电脑的人身后

　　　屏幕的光反射在他的脸上

OS：他们会将你的文章盗取，之后变成他们的文章

　　　网页上阿伟写的文章被删除

OS：再给你一些钱糊弄过关

客厅　内　夜景

　　　阿伟正在电脑前更新文章

　　　网页出现错误

> 阿伟重新登录，页面已经消失
>
> 阿伟给主办方打电话，电话被挂断

　　<u>然而这一次，我却答应了</u>。你们或许要问我为什么，我会告诉你们，主办方会将我所写的故事实现。而且，当我知道还有同样的五个人受到邀请，获胜者只有一个之后，我感觉这是一个刺激的游戏，我就喜欢刺激。对了，我忘记说了，主办方告诉我，这个比赛可能会有生命危险哦！

剧本中的问题更正
"然而这一次，我却答应了……"
更正：整个段落参考前文的示范重写。

　　我明白主办方的意思，也许他们为了胜利会把我写死。哈哈，我才不会信呢！再说如果这是真的，我也充分相信我自己的写作能力。

　　终于，我们被接到了那个郊区的别墅中。与其说是别墅，倒不如说是一个古堡风格的建筑。楼总共有四层，一层地下室供我们吃饭，其他的三层供我们休息。每人一个房间，很豪华，很奢侈。

　　晚饭到了，我们的手机被主办方没收了，他们要求我们不能和外界联系。好吧，我认了，只要我能得到冠军我什么都认了。我仔细观察了剩下的五名选手，一个年轻女性，一个老者，一个西装革履的男性，一个四眼仔，还有一个——最不起眼的普通人，我对他没什么印象。

　　晚饭时间或多或少地聊了一些，他们的信息和我收到的一样。那个四眼仔威胁我们说：<u>"你们小心哦，我可能会把你们写死哦！"</u>

剧本中的问题更正
"你们小心哦，我可能会把你们写死哦！"
更正：对角色性格的交代过于简单。

　　晚饭过后，我们被送回了各自的房间。桌子上有一个小条和一部电话，有一台电脑，还有无数的纸和笔。我知道工作的时间要到了。这时候，电话来了：

　　"您好，我是主办方，请您每天写一个恐怖故事，之后通过电脑传给我，不可以打电话给外界，否则我们会直接取消您的参赛资格。如果您的恐怖故事被选择成了当天的最佳故事，那么我们会将您的故事变成现实。"

　　好！真刺激，我就喜欢这样的。但我还是不相信会成为现实，这也太扯淡了吧？我尝试着，将那个四眼仔写死，我倒要看看会发生什么。

　　第二天早餐时，我看到了那个年轻女性、老者、西装革履的男性和那个不起眼的普通人。然而我没看到四眼仔。真的是成为现实了吗？我开始觉得这个游戏很恐怖，要胜利，必须赌上性命。我们这天没有说话，大家或许都知道了比赛的恐怖，开始专注于写自己的恐怖小说。

　　夜色降临，主办方又给我打来了电话：您好，您的小说在昨天被评为了最佳小说，您今天还有什么思路吗？我们认为您的小说写得非常引人入胜。我们会提供给您相应的指点。

　　我一想，果然是这样，我就将我的思路告诉了主办方，<u>包括我晚上想写死谁，怎么死，几点死</u>……

剧本中的问题更正
"包括我晚上想写死谁，怎么死，几点死……"
更正：剧本作者需要具体的事件向观众传达写死"对手"的方式。

　　第三天，那个西装革履的男性和年轻女性死了，我知道，这是我写的，他们相爱相杀殉情了。

那么就还剩下那个老者和那个普通人了。哈哈哈，胜利离我越来越近了！

第四天，那个老者也死了，不过我把他写的死得很安详。我把那个普通人留到了最后，我认为他没什么威胁。我已经赢了，你们觉得呢？

<u>第四天晚上</u>，我回到房间，专注地构思我的小说。主办方来了电话：恭喜您存活到了现在，您的小说真的称得上无限恐怖啊！请您将今天的思路告诉我们，或许您就是明日的冠军！

剧本中的问题更正
"第四天晚上……"
更正：主人公获得的胜利过于容易，他与其他的角色没有对手戏。

那时的我已经被胜利冲昏了头脑，我将我所想的全部告诉了他，包括前几个人的死法，以及我将如何写死那个普通人……

电话挂断了，我继续写。当我把那一行行字敲进了电脑里时，我仿佛已经看到了明日的胜利。我躺了下去，准备睡了。

不对！为什么主办方……

<u>我仿佛感觉到了一丝的不对劲</u>，但又说不出来。你们想到了吗？

正当我毛骨悚然时，我的房门响了，有人在敲门。我明白了，我全都明白了，我打电话给主办方：哈哈哈，你总算发现了啊，我以为你还能陪我多玩会儿。

我就是那个你看不起的普通人，我早就料到了你们的小心思，我每天打电话给你们，装成主办方，然后窃取你们的思路，你们的故事就是我的故事，我的故事就是将你们的故事写成一个大故事，也就是你们全是在我的笔下啊！你还自作聪明，等死吧！

这时，我的门开了……

剧本中的问题更正
"我仿佛感觉到了一丝的不对劲……"
更正：结尾的反转还是有想法的，但这个大 BOSS 如何骗过所有人，里面还需要用很多细节去铺垫。 当"坏人"的胜利过于容易时，整个影片就会索然无味。 剧本里面要包含这些细节，细节是对编剧能力的考验。提供故事想法的人并不能成为编剧，因为故事梗概和最终的剧本之间还隔着"十万八千里"。

10.3 片例故事预览《衣柜迷藏》

一句话大纲：

意外事件中同学离奇失踪。

将故事分成三段，展开分析。

- 第一段（开端）：捉迷藏的游戏。
- 第二段（发展）：一个人在游戏中失踪。
- 第三段（高潮）：锁定凶手。

第一段（开端）：捉迷藏的游戏		
玩游戏	寻找了多个地方	
55 秒	1 分 26 秒	1 分 38 秒

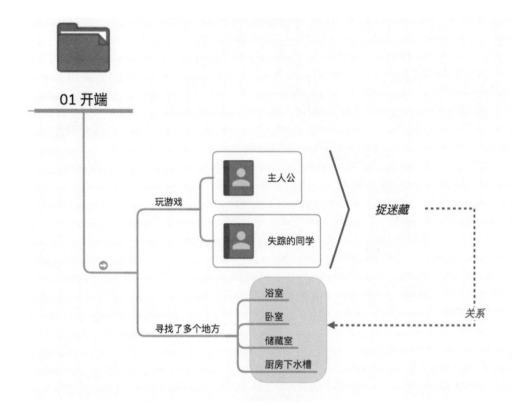

捂着眼睛数数的小男孩（主人公），从十数到一，他站起身来从楼梯上二楼。

客厅，特别温馨。小男孩上楼后，音乐起，出字幕。

卧室，门打开，小男孩进屋直接走向衣柜，他双手把衣架向左右两边移去，什么也没有；小男孩走向床，趴在地上看床底；小男孩在浴室拉开浴池的帘子，叫另外一个人的名字。

在杂物间，乒乓球台子旁边小男孩俯身往下看。一个乒乓球在没有人触碰的情况下，顺着球台滚落到地上，小男孩起身看着乒乓球。

他蹲着拉开厨房水池的门，叹口气叫托尼。

第二段（发展）：一个人在游戏中失踪		
同学失踪了	说明原因	人去哪里了（悬念）
2分13秒	3分4秒	3分16秒
异常现象	拒绝沟通	异常现象 II（加强）
3分45秒	4分14秒	5分
异常现象 III（加强）	与失踪同学对话	被老师发现告诉家长
5分34秒	6分12秒	7分30秒
铺垫	发现问题	问题深入
8分35秒	9分10秒	9分46秒

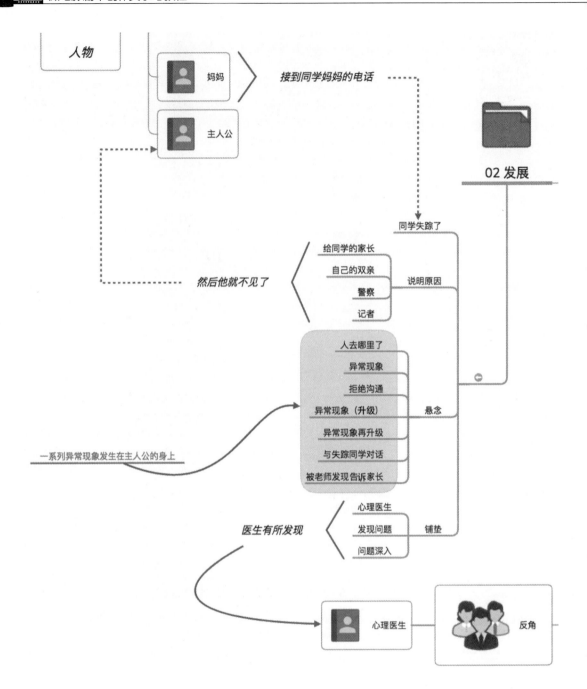

小男孩吃冰激凌，看电视。

他母亲接到托尼妈妈的电话，然后问他有没有看到托尼。小男孩说放学回来时托尼跟他回来了，父母听到后一下子惊呆了，母亲问了一句"那他人在哪里？"

小男孩坐在餐桌前，讲述他们回家的经过……

"三点左右从折纸屋出来，托尼饿了我们吃了点心，然后我就建议玩捉迷藏。"桌子对面现在是四个大人，两个家庭的父母。小男孩接着说："但托尼不想玩捉迷藏"，一个警察在桌子对面问："为什么？"

场景转换，电视台的主持人拿话筒采访他"谁负责捉，谁负责藏"。小男孩穿着西装回复："托尼，总是托尼优先，所以我就跟他说我要来捉了"。

主持人：然后他就不见了。小男孩：是的。

客厅里人坐满了，小男孩坐在中间和大人们一起看电视。

晚上，小男孩在卧室，站在床边，面向衣柜说："托尼，我知道你在里面"。走过去把衣柜打开，自己坐进去，从里面把衣柜门关上。

早餐，母亲问他："你昨天睡在衣柜里面吗？"父亲在旁边看着。"如果你感觉不好，不想上学我们可以理解的。"小男孩说自己很好，母亲无奈地起身，父亲拿起报纸看。

报纸上面有托尼的照片，小男孩长时间地与照片对视，突然传来托尼的声音，他像触电一样迅速坐好，吓了父亲一跳。**从这开始，小男孩开始越来越多地听到画外的声音，受到托尼的影响。**

警察来班级里讲如何保护自己不受坏人诱骗。小男孩的桌子里突然伸出一双手，用削笔刀开始削铅笔，托尼说到了捉迷藏的时间，小男孩突然举手说是要去洗手间。

主人公转身面向小便池，黑色的盖子里传来声音"真心话还是大冒险？"，他选择了大冒险。他回到教室，同学们都放学了，没有人。他走到自己的桌子前，解开腰带对着课桌撒尿，这时老师进来看到这一幕。

晚上，在家里的桌子前妈妈问他为什么这么做？小男孩没有回答问题，而是跟父亲"顶嘴"。

母亲带他去看心理医生，一位女心理医生问小男孩一些问题：他和托尼的关系……

心理医生听完，走到门口跟孩子母亲说，他出现认知混乱，要催眠。

第三段（高潮）：锁定凶手		
重要信息	学校唱诗（过渡桥段）	回到同学失踪的那一天
10 分 4 秒	11 分 11 秒	12 分 7 秒
场景倒放（洗手间与衣柜）	揭秘（捉迷藏之前的信息）	锁定小男孩是凶手
12 分 28 秒	13 分 2 秒	13 分 50 秒
父母阻止他睡在衣柜中	走进衣柜揭示真相	两人的矛盾（起因）
14 分 20 秒	15 分 2 秒	16 分 8 秒

电视里播出托尼尸体被找到的新闻，小男孩看着屏幕一动不动，他手中的冰激凌全化了，上面有液体顺着手流了下来。

小男孩被心理医生催眠，她用一个吊坠，数了十下，重新回到托尼失踪那天。

小男孩在家里找托尼的过程被倒放，心理医生会问他看到了什么……在两人玩捉迷藏之前，主人公在森林里挖坑、他拖着一个睡袋、他把睡袋从楼上拖下来、他在房间中展开睡袋、另外一个叫托尼的小男孩躺在床边、托尼坐了起来，心理医生唤醒了小男孩。

问他看到什么，小男孩说："什么都没有看到。"

晚上，小男孩往自己的房间走，进去不一会儿就出来了。父母躺在床上准备睡觉。小男孩问他们衣柜放哪里了，母亲说在杂物间里，睡觉应该在床上，他有一个很舒适的床。

小男孩去了杂物间，打开衣柜然后走进去，从里面把衣柜门关上。

衣柜门再打开时，进入回忆段落，回到托尼失踪的那个下午。

托尼先从衣柜里出来，但他并不开心，因为他讨厌玩他的游戏。托尼说："我挑战你不敢回到衣柜"，小男孩再次进入衣柜，托尼用叉子把门从外面给关上了，小男孩数到一百才能被放出来，托尼独自在外面吃面包圈。

把小男孩从衣柜里放出来后，他们又玩真心话大冒险，托尼选择了大冒险。大冒险让托尼拿叉子插电门，托尼跪在地上转身看着他，小男孩沉默不语，黑屏。

10.4　剧本创作中的细节

《衣柜迷藏》的剧本充满了细节，正是这些细节不断将惊喜带给观众，将观众牢牢地"抓住"，直抵故事的最高潮。

下面先看一下剧本的开篇单元，主人公在玩一个游戏，**数字从他的口中逐个念出来，这就是玩游戏的细节。**

剧本片段
客厅　内　日景
黑屏，数字渐现
小男孩：10、9、8、7、6……
用手捂着眼睛数数的主人公

小男孩：5、4、3、2、1
镜头拉，复式的客厅
他站起身，看着二楼
小男孩：藏好了吗？我来了
他小跑着从楼梯上二楼
出字幕

比较《赌上性命的恐怖小说》中的"写作游戏"，参赛者在主人公的笔下"他们相爱相杀殉情了"，这就让人看不懂了：游戏规则是什么？剧本的角色是如何"殉情"的？他对她做了什么？还是她对他做了什么？

回答这些问题如果都是靠观众自行脑补，这肯定不是剧本的"样子"。

剧本片段
第三天，那个西装革履的男性和年轻女性死了，我知道，这是我写的，他们相爱相杀殉情了。那么就还剩下那个老者和那个不起眼的普通人了。哈哈哈，胜利离我越来越近了！

在《衣柜迷藏》中，主人公根据游戏规则寻找自己的同伴：人物的行为方式、语言都非常具体。主人公来到父母房间的动作、语言如下。

剧本片段
卧室　内　日景
卧室的门打开
主人公头伸起来
小男孩：你知道我父母的房间不能进，对吗
退出，关门

《赌上性命的恐怖小说》中，"昨天"发生了什么？一定要让观众看见。

如果昨天没有画面，就需要在未来的什么时候，将画面以某种形式与故事情节形成剧本逻辑的一部分。

剧本片段
夜色降临，主办方又给我打来了电话：您好，您的小说在昨天被评为了最佳小说，您今天还有什么思路吗？我们认为您的小说写得非常引人入胜。我们会提供给您相应的指点。

10.5　幻觉与异常现象

《衣柜迷藏》中主人公的自言自语，让观众产生幻觉：误以为他跟藏在"神秘"空间中的角色对话。

剧本片段
客厅　内　夜景
卧室，主人公站在床边
面向衣柜站立，轻声说
小男孩：托尼，我知道你在里面

> 缓缓走过去，双手拉开衣柜的门
> 将里面的衣服左右移开
>
>
> 转身坐进衣柜中
> 双腿上抬，从里面把衣柜门关上

《赌上性命的恐怖小说》中的"门开了……"，然后就没有了。

这样的写作方法是不正确的，幻觉不是要观众自己想象。剧本需要一个强有力的结尾，并将剧本中所设置的故事逻辑形成一个让人信服的"闭环"，给予观众意料之外的惊喜，而不是省略号。

剧本片段
我就是那个你看不起的普通人，我早就料到了你们的小心思，我每天打电话给你们，装成主办方，然后窃取你们的思路，你们的故事就是我的故事，我的故事就是将你们的故事写成一个大故事，也就是你们全都在我的笔下啊！你还自作聪明，等死吧！ 　这时，我的门开了……

10.6　幻觉的递进

在《衣柜迷藏》中，主人公经历了自言自语之后，幻觉升级了：观众看到他，开始与"看不见"同学的声音产生对话。

主人公服从托尼发出的声音指令。

剧本片段
父亲双手打开报纸看 　报纸上失踪孩子的照片 　主人公看着报纸上托尼的照片发呆 OS：唱诗男孩托尼 12 岁下落不明 　报纸上托尼的照片 　镜头推近，传来托尼的声音 托尼：肘不许放在桌子上 　他眼睛迅速向下看桌面 托尼：肘不许放在桌子上 　小男孩抿着嘴，迅速坐好 　父亲放下报纸 　皱眉看着他，不知道他在干什么

10.7　由幻觉导致的结果

幻觉产生最强的影响力，就是"神秘"人物发出的"神秘声音"，导致主人公做出异常的事情。

这一系列幻觉事件，在这个单元中创造了一个非常强的悬念。

剧本片段
卫生间　内　日景
卫生间的门打开 　　冲水的声音 　　主人公走进来 　　墙上贴着四个学生的黑白照片 　　他放缓脚步 　　看着关着的单间门，走得更慢了 　　他转身面向小便池 　　画外有声音叫他的名字 托尼：在这儿 　　从下水道里发出的声音 　　主人公向前迈了两步，低头看地 小男孩：托尼 　　镜头推，便池黑色的盖子 　　从里发出人声 托尼：真心话，还是大冒险 　　小男孩低着头 小男孩：大冒险

幻觉产生的结果，最终以剧中人物的对抗、对峙，完成幻觉事件收尾。

主人公的父亲和母亲坐在对面，质问他为什么在学校做出这样的事。

潜台词是：老师已经将主人公在学校的表现告之了家长。主人公并没有回答问题，而是发起挑战："你都不是我的真爸爸"。

幻觉产生的影响力蔓延至剧中的主要角色，人物之间的冲突也达到了一个"顶点"。

1.	晚上，家里，妈妈摇着头问他"为什么啊"；中景
2.	小男孩低下头，双肘交叉搭在桌面上；中景
3.	父亲"你知道要是需要什么你可以跟我们……"；中景

1.	小男孩"你都不是我真的爸爸"；中景
2.	妈妈瞪着眼睛，父亲看着他，父亲将餐布扔在桌子上，起身，离开；中景 妈妈起身走向继父"这不管用，他不正常"；小男孩低头看牛奶盒上的画；全景
3.	印有托尼照片的牛奶盒，继父的声音"他对着课桌撒尿"；特写

我们看一下剧本中这个段落。

剧本片段
客厅　内　夜景 　　妈妈摇着头问主人公 　　她皱眉，嘴角上扬 母亲：为什么啊 　　父亲看着他 　　小男孩低下头，双肘交叉搭在桌面上 　　桌上一盒牛奶和一杯牛奶 父亲：亚伦 　　主人公抬起头，父亲点头 父亲：你知道要是需要什么你可以跟我们…… 小男孩：你都不是我真的爸爸 　　妈妈瞪大眼睛，看着他 　　父亲看着他，停顿片刻 　　父亲双手拿起腿上的白色餐布，起身 　　把布扔在桌面上，出画 　　母亲低着头 　　抬头看着孩子，身体前倾

> 嘴没有完全张开
> 用力挤出这句话
>
> 母亲：亚伦
>
>
> 起身出画

10.8　本课小结

　　在剧本中，我们可以让主人公与一个"声音"产生对话，从而建立人物关系，构建情节……但其前提是要设计出与此相关的诸多细节，有让观众信服的故事逻辑。如果你有一个不错的想法，却还没有想清楚前因后果，就将它写成剧本，**没有解决的问题只会在剧本中被"放大"**。

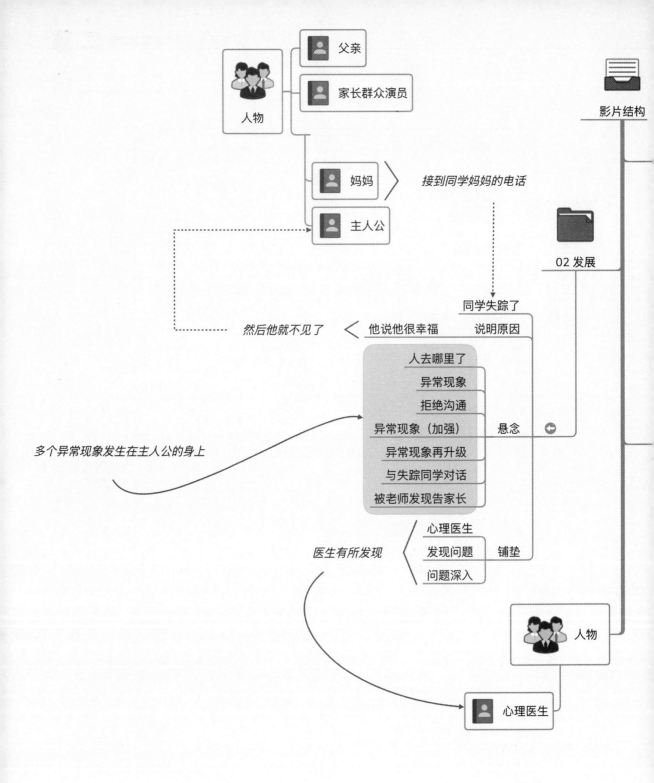

父亲

家长群众演员

人物

妈妈

接到同学妈妈的电话

主人公

影片结构

02 发展

同学失踪了

然后他就不见了 < 他说他很幸福　说明原因

人去哪里了

异常现象

拒绝沟通

多个异常现象发生在主人公的身上　异常现象（加强）　悬念

异常现象再升级

与失踪同学对话

被老师发现告家长

心理医生

医生有所发现　发现问题　铺垫

问题深入

人物

心理医生

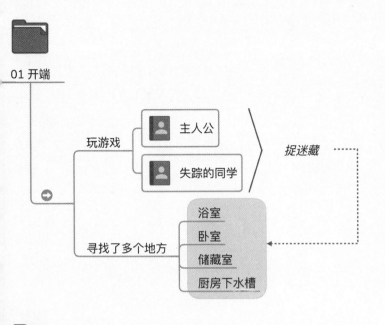

01 开端

玩游戏
- 主人公
- 失踪的同学

捉迷藏

寻找了多个地方
- 浴室
- 卧室
- 储藏室
- 厨房下水槽

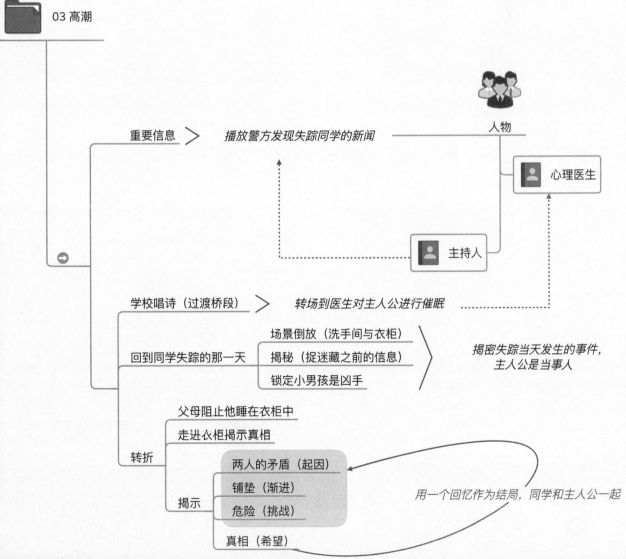

03 高潮

重要信息 > 播放警方发现失踪同学的新闻

人物
- 心理医生
- 主持人

学校唱诗（过渡桥段） > 转场到医生对主人公进行催眠

回到同学失踪的那一天
- 场景倒放（洗手间与衣柜）
- 揭秘（捉迷藏之前的信息）
- 锁定小男孩是凶手

揭密失踪当天发生的事件，主人公是当事人

转折
- 父母阻止他睡在衣柜中
- 走进衣柜揭示真相

揭示
- 两人的矛盾（起因）
- 铺垫（渐进）
- 危险（挑战）
- 真相（希望）

用一个回忆作为结局，同学和主人公一起

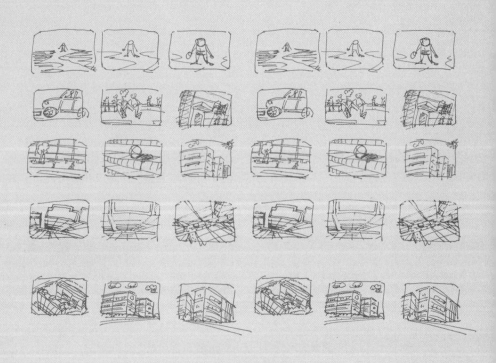

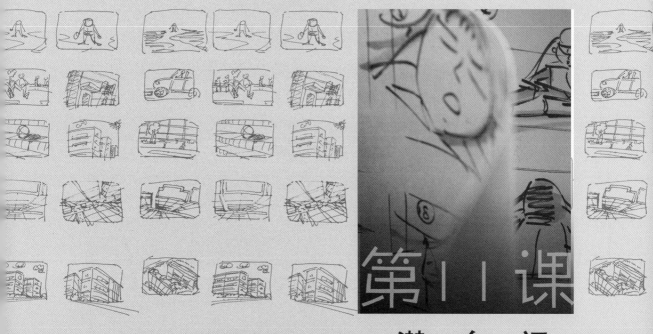

第11课

潜台词

有句俗话叫话里有话，形容某人说话，除了字面上的意思之外，还有另外的含义。**在剧本中编剧们常运用这种"额外的意思"创造悬念**，使观众观其外，猜其内，然后再设计一个反转，让观众不到最后时刻，猜不到故事的结局。

11.1 案例介绍

- 《逃兵》是学生的剧本作业。
- 《玩具岛》是引用的片例。

一句话大纲	
《逃兵》	解救轻生的姑娘。
《玩具岛》	一位母亲解救邻居家孩子的故事。

本课列举的两个剧本，都有救人于危机的情节：在危险的情景之中给予他人以帮助。当主人公面对抉择，做出冒险决定之时，他们犹豫，彷徨，并违背初衷……这样的设计真实，可信。

学生剧本作业 (张思哲)	
《逃兵》	原创
故事梗概：徐邦和新班长李勤发生口角，冲动之下逃出军营。单位派出应急分队四处寻找。有人在街角看到徐邦，徐邦情急之下，翻入王娟屋里。发现王娟割腕自杀，还未气绝。徐邦不敢报警，前往附近小店偷了纱布等，回来给王娟包扎。部队人员四处询问，小店阿姨看到照片就认出徐邦抢过东西，部队扩大抓捕……	

人物

男主：徐邦，第一年兵。

性格：聪明，冲动，做事不太仔细。

男二：李勤，第二年兵，新任班长。

性格：能力强，但刚成为班长，工作经验不足，处理矛盾急躁。

女角：王娟，为情所累，准备轻生。

女二：阿姨，本地人，开小店，记性好。

11.2 剧本作业正文

第一场：争吵　　　　日，内

时间：

人物：男主，男二　　　　　　地点：宿舍内

新兵徐邦与新班长李勤发生争吵。

剧本中的问题更正
"第一场：争吵……" "发生争吵"
更正：格式不准确；"争吵"的内容是什么？

可以这样写：

> **宿舍　内　日景**
>
> 新兵徐邦与新班长李勤发生争吵

第二场：追逃　　　　　　　　　日，外

时间：

人物：群众演员　　　　　　地点：营区内，楼前

营长<u>集合应急小分队人员</u>，分头寻找擅自离营的徐邦。

剧本中的问题更正
"集合应急小分队人员"
更正：有多少人？营长训话的内容？

第三场：追逃（二）　　　　　　日，外

时间：

人物：群众演员　　　　　　地点：街道

应急小分队分组寻找徐邦。

一组人员在<u>小弄子口与徐邦照面</u>，徐邦一愣，转身就逃，三个兵追去。

剧本中的问题更正
"小弄子口" "照面"
更正：用词不准确。
可以这样写：
一条小路的路口碰面

第四场：　　　　　　　　　　　日，内

时间：

人物：徐邦、王娟、群众演员　　地点：王娟屋里

徐邦<u>无路可逃</u>，见一旁有开着的窗，翻入。

坐在室内的地板上，三个兵从窗外跑过。

徐邦松了一口气，抬头擦汗，发现满手鲜血。

剧本中的问题更正
"无路可逃"
更正：删除。

第五场：割腕　　　　　　　　　日，内

时间：

人物：王娟　　　　　　　　地点：王娟屋里

<u>王娟哭着对手机喊叫："你走，你再也别想见到我"</u>

王娟哭着用刀划开手腕。

瘫倒在沙发，手垂在一边，血流向地板。

剧本中的问题更正
"王娟哭着对手机喊叫：'你走，你再也别想见到我'"
更正：人物动作与对话不要在同一行。
可以这样写： 　　王娟哭着对手机喊叫
王娟：你走，你再也别想见到我！

第六场：　　　　　　　　　　　　日，内

时间：

人物：徐邦、王娟　　　　　　地点：王娟屋里

徐邦借着屋内昏暗的光线。

看见沙发上躺着一位姑娘，垂下的手，手腕鲜血流淌。

<u>他一惊掏出手机想拨 120</u>，但又停住。

他怕被别人发现，他又翻出窗外。

剧本中的问题更正
"一惊""想拨 120"
更正："一惊"删除；主人公想打电话，还没有打，观众怎么知道是 120？最少要给特写，按两个键，再停止。

第七场：偷　　　　　　　　　　日，内

时间：

人物：徐邦　　　　　　　　　地点：小店

徐邦在超市拿了一包纱布。

乘着阿姨不注意冲出店门，跑了。

阿姨追到门口。

<u>用方言骂道："你个小赤佬。"</u>

剧本中的问题更正
"用方言骂道：'你个小赤佬。'"
更正：对话前要有角色的名字。

第八场：救伤　　　　　　　　　日，内

时间：

人物：徐邦　　　　　　　　　地点：王娟屋里

徐邦<u>小心翼翼地</u>走在街上，又回到王娟家，翻入。

徐邦用绷带给王娟止血。

但他很快意识到，王娟已经失血过多。

再不叫救护车就会死去。<u>他掏出手机犹豫着。</u>

剧本中的问题更正
"小心翼翼地" "他掏出手机犹豫着"
更正："小心翼翼地"删除。
可以这样写： 　　他掏出手机打了急救电话。

这个小短片是学生的课堂作业，已经拍摄出来了，下面是各组学员准备的道具。

道具准备
老宅　外　夜景 (一班) 　　十名陆战队员 　　进行抓捕
值班室　内　夜景 (二班) 　　对讲机，地图，监视器的画面 　　三个人，墨笔，画标记 　　指挥官 (主任)
超市　内 / 外　夜景 (三班) 　　大妈，二十瓶矿泉水
审讯室　内　夜景 (四班) 　　宿舍，桌子，台灯 　　两名审讯人员
车　外　夜景 (五班) 　　逃兵带出，协调一车 　　四名陆战队员，逃兵，司机
车　外　夜景 (六班) 　　十名战队员，指挥官，车
窗户　外　夜景 (七班) 　　逃兵一人，四陆战队员，室外的窗户
窗户　内　夜景 (八班) 　　女演员一人，室内，刀片 　　迷彩服

11.3　片例故事预览《玩具岛》

一句话大纲：

一位母亲解救邻居家孩子的故事。

将故事分成三段，展开分析。

- 第一段（开端）：主人公和邻居之间的关系。
- 第二段（发展）：儿子要去玩具岛。
- 第三段（高潮）：从火车站解救出邻居的孩子。

第一段（开端）：主人公和邻居之间的关系		
母亲找孩子（悬念）	学习钢琴（倒叙）	邻居不受欢迎
58 秒	1 分 48 秒	2 分 05 秒

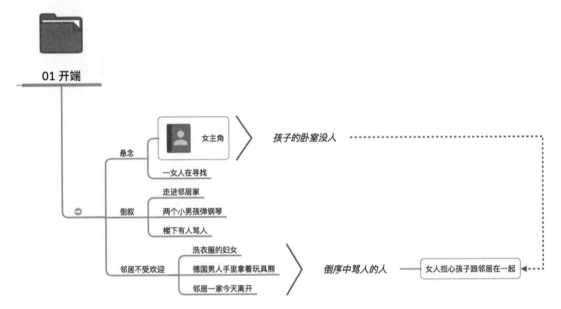

女人（主人公）进到一间房，地毯上的玩具火车，发现孩子不在这里。转身从衣架上拿下一件衣服出门。她从上层楼梯跑下来，停在邻居家的门口往里面看，轻轻地推开房间的门。女人走进客厅，房间里的东西混乱地堆在一起。

女人下楼，楼层很高，镜头旋转，高跟鞋踩地板的声音，出片名。

回忆段落，邻居家，两个女人并排往前走。主人公走在后面（德国人），走在前面穿黑色衣服的女人（犹太人）转身对主人公说："他们还在练习"说完推开门走进去。

两个小男孩在一起弹钢琴，一个男人坐旁边。

邻居："你不觉得他们弹得一天比一天好了吗？如果他能一辈子这样，我愿意付出任何代价"犹太女人边说边看旁边的主人公。

主人公手放在犹太女人的肩上安慰她，楼下传来叫骂声："楼上的人给我安静点，快停下那砰砰声"。坐在钢琴边上的男人叹口气，站了起来说："你们今天弹得非常好，非常非常好"。

两个孩子离开钢琴，跑向各自妈妈的身边。

进入现实时空，主人公从楼上下来，来到室外。

外面下着雪，她碰见一个中年的胖子问道："你看到我的孩子了吗？"胖子手里拿着他儿子的玩具熊："没有啊！"

胖子问："发生了什么事情？"

主人公："他不见了"，胖子说今天有火车要离开这里。

第二段（发展）：儿子要去玩具岛		
起因	传达重要信息	玩具岛是一个谎言
2 分 37 秒	3 分 4 秒	4 分 7 秒

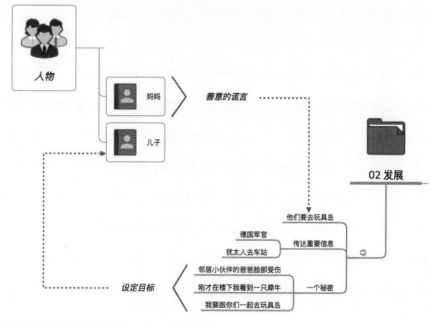

回忆段落，主人公的儿子问妈妈为什么那个阿姨如此伤心，妈妈手端着一碗食物放在儿子的面前。妈妈说谎："因为她们要去旅行"，孩子看妈妈边收拾厨房边说话"旅行，去哪里？"

妈妈盖上锅盖："去玩具岛"。

孩子瞪大了眼睛："玩具岛，我也想去"。妈妈边切面包边说："这是不可能的"。

进入现实时空，主人公推开大铁门走到街道上，后面走来一位德国军官。她转身问他："你好，请问你看见一个六岁大的男孩吗？"军官："你以为我把所有人都抓起来了吗？"军官安慰她："那么就别担心，我们只带犹太人去车站。"妈妈跑向火车站。

回忆段落，主人公的儿子上楼梯，邻居家他小伙伴的爸爸坐在台阶上（也是他们的钢琴老师），小家伙坐在他的旁边，告诉他一个秘密："我要跟你们一起去玩具岛，虽然我妈妈不愿意"。

第三段（高潮）：从火车站解救出邻居的孩子		
母亲拿走孩子的行李	确认身份	主人公想要去的执着
5 分 6 秒	5 分 42 秒	6 分 55 秒
火车上寻找孩子	主人公出发	邻居上车
7 分 17 秒	7 分 52 秒	8 分 8 秒
找到了邻居家的孩子	主人公没有跟邻居家一起	接邻居的孩子下车
9 分 21 秒	9 分 52 秒	11 分
多年以后		
12 分 9 秒		

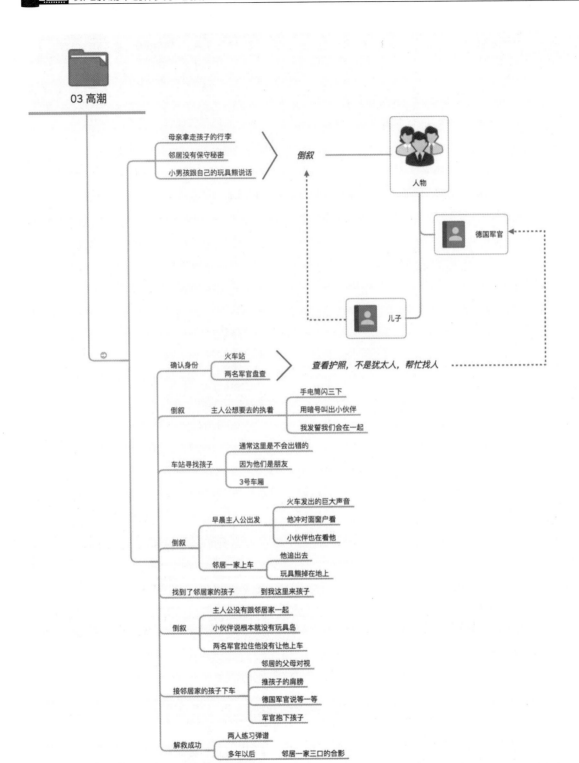

回忆段落，主人公进屋掀开被子，从儿子的皮箱里拿出换洗的衣服。邻居把他的秘密告诉了主人公。儿子问妈妈为什么不让他去，主人公再次说谎，说那里有很大的熊，还特别遥远。

进入现实时空，主人公推门进入候车室，两个德国军官挡住了她，看她的护照确认她不是犹太人，然后帮她找孩子。

回忆段落，昨天晚上，主人公的儿子在窗户边用灯发信号，他的小伙伴伸出头来跟他对话，告诉他一起去是不可能的，然后回到房间不再理他。

第二天早上，主人公的儿子听到外面有响声，先跑到窗户旁向对面看，他的小伙伴在，但马上就被家人拉回房间中。主人公的儿子开始收拾旅行箱，跑下楼。

现实时空，火车准备出发，两个德国军官根据邻居的名字，查出他们在3号车厢。车厢门打开，主人公喊孩子的名字，众人让出空间，只有邻居和他们的孩子，但主人公依然用自己孩子的名字召唤邻居的孩子。

邻居两人对视，把自己的孩子往前推，军官蹲下确认孩子跟妈妈长得像，才放行，让他们以后多注意，并祝他们好运。

回忆段落，主人公的儿子没能上车。

现实时空，主人公带邻居家的孩子回到家里，两个孩子在桌子旁练习弹琴。音乐起，两只大手弹钢琴，镜头摇到邻居一家三口的合影，很多年过去了，孩子们长大了。

11.4 潜台词与动机

真相过于"残酷"，妈妈（主人公）出于保护孩子的目的，说了一个"谎言"，结果孩子信以为真，**将"谎言"当成目标，决心要实现。**

孩子隐约感觉到邻居家里有事情要发生，面对孩子的提问，主人公正忙于准备晚餐，随口将集中营起名为"玩具岛"，**孩子从台词意思理解妈妈的话：**旅行常常充满了乐趣，目的地通常是美好的地方，而且玩具岛这个词让人充满了幻想。

孩子对此深信不疑，主人公事与愿违，冲突就此被建置出来。

1.	儿子坐在餐桌前，妈妈端过来晚餐；中近景
2.	透过玻璃窗户，妈妈说领居一家要去旅游；全景
3.	儿子问旅行的目的地；妈妈低头在锅里用勺搅拌："去玩具岛"；中景

1.	儿子"我也想去"；中近景
2.	"这是不可能的"妈妈边切面包边说；中景
3.	孩子皱眉；中近景

1.	妈妈把面包拿过来"我说了不行，快吃"；中景
2.	孩子双臂交叉抱在前胸"爸爸会允许我去的"；中近景
3.	妈妈看着他，不知道说什么；中景

11.5 潜台词的情景

什么时候人物会讲潜台词？

人物受到压力的时候、人物觉觉到危险的时候、人物处于忙乱或心不在焉的时候……**所以，潜台词的产生需要特定的情景。**大家试想，母子两人什么事都没有，就是聊天，母亲编造了一个"事"，这性质就变了。

说明人物习惯说"谎"，经常骗人。

当人物处于特定的情景之中，会说潜台词，起到"美化"本意的作用。在本片例"谎言"的目的是出于对孩子的"保护"，虽然事与愿违，但潜台词的出现合情合理。

剧本片段
厨房　内　日景
主人公的儿子双手交叉，坐在餐桌前
一碗汤放在他的面前，主人公端过来的晚餐
儿子：为什么阿姨如此伤心
母亲：因为她们必须要尽快去旅行
儿子：旅行，去哪里
主人公在厨房，走到对面的锅前
用勺搅拌，盖上锅盖
母亲：去玩具岛
转身看了他一眼，走向另一侧
儿子：去玩具岛

> 小男孩来了兴趣，瞪大了眼睛，头前伸
>
> 儿子：我也想去
>
>
> 她边切面包边说
> 母亲：这是不可能的
> 儿子：但是我想去玩具岛
>
>
> 孩子皱眉，眼睛盯着画外
> 她把面包拿过来，扔到他的碗边上
> 母亲：我说了不行，快吃
>
>
> 孩子双臂交叉放在胸前
> 儿子：爸爸会允许我去的
>
>
> 主人公看着他，双手在桌子上交叉紧攥
> 不知道要说什么

在《逃兵》剧本中，有两处可以设计潜台词的位置。

新兵跟班长争吵……因何争吵？班长发现了什么问题？这是需要剧本创作者思考的。

剧本片段
宿舍　内　日景
新兵徐邦与新班长李勤发生争吵

新兵为了隐蔽，甩开"追兵"……情急之下翻墙来到一户人家的房间，发现一位轻生的姑娘。这里可以为两人设计一段对话。

大意是：姑娘问主人公是不是他男朋友派来的，主人公犹豫一下，听出了姑娘的潜台词，姑娘并不想死，只是心里过不去那个"坎"；**姑娘还幻想着爱人回头**……出于想救姑娘的目的，顺着姑娘的问话，可以设计主人公"机智"地回复她。

剧本片段
徐邦借着屋内昏暗的光线
看见身旁的床（沙发）上躺着一位姑娘，垂下的手，手腕鲜血流淌

在给姑娘包扎的过程中，主人公发现这样救不了姑娘，决定打电话报警。

这个段落也是设计潜台词的位置……

剧本片段
徐邦在超市拿了一包纱布
乘着阿姨不注意冲出店门跑了
徐邦又回到王娟家，翻入
徐邦用绷带给王娟止血

11.6 大人角色们的共识

在《玩具岛》中，不仅主人公会说"骗小朋友的话"；邻居兼钢琴老师也是如此。**角色身处特定的历史环境中，选择自身承受苦难，给孩子们一个童话的世界。**

邻居一家在被强制转移到集中营的前夜，剧本中没有任何暴力的场面，而是以受害者脸上的伤，独自坐楼梯上……以这样的方式表现暴力的结果。

男人脸上的伤，被上楼的小男孩发现了，他说："刚才在楼下我看到一只犀牛"……**对孩子来说外面的世界就是大的"玩具岛"**，岛上有各种动物，各种玩具。

台词的设计方面也是紧扣"玩具岛"这个主题。

剧本片段
楼梯　内　日景 　　　　漆黑一片，脚步声 　　　　开关声，灯亮   　　　　邻居小伙伴的爸爸坐在台阶上 　　　　小男孩上楼梯   　　　　他认出小男孩 　　　　叫他的名字   　　　　他移动身体，腾出更多的地方 　　　　小男孩坐在他的旁边   　　　　小男孩抬头，看到他的脸，注意到伤口 　　　　他转身用手捂住脸，用手擦了伤口的血渍   　　　　摘下眼镜 邻居男人：你能   　　　　把眼镜戴上 邻居男人：你能保守一个秘密吗   　　　　小男孩连续点头 　　　　他注视着小男孩，停顿片刻，头前倾，轻声说 邻居男人：刚才在楼下我看到一只犀牛 小男孩：一只真正的犀牛   　　　　他手伸到嘴边发出"嘘"声 　　　　小男孩笑着，头靠近他

小男孩：我现在也告诉你一个秘密，我要跟你们一起去玩具岛

虽然我妈妈不愿意

小男孩手伸到嘴边，发出"嘘"声

11.7　全片的转折点

剧本将两个时空交织在一起。

事件相互穿插，现实时空母亲找孩子的过程，贯串了大量的回忆（过去时空）。一边是：早晨起床后，妈妈发现自己的孩子不见了，然后去找；另一边是：昨天晚上孩子准备行李、跟邻居家的小伙伴两人协商去玩具岛的事情。

11.7.1　卧室里发现孩子不见了

找孩子是现实时空的事件。

剧本片段
卧室　内　日景
主人公走到床边叫孩子的名字
她俯身拉开被子
孩子不在
被子里面放了一件衣服
她拿起衣服
身体缓慢伸直，想到什么
手捂在胸口，焦急
转身快步往门口跑去

11.7.2　问邻居

主人公询问楼下的邻居是否看到了自己的孩子。

剧本片段
楼外　外　日景
主人公下了楼梯
小跑到一个肥胖的中年男人面前
一个妇女在整理绳子上的白色床单
母亲：请问你看到我的儿子吗
胖子手里拿着他儿子的玩具熊
德国男人：没有啊

11.7.3　问军人

这个角色是过渡角色，只出现过这一次。

剧本片段
院子　外　日景
主人公跑出院子
一个军官从她身后走过
她转身跑向军官
母亲：你好，请问你看见一个六岁大的男孩吗
德国军人与她面对面
军官：你以为我把所有人都抓起来了吗
母亲：他是我儿子

11.7.4　赶到火车站

两名军官确认主人公的身份后，找到邻居家所在的车厢。

剧本片段
候车室　内　日景
主人公推门进入候车室
光头军官：站住
冲出一个光头军官，对着她吼
一个高个军官快步走过来
光头军官拿起帽子戴在头上，双手背在身后
母亲：我在找我的儿子

11.8　故事高潮

当主人公来到邻居一家所在的车厢时，**观众和主人公一样，不知道她的孩子并不在**。站在邻居一家前排的人逐渐往边上站，主人公看见了邻居家的孩子，明白了她过来找孩子是一场误会；但主人公依然叫着自己孩子的名字，伸开双臂……**原来主人公临时产生了一个想法：她要解救邻居家的孩子。**

剧本片段
车厢　内　日景
邻居一家三口，女人的手握紧男人的手
母亲：快过来，里希
主人公双手伸出，两名军官转头看她
邻居家的男人头缓缓转，与妻子对视

他转回头，明白其意
推孩子的肩膀，孩子向前一步

主人公微笑着向前迈一步
光头军官：稍等

主人公双手放下，转头看军官
邻居家的孩子想要转回身

孩子的父亲用力往外推孩子的肩膀
孩子站立不稳，父亲向前一步扶着他

孩子往前走低下头，准备下车厢
高个军官：让我们来

高个军官对另一个军官摆头
军官抱着孩子，放下

车厢上男人的手收回来
与女人的手抓在一起

军官抬头看车厢里的人
军官又低头，手伸到孩子的下巴位置

手向上一抬，孩子头仰
军官蹲下，看着孩子，看看主人公
高个军官：这么帅，很像妈妈

主人公抬头看车厢里的邻居
孩子看着车厢里的父母

军官双手拍孩子的双肩
高个军官：下次别让妈妈担心了

🎞 11.9 两条线索讲故事

剧本是两条线索讲故事，母亲找孩子这条线索：从车厢上解救出邻居家的孩子结束；另外一条线索，主人公儿子的去向也给了交代：小男孩因为名单上没有他，被士兵按在原地，没有上车。

剧本片段

院子　外　日景

　　小男孩在马车的车厢下面被士兵控制

　　两只手按住他的肩
　　一只手抓住他肩上的衣领
主人公的儿子：但我想跟我的朋友一起去

　　小伙伴转身看着他
　　从士兵的手中接过行李箱
主人公的儿子：我想去玩具岛

　　士兵往后拉住小男孩
儿子的同伴：根本就没有玩具岛

　　小伙伴的父亲扶住他的儿子
　　士兵手拉动车门

　　主人公的儿子低着头
　　士兵在他的身后拉住他

　　车厢里邻居一家都在
　　车门关上

　　小伙伴身体后倾
　　他的父亲担心车门碰到他，往后拉他

　　隔着车厢玻璃，铁栏杆
　　士兵关上门

　　主人公的儿子身后两人用力往下按
　　他坐在了雪地上

　　汽车发动，小男孩手拨帽檐儿，站起来
　　看着车越走越远

　　汽车转弯出画

11.10 本课小结

通过片例，我们看到了剧本中两个时空平行交错地发展，了解了潜台词发生的情景。

这些技巧得以实现的基础是：事件的完整性。**编剧要先设计出具有因果关系的完整事件，**然后才能借这些剧本创作的技巧展开故事，将其精彩地呈现出来。

事件不完整，故事交代不清楚，生搬硬套这些技巧，只会让故事越来越"乱"，最后观众看不懂。

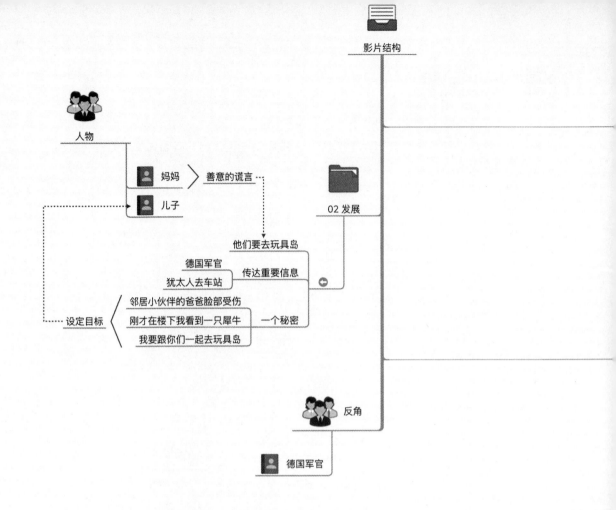

影片结构

人物

妈妈 ＞ 善意的谎言⋯⋯

儿子

02 发展

他们要去玩具岛

德国军官 传达重要信息

犹太人去车站

邻居小伙伴的爸爸脸部受伤

设定目标 刚才在楼下我看到一只犀牛 一个秘密

我要跟你们一起去玩具岛

反角

德国军官

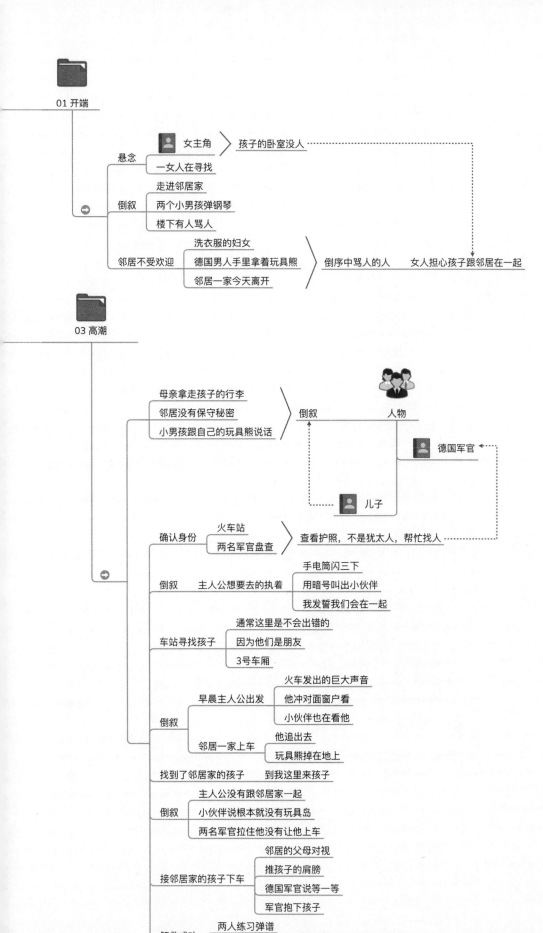

01 开端

悬念
女主角 〉 孩子的卧室没人

一女人在寻找

倒叙
走进邻居家
两个小男孩弹钢琴
楼下有人骂人

邻居不受欢迎
洗衣服的妇女
德国男人手里拿着玩具熊
邻居一家今天离开 〉 倒序中骂人的人 女人担心孩子跟邻居在一起

03 高潮

母亲拿走孩子的行李
邻居没有保守秘密
小男孩跟自己的玩具熊说话 〉 倒叙 人物

德国军官

儿子

确认身份
火车站
两名军官盘查 〉 查看护照，不是犹太人，帮忙找人

倒叙 主人公想要去的执着
手电筒闪三下
用暗号叫出小伙伴
我发誓我们会在一起

车站寻找孩子
通常这里是不会出错的
因为他们是朋友
3号车厢

倒叙
早晨主人公出发
火车发出的巨大声音
他冲对面窗户看
小伙伴也在看他

邻居一家上车
他追出去
玩具熊掉在地上

找到了邻居家的孩子 到我这里来孩子

倒叙
主人公没有跟邻居家一起
小伙伴说根本就没有玩具岛
两名军官拉住他没有让他上车

接邻居家的孩子下车
邻居的父母对视
推孩子的肩膀
德国军官说等一等
军官抱下孩子

解救成功
两人练习弹谱
多年以后 邻居一家三口的合影

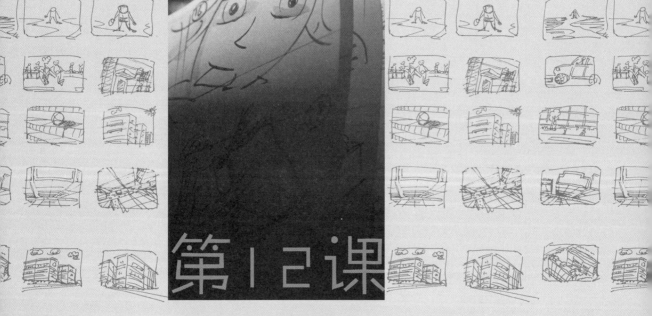

第12课

循环与转折点

剧本中事件的起因、发展、结局，形成了一个"因为所以"的故事逻辑。这就是我们本课要谈到的"循环"。在故事逻辑中起到改变事件走向、促成人物做决定的"点"，被称为转折点。

接下来用具体的剧本案例分析、总结、提炼。

12.1　案例介绍

- 《尽头》是学生的剧本作业。
- 《给予是最好的沟通》是引用的片例。

一句话大纲	
《尽头》	一个点里面的大千世界。
《给予是最好的沟通》	小吃店老板为小偷垫付药费的故事。

《尽头》和《给予是最好的沟通》两个剧本案例，都有着较"明显"的循环结构。

尤其是《尽头》，其画面的表现形式就是一个循环"样式"。《给予是最好的沟通》相比较而言较为含蓄，用几十年的时间跨度，讲了一个给予和恩返的故事。

《尽头》是"表面"式的循环，内涵丰富，不同的观众看到会有不同的解读，适合以动画的形式制作出来。《给予是最好的沟通》是"内在"的循环，是人行善事，因果轮回，是个大循环的概念。

学生剧本作业 (张晓晨)	
《尽头》	原创
故事梗概：对地球来说，每个人都只是一个点，对宇宙来说，每个星球也只是一个点，而宇宙这个点又处于什么环境之中呢？我们都活在自认为的自由中，而我们的自由又在怎样的禁锢中……也许这一切最终又会归于开始，循环往复，没有尽头……	

12.2　剧本作业正文

第一场：

一张白纸的正中央有一个小小的黑点，镜头慢慢向黑点靠近，过了两秒后，黑点开始向正右方移动，镜头不再靠近，而是随着黑点同时移动，并且始终保持黑点在镜头中央的位置。五秒后，黑点开始变换轨迹，由画直线变为画曲线，镜头慢慢跟随不上黑点的速度，而后镜头只能追逐黑点留下的轨迹，看不到线的端点。

剧本中的问题更正
"第一场""一张白纸的正中央……"
更正：格式不准确。
可以这样写：
画室　内　日景 　　一张白纸的正中央有一个黑点 　　镜头推，黑点慢慢变大 　　黑点开始向画右移动

```
画出一条直线


黑点变换轨迹
在纸面上画曲线


黑点快速移出画外
纸面上直线和曲线，看不出形状
```

第二场：

镜头慢慢拉远，线的端点也出现在镜头中，是一个小火柴人在画刚才的线，它自由地跳跃着，镜头跟着火柴人一起移动。

剧本中的问题更正
"线的端点也出现在镜头中"
更正：这样的描述很容易使人混乱，不知道在说什么；"在镜头中"之类的词语删除。

第三场：

十秒钟过后，镜头慢慢拉远，刚才镜头中的画面都在一个三维电脑的屏幕上。屏幕前出现了一个三维的小男孩的背影，他坐在电脑前看着刚才的画面，双手交叉放在头上，脚翘在桌子上，摇晃着椅子。而这个场景中的一切事物也都是三维的动画。

剧本中的问题更正
"三维电脑的屏幕上"
更正："三维"删除。

第四场：

十秒钟过后，镜头慢慢拉远，出现了一个真实的电脑的边框，框着刚才的所有画面。而后屏幕前是一个真正的男人的背影，他拿着茶杯，时不时抿一口，同时欣赏着电脑屏幕上的动画。

剧本中的问题更正
"真正的男人"
更正："真正的"删除。

第五场：

十秒钟过后，镜头慢慢拉远，出现了一个窗户的边框，刚才的一切都发生在男人家的卧室里，随后画面中央是男人的家，镜头一直在拉远，男人的家越来越小，之后画面中央是地球，之后是银河系，之后是无数的星球，镜头的速度越来越快，到最后一切都小到化为一个小黑点，在一张白纸上。

剧本中的问题更正
"随后画面中央是男人的家"
更正："随后"删除。
可以这样写：
想法不错，参见前文，按照剧本格式重写这个故事。

12.3　片例故事预览《给予是最好的沟通》

一句话大纲：

小吃店老板为人垫付药费的故事。

将故事分成三段，展开分析。

- 第一段（开端）：小吃店老板突发急病。
- 第二段（发展）：走投无路，家人收到药费结清单。
- 第三段（高潮）：医生小时候是那个偷东西的孩子。

第一段（开端）：小吃店老板突发急病			
抓住小偷	老板解围	突发事件	时长
11 秒	43 秒	57 秒	57 秒

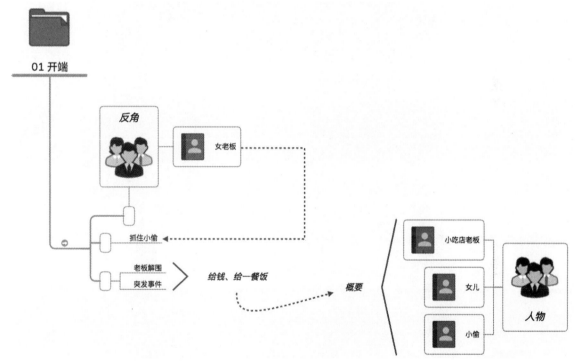

药店的女人抓住一个男孩，她用手推孩子的头；小吃店的老板和他的女儿往这边看；女人从小男孩手里抢回一瓶药"你用这些做什么，回答我"。

"给我妈妈的"。

小吃店的老板走过来，示意女人停下；他低头看着小男孩问"你妈妈病了？"小男孩点头。他从兜里拿出钱，交给老板娘，拿回药。老板娘指一下小男孩，骂他，离开。

小吃店的老板叫女儿拿蔬菜汤一份；将药装在袋子里，等小男孩去接。小男孩转头看他，老板点头示意；小男孩接过，跑远。

三十年后，小吃店的老板老了，他左手拿屉，右手拿勺，从锅里捞食物。一个乞丐双手合十站在老板面前；老板拿起桌子上的一份餐，递给乞丐。

老板转身，叫下一位顾客；他的身体晃动一下，站立不稳，重重地摔在地上。

第二段 (发展)：走投无路，家人收到药费结清单			
陷入困境	医生介绍病情	出售店铺	接到结清费用单
1 分 7 秒	1 分 42 秒	1 分 45 秒	2 分 7 秒

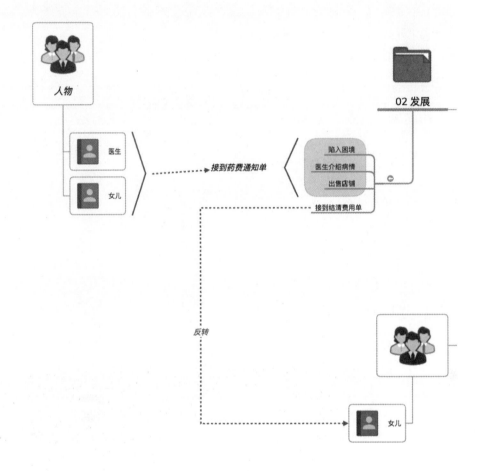

在医院，老板躺在病床上，插着呼吸机。医生站在床尾，在病历上记录。医院办公室，女儿与医生面对面；医生听她介绍病情。

女儿接到药费通知单，无力支付，一家人走投无路，急售小吃店的房产。

女儿陪床，次日清晨，她起身，看到一张药费单，低头看，掀开第二页，费用全是 0；女儿百思不得其解。

第三段 (高潮)：医生小时候是那个偷东西的孩子			
提示真相	医生身份	点题	时长
2 分 30 秒	2 分 46 秒	2 分 58 秒	51 秒

"费用已经在三十年前交付了"。

费用清单 "一瓶止痛药和一份蔬菜汤"。

最诚挚的问候，**** 医生。

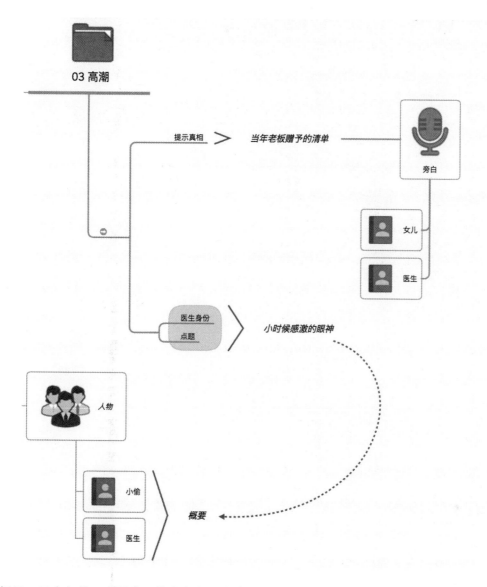

闪回，三十年前，小男孩、药店女人和小吃店老板。

小男孩抬头看小吃店的老板，泪水在眼眶中打转，小男孩双手接过袋子跑远，医生摘下眼镜。

出字幕：

给予是最好的沟通

12.4　转折点

在《给予是最好的沟通》剧本中，有两个转折点：第一个转折点是小吃店的老板，帮助了去药店偷药的小男孩；第二个转折点是小男孩长大之后，在小吃店老板无力支付医药费时出手相助。

12.4.1　小偷

去药店偷东西的孩子。

剧本片段
街道　外　日景
一个女人推搡一个孩子
他们穿过长廊，跑到街道上
女店主：出来这里，小偷
女人用双手推孩子的头

12.4.2　老板

小吃店的老板问其原因。

剧本片段
小吃店　外　日景
小男孩低着头
小吃店的老板俯身，低头看着小男孩
老板：你妈妈病了
小男孩沉默片刻，点头

12.4.3　老板女儿

小吃店的老板经常帮助别人，从他女儿的表现上就可以看出来。他女儿不理解：为什么总是把自家的快餐免费送给别人？

剧本片段
小吃店的老板接过药
把钱夹放在口袋中
转身叫女儿拿一份蔬菜汤
女儿叹了一口气，转身拿了一份餐
女儿斜着头，快步上前，递过来
她很不情愿

接下来看一下影片中对剧本这个段落的处理。

1.	一个女人推搡一个孩子，跟拍；中景
2.	女人用双手推孩子的头；中近景
3.	小吃店的老板和他的女儿往这边看；中景

1.	女人从小男孩手里、裤兜里掏出东西"你偷了什么"；特写
2.	使劲推孩子的头"给我妈妈的"；中近景
3.	小吃店的老板迅速下台阶走过来，抬手制止女人；中近景

1.	老板走近，女人侧脸看他；中景
2.	仰拍，小男孩低着头；近景
3.	老板俯身，看着小男孩；中景

12.5　第二个转折点

三十年前的小男孩，后来成为一名医生。他和小吃店的老板没有再联系，但这份恩情一直记在孩子心中。直至在小吃店的老板家庭陷入困境之时，医生出现。

12.5.1　巨额医药费

家庭成员突发疾病，面对巨额的药费，压力巨大。

剧本片段
医院　外　日景
小吃店的老板躺在病床上
呼吸机
医生站在床尾
在病历上记录

女儿打电话
泪水在眼眶中打转
女儿接到药费通知单

12.5.2　急售房产

求助无门，没有办法，只能变卖不动产。

剧本片段
小吃店　外　日景
门上的字条
急售电话：*********

12.5.3　医生垫付

医生为其支付看病的所有费用，并且亲自上阵，上手术台为恩人治疗。

剧本片段
病床　外　日景
女儿低头看
掀开第一页，看第二页，又看第一页
这是一张父亲看病的费用单
费用全是 0，女儿皱眉
纸上的文字
"费用已经在三十年前缴付了"

12.6　揭示因果的转折点

接下来看一下影片中对剧本这个段落的处理。

这个转折点从没有希望，毫无办法转折到希望降临。

1.	窗户边的灶台，钢丝的漏斗，锅盖，布满尘土；女儿坐在桌子前抹眼泪；中景
2.	女儿放下手中的单据，发呆；中景
3.	医生在办公室；近景

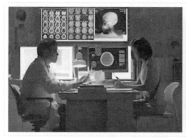

1.	女儿听医生介绍病情；　小全
2.	女儿点头，低头流眼泪；近景
3.	女儿趴在病床的床尾；近景

1.	门上的字条，急售电话：********；特写
2.	女儿起身，看到一张纸；小全
3.	女儿低头看，掀开第一页；近景

12.7　首尾相连表达观点

《给予是最好的沟通》人物首尾呼应，医生是三十年前的小男孩……

来自女儿角色的视角：小吃店的老板躺在病床上，处于无意识状态；他女儿这一角色代替他完成这一观点的表达。她女儿小时候与他一起见过这个小男孩，还极不情愿地给他一包"蔬菜汤"；看到医生在费用单的留言，她回想起三十年前的事。

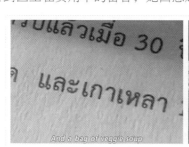

1.	费用单，从左摇到右；特写
2.	女儿递过来一个袋子，老板接过；　中景
3.	女儿抬头，皱眉；　近景

集中给医生的画面，以她的回忆贯串：医生询问病情、了解她家状况、为了治疗小吃店老板的病竭尽全力的画面。

1.	医生抬头；近景
2.	女儿皱眉；近景
3.	医生在办公室拿起片子看；中景

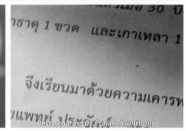

1.	医生在片子上用笔画；近景
2.	医生在做手术，背景手术灯；中景
3.	费用单，从左摇到右，最诚挚的问候，**** 医生；特写

12.8 《尽头》的转折点

由画面转变，起转折作用的镜头很容易区分，下面看一下《尽头》剧本的转折点。

1. 点变线

剧本片段
五秒后，黑点开始变换轨迹，由画直线变为画曲线

2. 卡通人在画线

剧本片段
镜头慢慢拉远，是一个小火柴人在画刚才的线

3. 人在看

剧本片段
屏幕前出现了一个三维的小男孩的背影，他坐在电脑前看着刚才的画面

4. 从家里到地球

剧本片段
镜头一直在拉远，男人的家越来越小，之后画面中央是地球，之后是银河系……

12.9　剧本立意中的大情怀

实现一个打动人心的故事循环并不容易，以《给予是最好的沟通》为例，需要满足三个主要条件。

第一：有一个"好人"的人设，主人公的做法异于常人，**能够从他人的角度，体谅他人的苦难；**有着悲悯的心态，并不求回报地给予帮助。

第二：因果循环，"好人"落难，身陷困境，无人"援手"……曾经接受"好人"帮助的人，竭尽所能，帮助他渡过难关。

第三："好人"的善举并不仅是帮助了一个人，而是被帮助者也成为一个对社会有益的人。

12.9.1　捍卫自己的利益

药店女老板的做法没有错，捍卫自己的利益，严惩小偷。

用这个角色处理问题的方式与主人公的情怀对比，完成主人公人物性格的塑造（主人公的做法异于常人）。

剧本片段
街道　外　日景 　　女人用双手从小男孩手里、裤兜里掏出一瓶药和药片 女店主：你偷了什么 　　　　这些东西你打算做什么   　　使劲推孩子的头 女店主：你用这些做什么，回答我

12.9.2　热衷助人

主人公是热心肠，看到是一个孩子，过来看个究竟。

剧本片段
小吃店的老板快步下台阶 　　走过来 　　边走边抬手 　　女儿在他身后转身喊爸爸 　　老板走近，制止女人的吵闹 　　女人侧脸看他

12.9.3　问清缘由

主人公站在"苦难"者的角度，心怀悲悯之情。

剧本片段
老板微俯身，低头看着小男孩
老板：你妈妈病了
小男孩沉默片刻，点头

12.9.4　实施帮助

主人公相信一个陌生人的话，并为他付出自己的一份心意。

剧本片段
老板数手中的钞票，折成一沓
递给药店老板娘
药店老板娘把药交给老板
老板接过，装在袋子里
把袋子递给小男孩

12.9.5　不情愿

父亲还让女儿拿一份蔬菜汤送给小男孩，女儿非常不理解，很不情愿。**以女儿角色的反应，塑造主人公的"光环"，强调其人性中的闪光点。**

主人公除了帮助陌生人解围，支付药费，还额外地给予一份餐。

这份帮助对于"苦难"者而言，弥足珍贵。

剧本片段
老板接过药
转身叫女儿拿一份蔬菜汤
女儿叹了一口气
转身拿了一份餐
女儿快步上前，递过
很不情愿地伸出手
袋子在手中来回晃
女儿站在父亲的身旁

12.9.6　感动

被帮助的小男孩内心的反应，这个画面是剧本结尾时出现的。

角色长大成人,有能力完成对"恩人"的报答之后,出现这个情景。当年主人公的这份"滴水之恩",带给自己内心很大的触动,让他无比感动。

剧本片段
街道　外　日景
小男孩抬起头看老板
泪水在眼眶中打转

12.9.7　成为一个帮助他人的人

原本是一个偷东西的小男孩,受到主人公的帮助之后,他传承了主人公的精神,尽自己所能去帮助更多的人。**剧本中的大情怀就此通过不断地转折"落地",变成"现实"。**

剧本片段
办公室　内　日景
一个相框,二个相框
里面的照片是医生跟众多病人的合影

12.10　本课小结

《给予是最好的沟通》是一个感人至深的故事,好的故事需要技巧的支撑。

正如大家所见,情节的编排,讲故事的方式,决定了故事的影响力。故事的转折如何开始? 为什么而转折? 转折的逻辑与情节点的配合……都需要大家花费时间好好钻研。

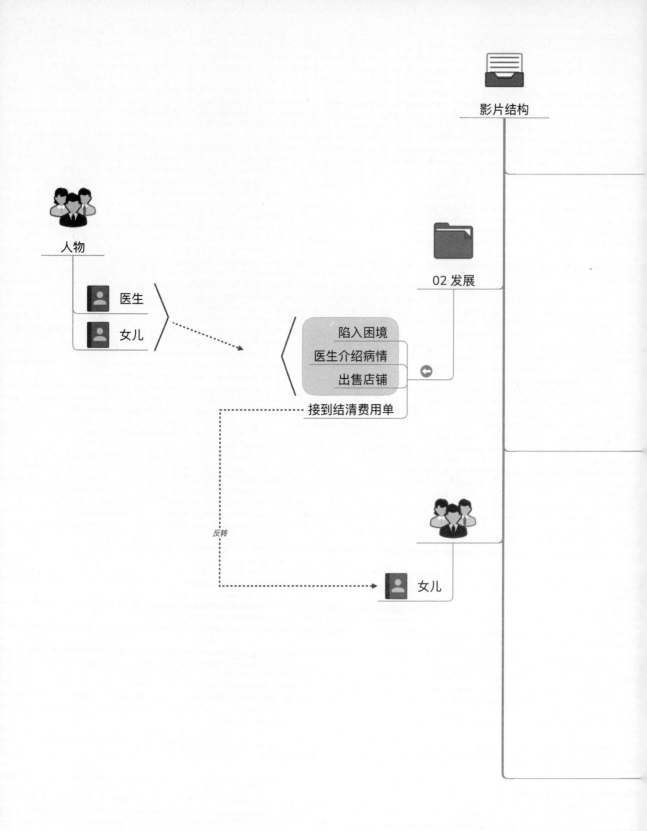

影片结构

人物

医生

女儿

02 发展

陷入困境

医生介绍病情

出售店铺

接到结清费用单

反转

女儿

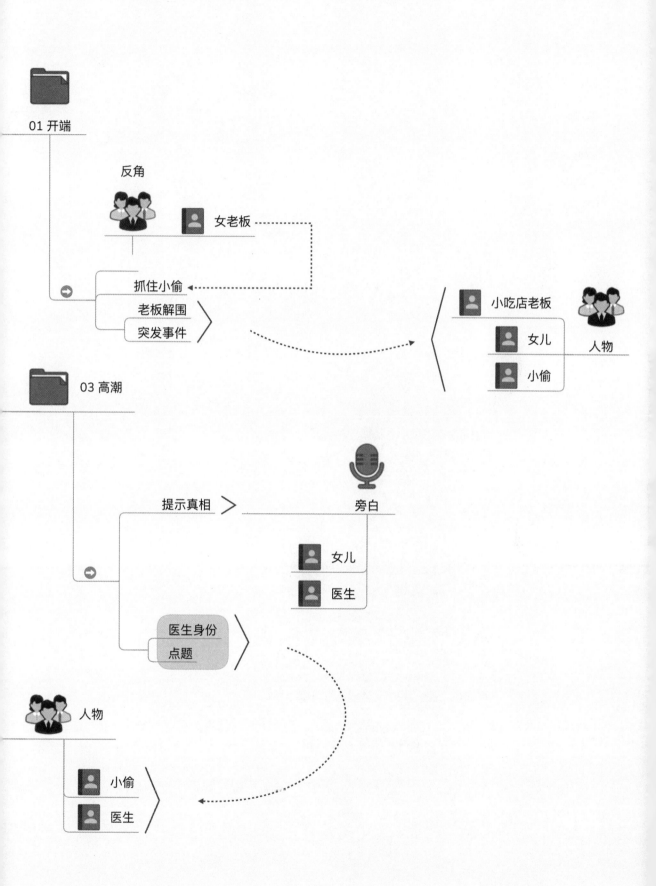

01 开端

反角

女老板

抓住小偷
老板解围
突发事件

小吃店老板
女儿
小偷

人物

03 高潮

提示真相

旁白

女儿
医生

医生身份
点题

人物

小偷
医生

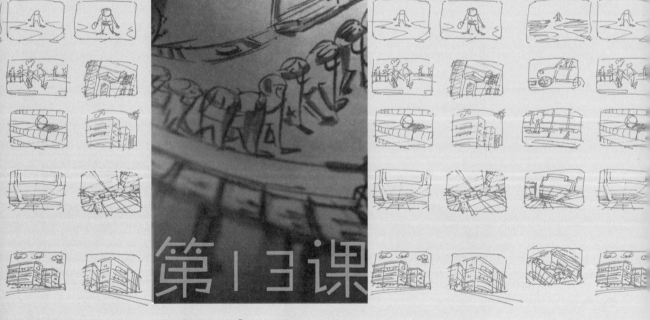

第13课

概念置入

剧本中存在着"大千世界"，正如前面章节中一位同学创作的那样：一个"点"里面存在着整个银河系……**在剧本所构建的大千世界中，我们可以天马行空，任意翱翔。**

用来验证故事的"真理"或许只有一条：要让观众相信虚构故事的真实性；相信剧本中神奇事件的合理性，在此基础之上任由创作者发挥。

如何让虚拟的内容看起来"栩栩如生"，这就是今天作者要跟大家讨论的那"一个点"。

13.1 案例介绍

- 《宿命》是学生的剧本作业。
- 《8 号房间》是引用的片例。

一句话大纲	
《宿命》	一个男人不断地杀死自己。
《8 号房间》	囚犯经历的离奇事件。

《宿命》和《8 号房间》这两个剧本，都是以神奇事件为叙事核心的作品。

在《8 号房间》中存在着一个神奇的盒子，它能把利用它逃出牢房的人变小……《宿命》中有一个神奇的房间，主人公进入里面之后，为了保命会与人搏斗，当死者的面罩被拿下后，主人公发现他杀死了"自己"。

《宿命》剧本的想法很好，不足之处也很明显。剧本中所讲的东西过于庞杂，细小的支线太多，主要事件的设计也存在缺陷。光有"神奇"的想法，其内在的故事逻辑并没有合理化，**只把想法写了出来，然后剧本作业完成了……**

参考《8 号房间》中神奇事件的设计，要让剧中人物产生一系列情绪：怀疑、惊喜、测试、确认，直至人物自己相信这个神奇事件，才算是合格的剧本作业。

学生剧本作业 (许又青)	
《宿命》	原创
故事梗概：一个男人进入无限循环的空间中，不断地杀死自己。	

人物简介

主人公：小刚

女主角：小莉

13.2 剧本作业正文

场景 1：家

小刚是一个在家非常暴戾的人，酗酒，对他的女人非常凶。但是在外却是人下人，一个十足的小人物，懒惰，但是对不义之财情有独钟，经常幻想天上掉馅饼。

剧本中的问题更正
"是一个在家非常暴戾的人" "一个十足的小人物"
更正：不恰当的用词。

可以这样写：

客厅　内　日景

　　小刚在客厅看电视

　　十罐啤酒空瓶在桌子上

　　他把空瓶逐个拿起，往嘴里倒

　　一边倒酒，一边骂着单位的领导

　　细数着每天这些破事

周末上午

"你什么时候才能出去买菜？"他对着正在洗衣服的她咆哮道。

她爱这个男人，只能默默叹气，曾经他是一个非常温柔的男人，对她和这个家十分上心。<u>不知经历了什么</u>，男人的态度突然变了，不知道是因为他在外面有了别的女人，还是因为生活的压力，让他变得暴躁，并且充满物欲。

剧本中的问题更正
"不知经历了什么"
更正：剧本作者一定要向观众交代清楚具体的事件，不能含糊其词。

"苍茫的天涯是我的爱，绵绵的青山脚下花正开"

一段电话铃声响起。

"林总啊，哎，您好您好……没关系您不用见我，我用邮件给您发过去，您只要简单看看就行啊。"

喂？

喂？

对方挂断了，<u>听语气他好像换了一个人，活像被一个小鬼上身，充满了阿谀</u>。

放下电话，他又骂了起来（<u>丧气的</u>）。

剧本中的问题更正
"听语气他好像换了一个人，活像被一个小鬼上身，充满了阿谀" "丧气的"
更正：删除。

小刚一边抠着脚丫子，一边看着手机收件箱里的邮件，

突然一封奇怪署名的邮件吸引了他。

内容如下：高价寻找能帮我揭露这间房子秘密的人。

他看愣了，上面的赏金让他<u>满眼放光</u>。

他拿起电话拨打了邮件上面的号码，决定去试试。

剧本中的问题更正
"满眼放光"
更正：像这样的用词都是没有办法拍摄出来的。

场景 2：神秘的房子（楼道）

Dir1 进入

几分钟之后，他收到一封<u>来自雇主的传真</u>，上面只有一段文字："希腊神话中柯林斯国王为了终止自己的死亡，决定囚禁死神，这种举动引起了众神之怒，他被罚将一块巨石不断从山下推到山上，把此生耗尽在无尽的轮回之中。"

剧本中的问题更正
"来自雇主的传真"
更正：接收传真要用传真机，普通人的家里不会有传真机，这个设计值得推敲。如果要用传真机，剧本开篇需要铺垫主人公曾接到过传真件之类的事件。

<u>他独自一人来到这里</u>，这是一栋老式的高层建筑。

走近之后，建筑中空无一人，他惊讶。

剧本中的问题更正
"他独自一人来到这里"
更正："这里"是指的什么地方？地点表示不准确。

在这种地段还有这样空置的房间，他一边叹着气一边走进去，<u>慢慢地令他感到惊讶的事情是</u>：有些房间没有上锁并且像是有人居住。他一间一间地摸索着，地上有几个装米用的麻袋散落在楼梯间，<u>他突然心里感觉到十分厌烦</u>。

"这不会是有人给我下套的吧？一会儿再出来个劫道的，抢钱杀人分尸可就悲催了"

想起那巨大的赏金，他还是决定再进去一探究竟。

剧本中的问题更正
"慢慢地令他感到惊讶的事情是" "他突然心里感觉到十分厌烦"
更正：删除。

Dir2 突然袭击

再往楼上走，灯光变<u>得很</u>暗，<u>好像</u>这几层楼灯都坏了<u>很多盏似的，出于人类本能对黑暗的恐惧</u>，他打了个冷战。

"看来并没有什么奇怪之处啊"他自言自语。

忽然他感到背后一阵劲风"呼"的一声，后脑勺一阵剧痛，眼前一黑倒在地上。

<u>这种晕眩只持续了几秒的时间，视力便恢复过来</u>，他看到一个头戴麻袋的人！

这个人手里紧紧地攥着消防斧，那种猩红的颜色在昏暗的环境下格外晃眼。

剧本中的问题更正
"得很" "好像" "很多盏似的，出于人类本能对黑暗的恐惧" "这种晕眩只持续了几秒的时间，视力便恢复过来"
更正：删除。

看来对方并没有想直接下杀手。

戴着头套的人<u>看着</u>十分紧张，手里不断地转着斧头，但是却一直没有下手。

<u>他基于求生本能</u>，虽然躺在地上，但他一脚飞起端到了蒙面人的膝盖骨上，对方身体没有站稳，一斧头直接拍了下来。

剧本中的问题更正
"看着""他基于求生本能"
更正：删除。

因为对方被端了一脚，斧头没有拿稳，他趁着这一下空隙起身就跑，<u>脑袋里一片空白，用尽全力</u>拉开楼道门往更加黑暗的楼顶跑去。

<u>慌不择路地</u>打开一个房间把自己反锁了进去，<u>气喘如生的</u>他才从刚才的惊吓中缓过神来，想报警，手机不知道什么时候弄丢了，可能是刚才<u>一番搏斗</u>掉在了地上。

门外传来了击打声，<u>看来是</u>蒙面人用斧头劈门。

这一下他又慌了，<u>他还没准备好面对死亡，这一切激起了他所有的求生意志，正想着</u>，咚的一下，斧头从门里劈了进来。

剧本中的问题更正
"脑袋里一片空白，用尽全力""慌不择路地""气喘如生的""一番搏斗""看来是""他还没准备好面对死亡，这一切激起了他所有的求生意志，正想着"
更正：删除。
剧本中出现的问题相当多，在此仅挑出特别明显的问题提醒大家在写作中要注意格式、注意用词。

<u>一番搏斗省略 10 万字</u>。

蒙面人在搏斗中意外摔在自己的斧头上死了，他拉开蒙面人的面具，<u>立刻</u>一身冷汗，<u>差点犯了神经病</u>，这张脸他再熟悉不过，这是他自己的脸，他曾一度以为这个人只是跟他长得像。

剧本中的问题更正
"一番搏斗省略 10 万字"
<u>更正</u>：这种模糊的方式一定要避免。自己的剧本别人没有办法帮你完成细节。

<u>这一刻他完全崩溃了</u>，不明白这一切是为什么，等他缓过神来观察屋子，竟然发现屋子里面全是他平时的一些照片。看来他已经被人监视了很久，在这一些照片里面，有些已经有段时间了，他发现一张照片，那是他的妻子，一个人在厨房一边流泪一边刷碗。

他记得这一天，全是因为自己乱发脾气。

剧本中的问题更正
"这一刻他完全崩溃了……"
<u>更正</u>：不够具体。
可以这样写： 整个段落大量的叙述，要将叙述以剧本的格式写出来。

许多<u>婚前往事</u>浮现在他的面前。不应该对自己的妻子如此苛刻，对自己的人生也应该重新审视，

甚至开始憎恨原来的自己。

剧本中的问题更正
"婚前往事"
更正：用词不恰当，从剧本来看，主人公和妻子还是夫妻关系，而不是婚前。

"叮咚"突然传来一声奇怪的门铃声，这是一部安装在单元楼下的答录机，每家每户都有的那种，他颤颤巍巍地拿起电话，上面的显示屏亮起，竟然还是他自己！

他突然想起来，刚才他进来之前也曾经按了门铃，并且没人答复。

这时候他才明白这一切是为什么。

他拿起面具和斧头，准备"战斗"。房间里"堆满"了过去时空的"自己"。

剧终

剧本中的问题更正
"一声奇怪的" "颤颤巍巍地" "竟然还" "突然" "并且"
更正：删除。

13.3　片例故事预览《8 号房间》

一句话大纲：

囚犯经历的离奇事件。

将故事分成三段，展开分析。

- 第一段（开端）：犯人在牢房发现一个盒子。
- 第二段（发展）：盒子是个开关，可以控制牢房。
- 第三段（高潮）：犯人逃跑进入新的牢房。

第一段（开端）：犯人在牢房发现一个盒子		
环境与悬念	神秘人物	发现特别的东西
25 秒	50 秒	1 分 36 秒

一个犯人被看守押着往前走，监狱场景，高墙上的铁丝网，破旧的大楼，出片名。

一个火柴盒里面有东西在动，一只手入画按住火柴盒，传来看守和犯人说话的声音。门开了，犯人被看守推了进来，看守给犯人解开手铐，关上门，犯人调侃他。

房间里坐着一个男人，转身跟犯人打了招呼，男人转回身继续翻书。

犯人问他的名字，他没有回答。犯人很尴尬地走到床前，翻看上铺的一本书，男人猛回头质问他："你在做什么？"显然对犯人翻书表示不满。

犯人把书放下，坐在下铺的床上，转身看到一个箱子，问他："那是什么？"

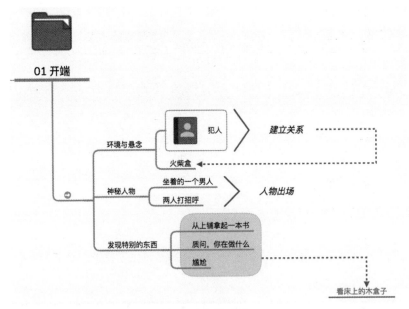

男人转头看了他一眼又继续看书，回复"没有什么"。

第二段（发展）：盒子是个开关，可以控制牢房		
警告	奇怪的事情	盒子与牢房连通
2分30秒	3分14秒	4分9秒

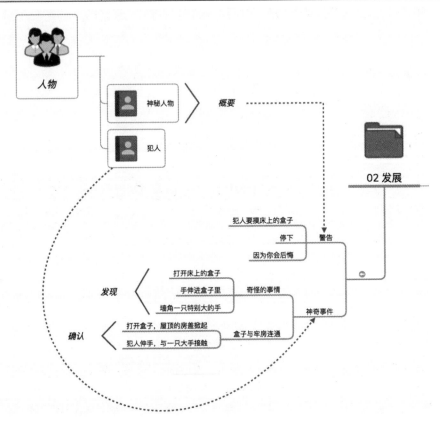

犯人伸手想打开盒子，男人突然回头叫犯人停下，犯人回头看他问为什么。

男人说："因为你会后悔"；犯人思考了一下说："我想试试打开它会不会让我后悔"。

犯人打开盒子，里面有一套模型，他伸手去摸。一只巨大的手出现在眼前，犯人迅速抽回手，关上了盒子，坐在床上喘粗气，传来男人的声音："你现在开心了"。

犯人把盒子从床上搬到地上，转头看着屋顶，打开盒子的盖子，屋顶也同时被打开。犯人合上盒子，屋顶也随之重新盖上。他连续拉开盒子的盖子两次，惊奇地看着打开的房顶，嘴里说道："你不想说点什么吗？"

看书的男人侧着身说："你相信我吗？"

犯人没有回答他，手进入盒子中，空中伸下来一只大手，他伸手去摸停在空中的大手，这时他说："我不知道"。

第三段（高潮）：犯人逃跑进入新的牢房		
利用机关逃跑	进入另一个牢笼	揭示
4分40秒	5分	5分33秒

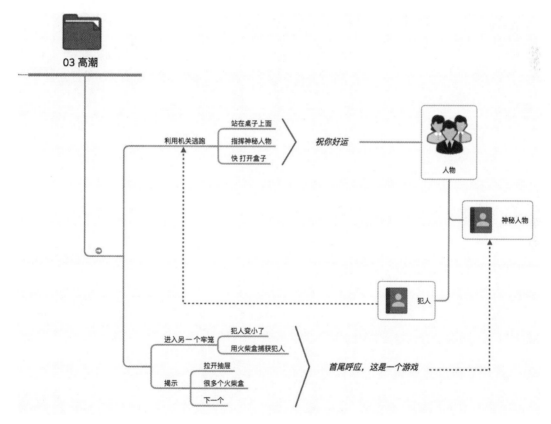

犯人迅速合上了盒子的盖子，转身走到了房间的一个角落，站在桌子上面。男人转过身问他："你要去哪里？"

"这不是很明显嘛"犯人让男人打开盒子。

男人侧着身子坐着看，犯人催促："快，打开盒子"，男人摘掉眼镜转身起来，走到盒子前蹲下，打开盒子的盖子，犯人看到屋顶被打开，爬上墙头，然后跳到墙外。

犯人变小了，从盒子里往外跑，男人像个巨人一样蹲在盒子后面，拿着一个半打开的火柴盒子把犯人按在里面。然后把地上的那个神奇的盒子盖好，又放到了下铺上。坐回到桌子前拉开抽屉，里面有多个火柴盒。

等了一会儿，转头对外面的看守说："带下一个犯人进来"……

◉ 13.4　开篇给出结局

《8号房间》的剧本开篇就给出了结局画面，**预示着接下来的故事中，人物的结局将与此一样**……但观众只有看完剧本和影片之后才能明白这一点：回过头想到开篇，有一种"原来如此"的感觉。

剧本开篇，故事刚刚开始，观众获得的信息有限，无法根据几个画面就能判断出编剧意图；但这种故事结构能给观众留下深刻印象。接下来一步步分析《8号房间》剧本是如何实现这一目标设置的。

第一步，在开篇将"会动"的火柴盒这个概念置入在观众眼前，因为信息量小，并未引起注意。

第二步，在剧本中篇，让人物发出"你会后悔"的预警。

第三步，编剧设计了神奇道具，人物通过神奇道具进入火柴盒中，出现"会动"的火柴盒。

◪ 13.4.1　"会动"的火柴盒

开篇建立悬念，火柴盒里有东西在动。这个东西是什么？那个"食指入画按住火柴盒"的人是谁？

剧本片段
牢房　内　日景
桌面上的火柴盒逆时针旋转
里面有活的小东西想要挣脱出来
长廊上说话的声音
食指入画，按住火柴盒
火柴盒在桌子上，手入画
拿起火柴盒，放在拉开的抽屉里
推，合上抽屉

将这些概念置入进来之后，编剧就对此"**不再解释**"。

◪ 13.4.2　《宿命》的开篇

开篇出现了主人公的妻子，但妻子角色没有发展，后续的故事跟她也没有关系。妻子角色的丢失，事件的琐碎，显得开篇并不精彩。

剧本片段
周末上午
"你什么时候才能出去买菜？"他对着正在洗衣服的她咆哮道。
她爱这个男人，只能默默叹气，曾经他是一个非常温柔的男人，对她和这个家十分上心。

13.5　具有警示特性的冲突

概念置入第二步，在剧本中篇，让人物发出"你会后悔"的预警。

在牢房里的老犯人发出警告……

警告的结果是：如果人物不听劝，其结果将得到与开篇画面一样的"下场"。这是剧中人物的警告，**也是编剧发出的警告**，告诉观众"我告诉你们结果了"，再一次提醒观众。

1.	犯人看着床上的木盒子"这是什么"；小全
2.	桌子前的男人"没什么"；近景
3.	犯人转身去摸床上的盒子，桌前的男人突然转过身让他停下；全景

1.	犯人停止动作"为什么"；　近景
2.	桌前的男人摘下眼镜"请不要打开它"；近景
3.	犯人眉头微皱"为什么呢"；中景

1.	桌前的男人盯着"因为你会后悔"；近景
2.	犯人看着他，转头看床上的盒子；中景
3.	桌前的男人"好吧，你开吧"；中景

警告并不会起作用，如果警告真的起了作用，后面的故事就编不下去了。

剧本片段
犯人坐在下铺的床上
看着桌子前的男人背对着自己
犯人伸手想要摸床上的盒子
桌前的男人转头看到
男人：停下
犯人停止动作
手落在腿上，转头
犯人：为什么
桌前的男人转过身，摘下眼镜
手中的书往下放
男人：请不要打开它

你会后悔（警告）

剧本片段
犯人眉头微皱，眨了两下眼睛，头前移
犯人：为什么呢
桌前的男人眼睛盯着他
男人：因为你会后悔

角色的对抗

我偏要打开它。这也是观众的想法：悬念出来了，要看后续的情节。

剧本片段
犯人看着他，眼睛往画外一瞥
转头看床上的盒子
犯人：我想试试打开它会不会让我后悔
转身准备伸手，桌前的男人把眼镜戴上
男人：好吧，你开吧

打开它（催促）

剧中人物十分着急，这正是观众想要表达的。

这样一来，观众紧跟剧情，被故事牢牢吸引。

剧本片段
男人转回身看书 男人：打开它   　　犯人看着他，摇了摇头 　　转身打开床上的盒子

13.6　剧本中的"借力"

13.6.1　借力神话

《宿命》中引用了一个神话故事。此处的设计还是值得肯定的，神话故事具有预言属性，提醒观众这将是故事的最终"结局"……它起到了与《8 号房间》中"你会后悔的"警告相似的作用。

剧本片段
几分钟之后，他收到一封来自雇主的传真，上面只有一段文字："希腊神话中柯林斯国王为了终止自己的死亡，决定囚禁死神，这种举动引起了众神之怒，他被罚将一块巨石不断从山下推到山上，把此生耗尽在无尽的轮回之中。"

最好能够在《宿命》开篇的阶段，对这个神话的元素，以文字、图片或者某种形式融入进来，早早地完成"铺垫"，效果会更好。

13.6.2　借力神奇道具

床上的盒子是一个神奇道具，它是牢房的微缩模型，打开盒子的盖子，牢房的房顶就会打开；犯人经过测试之后，确实无疑，然后开始实施他的逃跑计划……

剧本片段
看书的男人侧着身子坐着 　　犯人催促他 犯人：快，打开盒子 　　男人合上书，摘掉眼镜走向盒子 　　蹲下，缓缓打开盒子，他抬头看着房顶 　　墙角的犯人半蹲着身体 　　眼睛看着房顶被慢慢打开 　　犯人转身，双手搭在墙头 　　用力一撑单膝跪在墙头 　　转头对男人说 犯人：祝你好运 　　跳到墙外

13.6.3 火柴盒是"牢房"

犯人被变小了，看书的男人将犯人装进火柴盒里面，与开篇的画面对应上。

剧本片段
男人像个巨人一样蹲在盒子后面
看着犯人往外跑
犯人变小了
他从盒子里往外跑
男人一只手拿着一个半打开的火柴盒
迅速下落，把犯人按在火柴盒里
食指缓慢后拉，合上火柴盒
将火柴盒拿起

13.7 置入的逻辑设计

《宿命》中的逻辑设计过于简单：对方自己摔死了。没有什么可揭示。关于主人公为什么来到这里？老房子有什么来历？主人公为什么出不去？都没有交代。

改进建议：**剧本中的"神奇房间"，一定要设计主人公出不去的逻辑。**如果没有这方面的设计，主人公自己就可以走出去，为什么还选择留下来与"新来的自己"搏斗呢？

如果"蒙面人"是上一个时间段中的自己，他为什么不想办法逃出去？

剧本一定要设计"蒙面人"（曾经的自己）无法走出去；设计出"蒙面人"获得自由的条件：必须要杀死进来的人才能出去的逻辑。

这样，这个故事才能继续讲下去。

剧本片段
蒙面人在搏斗中意外摔在自己的斧头上死了，他拉开蒙面人的面具，立刻一身冷汗，差点犯了神经病，这张脸他再熟悉不过，这是他自己的脸，他曾一度以为这个人只是跟他长得像。

13.7.1 这是一个游戏

将人变小装进火柴盒是一个游戏："带下一个犯人进来"。

剧本片段
男人起身，走向桌子
坐下，拉开抽屉
抽屉里面有很多个火柴盒在动
他将手中的火柴盒扔到了里面

传来微弱的，人喊叫的声音
手推，抽屉合上

男人拿起眼镜，戴上
看书

等了一会儿转头，对外面的看守说
男人：带下一个犯人进来

转回头，继续看书

13.7.2　没有交代清楚

在《宿命》剧本中"这时候他才明白这一切是为什么"，这只是剧本创作者自己明白了，说服了自己，并没有让观众明白。故事挺好，可惜没有讲清楚。

剧本片段
"叮咚"他颤颤巍巍地拿起电话，上面的显示屏亮起，竟然还是他自己！ 他突然想起来，刚才他进来之前也曾经按了门铃，并且没人答复。 这时候他才明白这一切是为什么。

看看《8号房间》的结尾，非常清晰有力。

老游戏的结束，新游戏的开始。

牢房中看书的男人是这个世界的"主宰"，一切都在他的把控之下。

13.8　本课小结

编剧会经常跟观众"玩游戏"：结局提前告诉你们了，你看我又说一遍。

这就是概念置入的"功效"。

通过分析片例，我们看见一次完整的"概念置入"过程。大家可以试着在自己的剧本中实践一下。

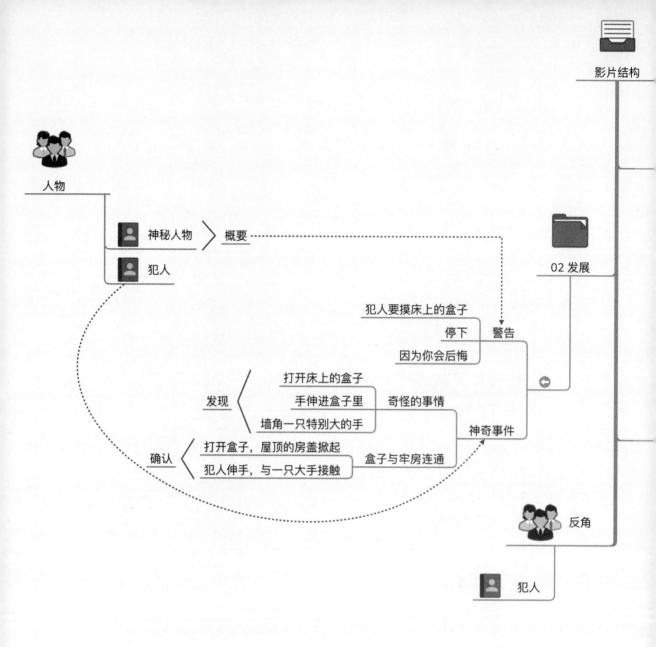

影片结构

人物

神秘人物 概要

犯人

犯人要摸床上的盒子

停下 警告

因为你会后悔

打开床上的盒子

发现 手伸进盒子里 奇怪的事情

墙角一只特别大的手

打开盒子，屋顶的房盖掀起 神奇事件

确认 盒子与牢房连通

犯人伸手，与一只大手接触

02 发展

反角

犯人

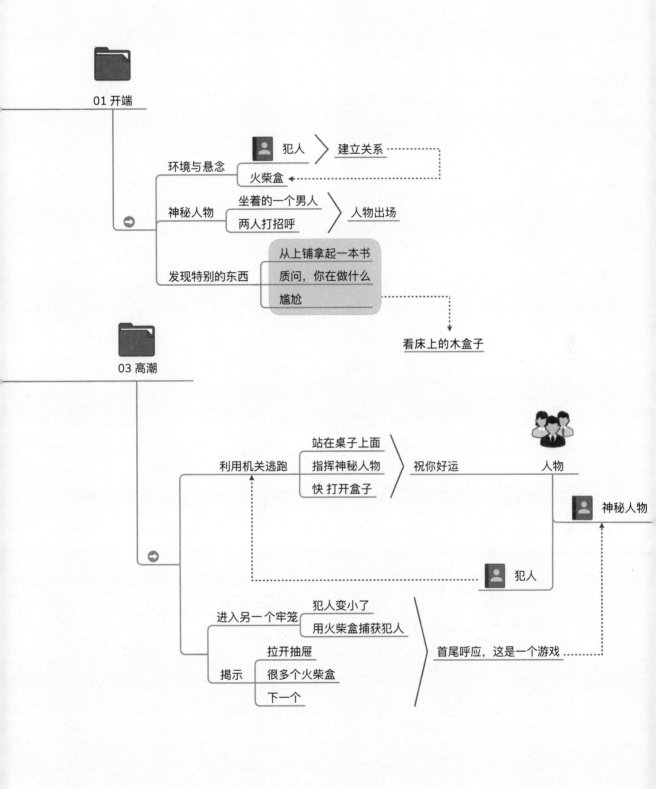

01 开端

环境与悬念 — 犯人 → 建立关系
火柴盒

神秘人物 — 坐着的一个男人 → 人物出场
两人打招呼

发现特别的东西 — 从上铺拿起一本书
质问，你在做什么
尴尬

看床上的木盒子

03 高潮

利用机关逃跑 — 站在桌子上面
指挥神秘人物 → 祝你好运 人物
快 打开盒子

神秘人物

犯人

进入另一个牢笼 — 犯人变小了
用火柴盒捕获犯人

揭示 — 拉开抽屉
很多个火柴盒
下一个

首尾呼应，这是一个游戏

第14课

表达观点
· · · · · · · · · ·

每个人都有表达观点的需求，这或许是我们每一天在做的事情。现实如此，剧本中的人物更是如此：**角色在影片中向观众清晰、准确地表达自己的观点。**

观点是构成人物性格的一部分，通常来看，什么样的观点塑造什么样的人物；对于故事来说也是一样：剧本中的故事围绕主人公的观点形成、展开，然后结束。

在本课中就人物的观点这个话题进行讨论。

14.1　案例介绍

- 　《大画家》是学生的剧本作业。
- 　《车四十四》是引用的片例。

一句话大纲	
《大画家》	画家被自己画出来的人物杀死。
《车四十四》	乘客与女司机的故事。

《大画家》这个片子经过无数次的修改之后，已经拍摄出来了，改名为《画家 LEE 的奇幻漂泊》。拍摄剧本较这一版本的剧本有很大的差异……考虑继续使用早期剧本作为片例，是想更贴近初学者的状态。这是剧本创作者在初次接触编导学习后创作出来的第一个剧本作业。

刚开始写剧本的同学们都具有"用力过猛"的特征，喜欢创作"生离死别""神鬼怪物"类型的片子……本片的主人公被画中的人物杀死，真是够惨的。除了剧本格式和写作方式上的问题，这个剧本的主要问题是：观点表达模糊，导致故事让人看不懂。

接下来对比两个剧本片例，了解本课所讲知识点的具体运用。

学生剧本作业 (武琳琳)	
《大画家》	原创
故事梗概：画家被自己画出来的人物杀死了。	

14.2　剧本作业正文

镜头一

一间有阳光穿过的房间，几张散落在地上的画，透出一股冬日特有的慵懒，立在窗前的画板上有一幅未完成品，画家虽然只是画了寥寥数笔，但已经可以看出画的主角是个女人。

这时候画室的门开了，一个男子走入房间，来到画前。男子发型凌乱，有些不修边幅，眼神还有些迷离，看样子是刚从梦中醒来。男子看着画思索片刻，拿起笔开始继续作画，原来男子正是这幅画的创作者。

剧本中的问题更正
"一间有阳光穿过的房间……"
更正：整个段落没有按照剧本的格式写出来。
可以这样写： **画室　内　日景** 　　阳光透过窗户照亮了房间

```
地上散落着几幅风景画


窗前的画板上有一幅未完成的画
勾画出一个女人的轮廓


画室的门开了，一男子进来
走到画架前面


他发型凌乱，眼睛眯着
还没有睡醒


男子盯着画看
拿起笔开始画
```

男子这次的画作灵感来源于一个梦境。最近他总是做一个梦，梦中有一个长发穿红衣的女孩，但却看不清女孩的脸。也许冥冥之中有什么东西在牵引着他，又或许在他的想象中，那个女孩<u>该有着怎样迷人的容颜</u>，想画下来那个女孩的愿望竟是那么强烈。

这是个<u>冷得出奇</u>的冬天，连供了暖的室内都<u>时不时地有一股阴冷的气息</u>。画家被冻得打了个喷嚏。

这时，窗外一道黑影一闪而过。画家<u>隐约</u>感到有些不对劲，可是抬头看下窗外，却什么都没有。

剧本中的问题更正
"该有着怎样迷人的容颜""冷得出奇的""都时不时地有一股阴冷的气息""隐约"
更正：不恰当的用词。

镜头二

又是那个梦境，这次他终于看清了女孩的脸，很年轻的一张脸，<u>却泛着不正常的青紫</u>。

清醒的男子继续作画，画里女孩面目清秀，神情却是狰狞的，似乎有一只手扼住了她的喉咙。画家在想，她为什么会出现这种表情呢？

画家有个习惯，就是午餐的时候一定要喝<u>一些</u>酒。这天，画家一直在想着画中女孩的事情，又有些头痛，却依然喝了些啤酒。<u>于是画家的意识有些混乱，有种似睡非睡的感觉。</u>这时，画家再一次看到了那个在梦里才会出现的女孩。

剧本中的问题更正
"却泛着不正常的青紫""一些""于是画家的意识有些混乱……"
更正：删除。
可以这样写： 参考前文的剧本格式进行修改。

<u>这次画家看到的又比上一次多了一些</u>。梦境如同一幅卷轴画一样，慢慢地在画家面前展开。原来真的有一只手掐住了女孩的喉咙。

突然惊醒的画家，赶紧把自己看到的画下来。<u>画家又想了</u>，看样子是个男人的手，那么这个男人是谁呢？画家非常好奇。

这时画家发现，女孩已经不仅仅是在自己的梦里出现了，只要自己意识不清醒的时候，女孩就会出现。

于是，为了完成画作，画家就这样一口口地喝着酒，一笔笔地画着画，影像断断续续地在脑海里闪回，就好像被人剪得乱七八糟的影片。

剧本中的问题更正
"这次画家看到的又比上一次多了一些""画家又想了"
更正：删除。

镜头三

画作终于完成了。扼住女孩喉咙的，是一个男人，背景环境是<u>一个较为偏僻的</u>小树林。

画家盯着画一直在看，他总觉得画中的小树林看起来很熟悉，一时间却想不起是哪里。画家的视线转移到行凶的男人身上。

突然，一只手从画家背后伸过来，扼住了画家的喉咙。画家<u>挣扎着</u>想回头看看凶手是谁，<u>却不慎</u>打翻了身边的颜料。颜料<u>似乎</u>溅到了身后人的身上，画家感觉到掐住自己脖子的手更用力了。

画家最后死了。

凶手竟是画中那个男人！男人看着倒下的画家，诡异地一笑。

剧本中的问题更正
"一个较为偏僻的""挣扎着""却不慎""似乎"
更正：删除。

镜头四

被颜料弄脏了手的男人，去洗手间清洗<u>一下</u>，洗手间有面很大的镜子正对着门。男人刚走进洗手间便愣住了。

镜子里有一个穿红衣的女孩，笑得十分诡异。

女孩缓缓地抬起手，掐住自己的脖子，男人感觉呼吸窒息。镜子中的女孩更用力地掐住自己的脖子，男人<u>感觉越来越</u>无法呼吸，脸色泛青。镜子中的女孩开始翻白眼，男人窒息而死。

剧本中的问题更正
"一下""感觉越来越"
更正：删除。
可以这样写：
整个剧本，参考前文的剧本格式进行重写。

14.3 片例故事预览《车四十四》

一句话大纲：

乘客与女司机的故事。

将故事分成三段，展开分析。

- 第一段（开端）：远郊一辆公交车。
- 第二段（发展）：歹徒将女司机拽下车。
- 第三段（高潮）：汽车开进山沟。

第一段（开端）：远郊一辆公交车		
环境	空旷	职业
1分5秒	1分35秒	2分9秒

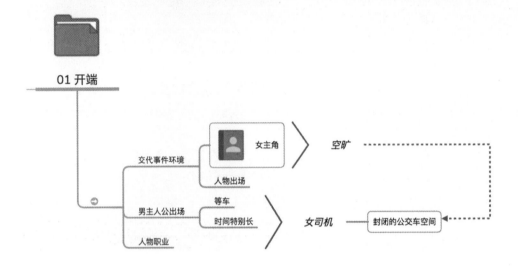

出片名，根据真人真事改编。

一辆车行驶在远郊的公路上，身穿红色上衣的女司机开车。车厢里的乘客，多数人闭着眼睛打盹，一个妇女跟一个男人说话。

公路边没有站牌，地上坐着一个年轻的男子。

他听到汽车的声音，他跑到路中去看，向驶近的公交车招手。男人上车，拿出车票说："我都等了两个小时了"。离他最近的一名乘客往旁边挪了一下，给他让出一个位置。

他问女司机："我能抽根烟吗？"

第二段（发展）：歹徒将女司机拽下车		
揭示	意外	冲突
2分49秒	4分37秒	5分17秒

车门关闭，起步。小伙子看女司机的工作牌，笑着说："这不是你吧？"女司机笑着说："减肥了嘛"。刚上车这小伙子，跟女司机套话。

车在公路上行驶，也不知又开了多久，公路变成黄土地，两边都是荒草。一个人站在路中间拦车，另外一个身穿白衣服的男子蹲在地上，女司机停下车，开车门问："怎么回事儿？"

白衣服的男子弯着腰上了车，冲着乘客喊："把钱都给我掏出来"；所有乘客都坐直了身体看着。一个歹徒左手拿袋子，右手拿刀走向乘客，边喊边比画，乘客纷纷拿钱扔到歹徒的袋子里。

穿白色衣服的歹徒拍了一下女司机的座位，女司机站起来也把包给了他。

有一个人不掏钱，女司机赶紧劝告乘客："不要找麻烦，把钱给了吧"。穿白色衣服的歹徒抓着不给钱的乘客的头，用拳头猛击他的面部，乘客脸上的血流下来了。

两人抢完钱退到车门处，穿白色衣服的歹徒眼睛直勾勾地看女司机，突然抓住她的胳膊往车外拽，向远处的草丛里拖。另外一个歹徒抱着抢来的包跟着，不时回头看汽车上是否下来人。

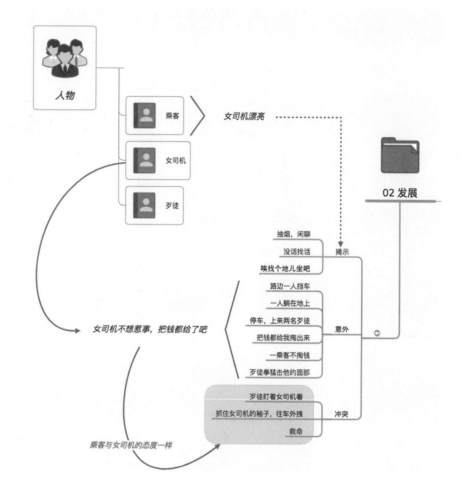

第三段 (高潮)：汽车开进山沟		
寻找帮助	受挫	绝望
5 分 45 秒	6 分 9 秒	7 分 55 秒
暴发	转机	颠覆
9 分	9 分 43 秒	10 分 37 秒

车上最后上来的那个年轻小伙子转头看乘客说："怎么都坐着啊？"

一个男乘客想要站起来，但马上被他旁边的女人拉回到座位上。小伙子往窗户外看了一眼，他自己冲了过去。

这时车内的乘客都站起来，趴窗户边上看。

小伙子冲上去，反被人撂倒在地，被刀扎伤了腿，动弹不得。车上的乘客看着，穿白色衣服的歹徒强暴女司机，被歹徒扎伤的小伙子疼得在地上来回打滚。

女人惨烈的叫喊声，每一扇车窗上都露着一个乘客的影子。

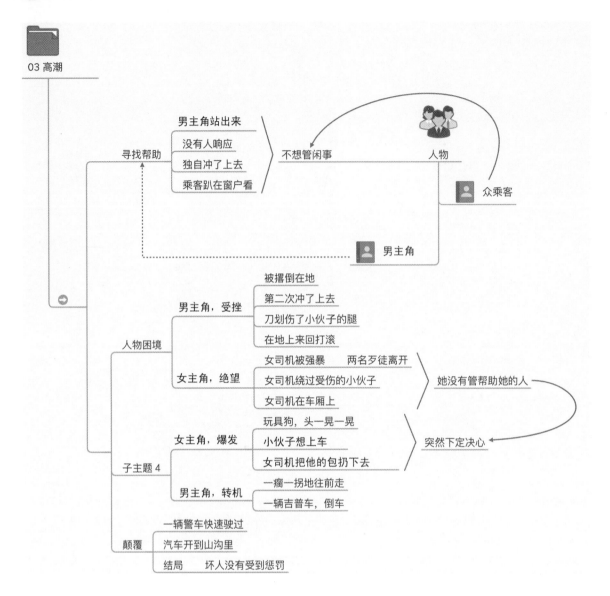

夕阳的光线把车窗照得发光、发亮。穿白色衣服的歹徒站起身来，提上裤子和同伙两人沿着土路跑远了。女司机站起身，跟跟跄跄地往车上走，路过那个被扎伤的小伙子，她自己上了汽车。

她的嘴角流着血，头发披散着，皱着眉看着车里的乘客。

她坐回到座位上，双手扶着方向盘一动不动地看着前方，好长一会儿趴在方向盘上哭了。传来小伙子的声音："你没事吧？"她转头看他。

他站在车下，腿上的伤口让他疼得直叫唤。

他刚想抬脚上车，女司机让他下去。

"为什么啊？我刚才可是唯一下车救你的人。"女司机不听他解释，直接把车门关上，拉开窗户把他的包扔了下去。汽车开走了，他喊了两声，一屁股坐在了地上。

小伙子沿着公路一瘸一拐地往前走，一辆吉普车从身后开过来，他抬手拦下，趴在车窗跟里面的人说话。车主让他上了车，他坐在车里，后面一辆警车迅速驶过，响着警铃。

前面有事故发生，他走下车，从警察的对讲机里，他得知是公交车 44 路出事了……

14.4 人物观点

14.4.1 不找麻烦

《车四十四》的人物观点是：不想找麻烦。

公交车上来两名歹徒，女司机（女主角）不想找麻烦，她此时处于众乘客的对立面上。"不想找麻烦"就是剧中主人公的观点，后面也成为所有角色的观点，因为没有人想要找麻烦。

剧本片段
持刀男子看着这名乘客
转回头，对白衣男喊话
深色衣服男子：唉，这浑蛋不给钱
白衣男子转过头，骂道
白衣服男子：谁啊
你找死呢你
女司机转头看，瞥了他一眼，低头看地
女司机：不会啊
不找麻烦
她踮起脚对车厢的乘客说
女司机：唉，你还是把钱给了吧
白衣男子始终盯着她看
她不敢看他的眼睛，转回身看方向盘

14.4.2 主角困境

女司机被歹徒拖下车，主人公陷入困境，而且没有乘客上来帮忙。因为大家都不想找麻烦，正如眼前的受害者一样。

剧本片段
白衣男子单手把女司机从汽车上拖下来
他的同伙站在后边推了她一把
女司机：钱都已给你了
救命
他的同伙对着车里的人 指，喊道
深色衣服男子：都不要动

我们看一下这个剧本段落的画面处理：歹徒的贪婪，众人的软弱，坏人当众施暴而无人敢去制止。**皆因为开始时主人公的观点表达，让歹徒为所欲为。**

1.	俯拍,白衣男子眼睛盯着女司机看,他的同伙催促他"快走吧";中景
2.	女司机的胳膊被白衣男子抓住;近景
3.	他抓住女司机往车外拽"你给我下来";中景

1.	俯拍,白衣男子单手往下拽女司机;中景
2.	女司机在车门位置身体往后仰"钱都已经给你了";全景
3.	"救命"女司机坐在了地上;他挥拳将她打倒;全景

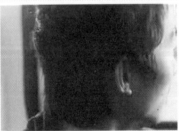

1.	同伙往后退,不时地看车厢;全景
2.	年轻小伙子"怎么都坐着啊";近景
3.	拿着黑色包的一名男乘客站起来,被旁边的女人拉回到座位上;中景

14.4.3 歹徒把她拽下车

主人公以为歹徒求财……歹徒原本也是"求财",但在过程中无人反抗坏人,被纵容,胆子变大,终酿惨剧。

剧本片段
白衣男子站在车门口 　　看着女司机 　　女司机缓缓抬起头 　　发现他在盯着自己，眼睛马上看地面 　　同伙站在车下，在白衣男子身后 深色衣服男子：快点走吧，啊 　　白衣男子抓住女司机的袖子，往车外拽 　　她眼睛瞪大往后退 女司机：干吗 白衣服男子：你给我下来

14.4.4　求饶

乞求坏人的怜悯，那是不可能的事情。

剧本片段
路边　外　日景 　　女司机跪在地上 女司机：我求你了，放我走 　　他停顿了片刻，挥拳将她打倒 　　蹲下双手抓住她的衣服，向后拉 　　他拖着她向纵深的草地走去 　　歹徒的同伙倒退走，不时地回头看车厢里的动静

14.4.5　虚焦的长镜头

　　导演给了一个虚焦的长镜头，**对镜头进行拟人化的处理，有"远远"地看着的意思。**看着受害者被强暴，而无人制止，任由坏人作恶。

　　长镜头冷静又"残忍"。

剧本片段
女司机被强暴 　　两名歹徒离开 　　女司机从地上爬起来 　　绕过小伙子向汽车走来

在《车四十四》的剧本中，人物有完整的观点表达起因和结尾，直到最终……

14.4.6 人物没有"表达"

《大画家》的剧本全是概念性的表述，人物几乎没有"表达"，然后就离奇地死亡。

梦境

梦境影响到现实，在前面的片例中我们讨论过类似的情景。

剧本片段
男子这次的画作灵感来源于一个梦境。最近他总是做一个梦，梦中有一个长发穿红衣的女孩，但却看不清女孩的脸。

女主角遇到危机

对一个不在现实中存在的角色的处理，我们也有讲过。

虚拟角色要与主人公互动，他们之间没有互动，全是画家自己的想象。人物的塑造为零。

剧本片段
清醒的男子继续作画，画里女孩面目清秀，神情却是狰狞的，似乎有一只手扼住了她的喉咙。画家在想，她为什么会出现这种表情呢？

主人公探寻真相

探寻真相应该是在现实世界中去挖掘，而不是又用想象处理虚幻的空间。

剧本片段
于是，为了完成画作，画家就这样一口口地喝着酒，一笔笔地画着画，影像断断续续地在脑海里闪回，就好像被人剪得乱七八糟的影片。

被画中的人物所害

反角是谁？跟主人公的关系？反角出现太突然，没有一点铺垫，观众无法接受这样的人物设计。

剧本片段
突然，一只手从画家背后伸过来扼住了画家的喉咙。画家挣扎着想回头看看凶手是谁，却不慎打翻了身边的颜料。颜料似乎溅到了身后人的身上，画家感觉到掐住自己脖子的手更用力了。 　　画家最后死了。

如果画家想要帮助梦境中的女主人公，就需要将梦境中的人物为什么会和画家产生联系解释清楚；还需要将女主人公为什么会遇到危险的前因后果交代清晰；然后主人公的观点是什么？他是正义的、热心的，还是不怕麻烦型的人。

出于什么动机？促使他继续作画，要帮助女主人公……他继续画画是否真的能够帮助别人？都需要做进一步地设计。只有将这些问题讲清楚，**故事逻辑成立了，才是一次合格的剧本作业。**

14.4.7 受害者没有管帮助她的人

男主人公是一位乘客，他是全车唯一下来帮助她的人。被歹徒扎伤躺在地上，她绕过他。

剧本片段
女司机从地上爬起来 　　绕过小伙子向汽车走来

男主人公受伤

帮助别人的人受到伤害。

1.	小伙子往窗户外看了一眼，起身；近景
2.	小伙子咬牙迅速下了车；中景
3.	车厢里的乘客趴窗户向外看；小全

1.	小伙子冲上去，歹徒同伙一个转身，小伙子被摔倒在地；小全
2.	同伙骑在小伙子的身上，挥拳；全景
3.	同伙手拿刀往上挑，刀划伤了小伙的腿；小全

1.	小伙抱着腿倒地，满手是血，叫着；小全
2.	车内的乘客向画左看着；小全
3.	小伙身体蜷缩，双手捂在伤上方；远景

14.5 心理状态的刻画

　　人物做出重大决定之前的心理状态，需要用具体的画面展示给观众。

主人公（女司机）与乘客还要面对接下来的路程，还要共处在同一个空间。她如何面对？她的内心承受着煎熬。

剧本片段
公交车　内　日景
女司机在车厢上，站定
转身，眼睛扫视乘客
车上的乘客各自转头看向窗外
女司机嘴角有血渍，头发披散着
伸手把脸上的血擦了一下
皱着眉，她的嘴唇发抖
她坐回到座位上
身体直挺着
双手扶着方向盘
一动不动地看着窗外

14.5.1　不知所措的心理活动

《车四十四》剧本中，女主人公惨烈的叫喊声，每一扇车窗上都露着一个乘客的影子，夕阳的光线把车窗照得发光、发亮。

穿白色衣服的歹徒站起身来，提上裤子和同伙两人沿着土路跑远了。远景是虚的，前景是汽车的车头，女司机站起身来跟跟跄跄地往车上走，路过那个被扎伤的小伙子没有理他，上了汽车。

女主人公回到公交车上，荒郊野外，她无处可去。

这么多人在眼前，她与他们对视。

1.	汽车头，汽车发动的声音；女司机从地上爬起来，绕过小伙子向汽车走来
2.	空镜，车窗，女司机画右入；中近景
3.	车上的乘客各自转头看向窗外；全景

女主人公无法面对自己,也无法面对众乘客;众乘客也无法面对她。但他们现在却要共处一"室"。一时间,女主人公不知道应该怎么办。

有一个玩具狗,它没有答案。**但主人公看着它,这是她唯一可以面对的东西。**

1.	女司机嘴角有血渍,头发披散着;近景
2.	她坐回到座位上,身体直挺着;中景
3.	车上的一只玩具狗,头一晃一晃;特写

受伤的小伙子打断了女主人公的思绪。

被歹徒扎伤的小伙子疼得在地上来回打滚,**两个受害者在一个大全景里,孤独无助。**

1.	她抬头看着;中近景
2.	车上的一只玩具狗,头一晃一晃;特写
3.	"你没事吧",传来小伙子的声音;近景

14.5.2 人物的抉择

她看玩具狗摇脑袋,在很短时间内做出决定,走向自我毁灭。歹徒暂时逃脱了;女司机将车开到了山沟里,一切都结束了。

剧本片段
上坡的警察
手拎起一个塑料袋,举起
转头看山坡下,摇摇头
警察都拿起对讲机讲话
警察:刚确认,所有乘客和司机都没气了

这一切都是缘于众乘客对歹徒的纵容。

纷纷掏钱

当受到威胁时，大家的选择不是团结一致，而是纷纷掏钱，将钱包扔进歹徒手中的袋子里。

剧本片段
持刀男子手拿着格子包
深色衣服男子：你，掏钱
座位上伸过来一只手
把钱包放进去
他把包扔到一个乘客的身上
深色衣服男子：快点

反抗者受伤

有一个中年人没有给钱，接着挨打了，满脸血，掏出钱包。

这是第一个受害者，这也是全车人扭转局面的唯一一次机会。但此时无人站出来，众人看着他挨打、受伤、屈服。

剧本片段
白衣男，看着票款
抬起头，眼睛盯着女司机看
持刀男子往里走
深色衣服男子：你，快点
一个男乘客没有任何反应
手撑着脸看地
坐在后座上的人
往格子包里放钱

害怕

第一个受害者被"打倒"；众人的命运皆将会是如此，只是时间早晚的问题。

剧本片段
眼睛扫视车厢
白衣服男子：我就把谁给办了
乘客看自己手上的血
他抬起头，又马上把头低下

14.6　本课小结

一个小的事件背后，常隐藏着大的危机。

编剧既要设计事件的排列方式，还要设计人物的观点。观点可以起到"连线"的作用，将事件贯串，并使人物动机保持一致，直至最终走到该观点的"顶点"，与故事高潮一起呈现给观众。

人物

影片结构

乘客 ⟩ 女司机漂亮 ···········

女司机

歹徒

02 发展

抽烟，闲聊

没话找话　揭示

唉，找个地儿坐吧

路边一人挡车

一人躺在地上

停车，上来两名歹徒

女司机不想惹事，把钱都给了 把钱都给我掏出来　意外

一乘客不掏钱

歹徒 用拳猛击他的面部

歹徒盯着女司机看

抓住女司机的袖子，往车外拽　冲突

乘客与女司机的态度一样 救命

反角

歹徒

01 开端

交代事件环境 ─┬─  女主角 ─→ 空旷
　　　　　　　└─ 人物出场

男主角出场 ─┬─ 等车
　　　　　　└─ 时间特别长 ─→ 女司机　　封闭的公交车空间

人物职业

03 高潮

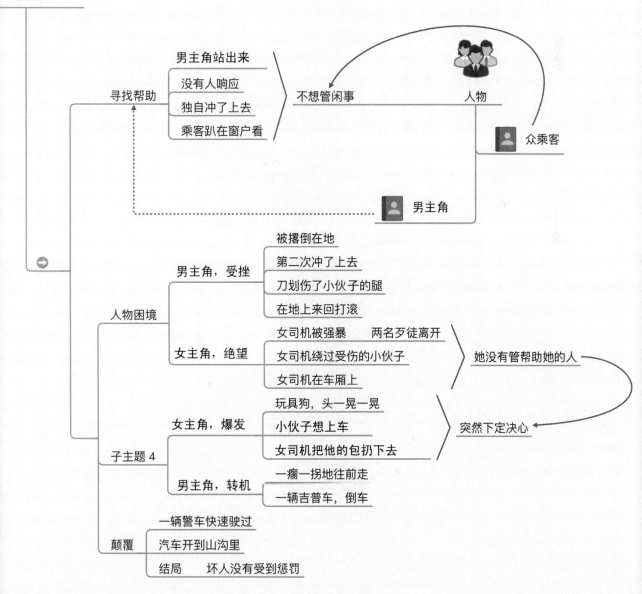

寻找帮助 ─┬─ 男主角站出来
　　　　　├─ 没有人响应
　　　　　├─ 独自冲了上去　─→ 不想管闲事　　人物
　　　　　└─ 乘客趴在窗户看　　　　　　　　　　　　　众乘客

男主角

人物困境 ─┬─ 男主角，受挫 ─┬─ 被撂倒在地
　　　　　│　　　　　　　├─ 第二次冲了上去
　　　　　│　　　　　　　├─ 刀划伤了小伙子的腿
　　　　　│　　　　　　　└─ 在地上来回打滚
　　　　　└─ 女主角，绝望 ─┬─ 女司机被强暴　　两名歹徒离开
　　　　　　　　　　　　　├─ 女司机绕过受伤的小伙子 ─→ 她没有管帮助她的人
　　　　　　　　　　　　　└─ 女司机在车厢上

子主题 4 ─┬─ 女主角，爆发 ─┬─ 玩具狗，头一晃一晃
　　　　　│　　　　　　　├─ 小伙子想上车
　　　　　│　　　　　　　└─ 女司机把他的包扔下去 ─→ 突然下定决心
　　　　　└─ 男主角，转机 ─┬─ 一瘸一拐地往前走
　　　　　　　　　　　　　└─ 一辆吉普车，倒车

颠覆 ─┬─ 一辆警车快速驶过
　　　├─ 汽车开到山沟里
　　　└─ 结局　　坏人没有受到惩罚

第15课

肢体语言与心理活动

你、我、他都是一个个独立的个体。每个人形象、体态、语言表达等不尽相同，正是这些独特性塑造了我们，成为人在社会交往中的一个个"标签"。

试想在剧本中，**我们将角色个人"独特性"的标签拿去，让每个人物都变得一模一样。**如果你是该剧本的编剧，要如何完成人物的塑造，并且让观众清晰地"认出"他们。

这就是本课作者要跟大家聊的话题：角色的肢体语言与心理活动。

课程越往后进行，面对的挑战也会越多。创作出合格的剧本并不是一件容易的事情，大家学到这里，还能葆有激情，坚持在创作的道路上越挫越勇，作者跟大家道一声：辛苦了！

学习向来都不是一件轻松的事情，要对自己说："加油，坚持到底"；课程已经接近尾声，希望大家能够渐入佳境。

15.1   案例介绍

- 《再来一次吧》是学生的剧本作业。
- 《复印店》是引用的片例。

一句话大纲	
《再来一次吧》	程序写出了让时间不断重复的代码。
《复印店》	主人公自我复制的故事。

《复印店》和《再来一次吧》剧本的相似之处：都有"不断地重复"的情节……

《复印店》中的主人公，不断重复自我"复制"的过程，直到满世界的人都长得一模一样；《再来一次吧》中的程序员，写出了让时间不断重复的代码，每一天都能回到前一天。

《复印店》的难点在于：当主人公与复制人，长相一模一样的两个角色相遇时，如何能让观众区分"谁是谁"？剧本的编剧运用肢体语言、心理活动、人物的视角……实现了这种区分。

《再来一次吧》的剧本创意挺好，看完这个剧本，作者想起了《穿越时空的少女》这部电影。但剧本的格式、细节等众多"老生常谈"的问题也一并"映入眼帘"；尤为关键的问题是：剧本在主人公设计方面出现了问题。

通读剧本之后的第一感觉是：程序员写出的代码比程序员更"厉害"；在剧本设定的人物之外，还存在着更强大的"力量"，而且为什么会是这样，并没有写清楚。这种超越主人公的设定，是不恰当的(这只针对该生创作的剧本而言)。

接下来看一下剧本细节。

学生剧本作业(陈蕾)	
《再来一次吧》	原创
故事梗概：程序员编写出能让时间倒转的程序，程序变成病毒感染了其他人的机器，并使被感染的人，进入时间无限倒转的状态。	

人物

成熙(少年)：一个沉迷于编程的少年，无时无刻不抱着自己的电脑敲着代码，虽然有着十分高超的编程技术，但他身边的人，却都把他当作一个不会与他人正常沟通的程序疯子。

胡慧(老婆婆)：本是一个20岁左右的女生，曾因写出令时间倒转的程序，而不断使时间重复了几十年，直到偶然卸载程序，第二天发现自己变成了老婆婆。而在卸载程序的同时，程序变为病毒侵染了成熙的电脑，使时间继续新一轮重复。

15.2 剧本作业正文

第一场　家中卧室　夜景

<u>1)傍晚</u>，成熙在书桌前敲着电脑，聚精会神地编写着程序。当成熙写完程序时，已近晚上十二点，当他最后测试程序的时候，突然电脑像中了病毒，屏幕上一片空白。

剧本中的问题更正
"1)傍晚"
更正：剧本中不要出现数字编号。
可以这样写： **卧室　内　夜景** 　　成熙坐在书桌前，打字 　　用电脑编写程序   　　墙上的时钟十二点 　　他按下键盘上的回车键   　　屏幕上的程序界面 　　代码自动上移   　　不断地弹出对话框 　　程序执行的进度条   　　他面带微笑，拿起桌上的杯子喝水 　　水放了几天，喝到嘴里有一种怪味   　　呛得他喷了出来 　　他抬头看电脑，屏幕白屏

成熙

<u>吃惊疑惑的表情</u>

怎么回事？病毒吗？

成熙边说边敲着键盘，这时出现一个<u>奇怪的</u>页面写着："再来一次吧！"而这行字的下面只有一个"确定"的选项。

剧本中的问题更正
"吃惊疑惑的表情" "奇怪的"
更正：删除；人物的动作与对话又写到了一行上面。
可以这样写： 参照前面给出的示范进行修改。

成熙

<u>认真地</u>盯着屏幕

　　<u>再……来……一……次?</u> 什么再来一次? 怎么这页面还关不上!

<u>好奇心驱使</u>他按下了"确定",然而什么也没有发生。

成熙

生气的语气

　　什么嘛! 莫名其妙!

于是他关上了电脑,回去睡觉。

剧本中的问题更正
"认真地" "再……来……一……次?" "好奇心驱使"
更正: 删除;剧本中避免使用省略号。

2) 回到家,他立刻又打开了之前写的那个程序,果然又出现了那个界面,他又按下了确定键,<u>果然</u>第二天一起床看到日历还是之前那个日期。他为这神奇的程序<u>感到惊讶</u>,于是他开始利用这个程序试着做些事。

剧本中的问题更正
"果然" "感到惊讶"
更正: 删除。

3) 成熙回家<u>狠心</u>删了那个程序,坐在椅子上叹了口气,<u>忐忑地</u>等待着第二天的到来。

剧本中的问题更正
"狠心" "忐忑地"
更正: 不恰当用词。

第二场　家中卧室　日景

1) 第二天起来,<u>一切如初</u>,他带着电脑,离开家门,去了学校。

剧本中的问题更正
"一切如初"
更正: 删除。

第三场　学校教室 日景

1) 学校<u>里没有一点变化,甚至可以说是</u>与前一天完全一样,身边人说的话都<u>似曾相识</u>,成熙感到奇怪。<u>偶然间</u>打开手机,突然发现手机上显示的却是前一天的日期,他不禁想起昨晚的事,意识到"再来一次"指的是: 再来一次这一天。他开始对这奇怪的现象有了兴趣。

剧本中的问题更正
"里没有一点变化,甚至可以说是" "似曾相识" "偶然间"
更正: 不恰当的用词。

2) 于是成熙一次次重复着自己需要重复的一天,一遍遍地重复考试直到自己满意,一遍遍尝试着做自己曾经不敢做的事。<u>在学校重复地进行着同一场考试</u>,直到发试卷时拿到满意的分数,甚至每天开始肆无忌惮地逃课或迟到。时间倒转的能力让他没有受到任何惩罚。

剧本中的问题更正
"在学校重复地进行着同一场考试，直到发试卷时拿到满意的分数"
更正：删除，重复。

3) 第二天，起床后一切还是一样，当他照到镜子的时候，<u>却惊恐地</u>发现自己已不再是个少年，似乎一夜间<u>长到了近 30 岁的模样</u>，他连忙跑了出去想去找<u>那个老婆婆</u>。

剧本中的问题更正
"却惊恐地""长到了近 30 岁的模样""那个老婆婆"
更正：不恰当的用词；"那个老婆婆"出现得有点奇怪，前文没有任何提示。

第四场　大街上　日景

1）<u>有一天</u>，路上遇到了一位奇怪的老婆婆，老婆婆拉住他。

胡慧

焦急恐慌地问

你最近是不是感觉到什么奇怪的事？是不是？

他想起自己让时间无数次重复的事，但他没有对老婆婆说，只是摆了摆手走了。

剧本中的问题更正
"有一天……"
更正：这个段落应该放在前面，不然剧本的前续段落情节接不上。

2）<u>不知道过了多少天</u>，这期间他遇到过好几次那位老婆婆，而那位老婆婆似乎也与他一样，不会因为时间重来而失去前一天的记忆。于是他决定向老婆婆坦白，并问一问那位老婆婆怎么回事。这一天果然又遇到那位老婆婆，老婆婆一次次询问周围的人。

剧本中的问题更正
"2) 不知道过了多少天"
更正：删除数字编号；过了多少天，时间的流逝需要给具体的画面。

胡慧

你没发现今天是昨天吗？

周围的人当她是个老疯子。

路人 A

烦躁的表情

没没没！我忙着呢！

路人 B

走开走开！哪来的老疯子！

这时，成熙走近老婆婆。

胡慧

你没发现今天是昨天吗？

成熙沉默了几秒，点了点头。

成熙

<u>那个，可能你理解不了，但其实</u>，我的电脑里有一个程序……

老婆婆没等他说完就大喊。

剧本中的问题更正
"那个，可能你理解不了，但其实"
更正：删除。

胡慧

焦急大喊

　　快删了那个程序！再用下去你就来不及了！

成熙的<u>心里充满恐慌</u>，在胡慧<u>的催促下</u>，退了几步，转身往家的方向跑去。

剧本中的问题更正
"心里充满恐慌" "的催促下"
更正：不恰当的用词。

3) 成熙看到街上躺着一具老人的死尸，一个小女孩抱着尸体<u>使劲地</u>哭。"成熙"认出那个老婆婆，赶紧去问那个小女孩这是怎么回事。

剧本中的问题更正
"使劲地"
更正：删除；哭这个动作，无须用"使劲"强调。

成熙

　　这……这老人怎么回事，昨天不是还好好的吗?

女孩拿着一本笔记。

小女孩

　　她不是老婆婆！是我的姐姐！姐姐你为什么这样了！

　　<u>不是说，</u>你编出了能让时间倒转的程序了嘛！

女孩手中的笔记掉落在地，上面写满了<u>各种密密麻麻的</u>程序和心得。

成熙<u>顿时恍然大悟</u>，晕倒在地。

剧本中的问题更正
"不是说" "各种密密麻麻的" "顿时恍然大悟"
更正：不恰当的用词。
可以这样写： 　　整个故事看得有点晕，结尾时也没有交代清楚：为什么能编出时间倒转的程序? 这个时间倒转的程序到底是谁编出来的，也没有说清楚。大概能够理解剧本作者的意思。 　　这类的故事并不好写，很容易让创作者自己也混乱了。

15.3　片例故事预览《复印店》

一句话大纲：

主人公自我复制的故事。

将故事分成三段，展开分析。

- 第一段（开端）：跟踪一模一样的自己去复印店。
- 第二段（发展）：复制人越来越多，主人公破坏复印机。
- 第三段（高潮）：全世界的人都是一个模样。

第一段（开端）：跟踪一模一样的自己去复印店		
去复印店的过程	复印件重现人物经历	复制人出现、消失
1分26秒	3分	4分56秒

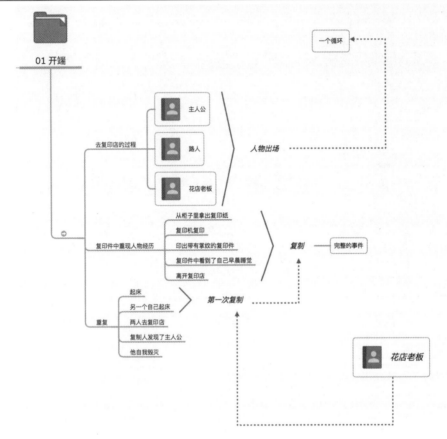

片头模拟复印机复印时的效果，光划过黑屏，出片名。

一个躺在床上睡觉的男人（主人公），闹钟响，起床（画面本身的晃动感觉就像是：纸张受外力牵扯产生要撕裂的效果）。

主人公照镜子，洗脸，下楼，出门口。看到路上低头看报纸的行人；牵狗走来的胖子。

主人公在街角停留，看着花店女孩，女孩转身冲他笑。

主人公开门，进入复印店，从柜子里拿出复印纸，走到复印机前开始复印，印出来一个圆形的图案，把自己的手放在复印机上面，印出带有掌纹的复印件。

神奇的事情出现，复印机自动进行复印工作，主人公拿起复印件看，就是早晨他自己起床、洗脸的画面。他把复印机的电源拔下，把复印件放回到柜子里，离开复印店。

主人公躺在床上睡觉。

主人公起床、照镜子、去洗浴间洗脸。闹铃响，另一个自己从床上起来，下床。

主人公藏在沐浴布的后面，另一个自己洗完脸弄了一下头发走出去，主人公跟在他后面。

主人公又出现在街角看花店的姑娘，姑娘往这边看，姑娘看到两个主人公，吃惊的表情。

另一个自己打开复印店的门，主人公跟在后面。

主人公在窗户后面往屋子里看，另一个自己从柜子里拿出复印纸开始复印，复印的画面是主人公趴窗户的画面。他看到主人公，然后把复印纸撕了，画面也像被撕掉一样，另一个自己消失了。

第二段（发展）：复制人越来越多，主人公破坏复印机		
复印件中的人物动了起来	复制人越来越多	主人公要终止复印机工作
5 分 50 秒	7 分 34 秒	9 分 22 秒

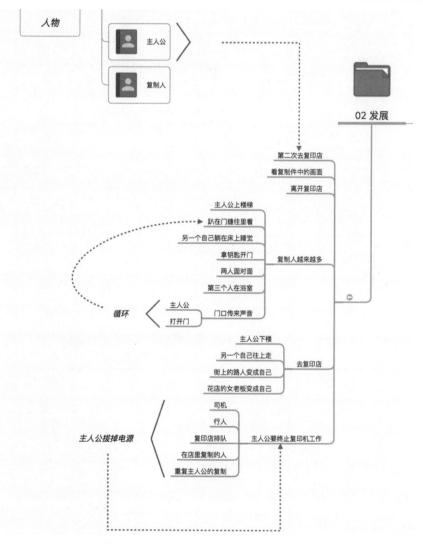

主人公进屋发现复制人不见了，画面像翻页一样，出现白边。他拿起复印纸，复印纸上的画面就是：他在看复印纸的画面和主人公打开柜子把纸放回到柜子里的画面。

主人公锁上复印店的门离开。

回到家里，拿出钥匙开门，突然想起了什么，趴在门缝往里看，另一个自己躺在床上睡觉。复印机提前把主人公未来要做的事情都变成现实。

主人公进门，看到另一个自己在洗脸；另一个自己转头看到他，两人相互走近；浴室传来声音两人走过去，拉开沐浴布另一个自己在里面，三个人相互看；一个人转身开门另一个自己趴在门缝看。

闹铃响，另一个自己起床。

放水的声音，三人转头，洗脸的另一个人自己看镜子中的他们。

主人公下楼，两个和自己一样的人上楼。走到街道上，一个自己低头看报纸，远处另一个自己牵着一条狗。

主人公来到花店，花店的姑娘变成了另一个自己，转回头看他。

主人公吓得摔倒在马路中间，司机转头看他，司机也是另外一个自己。行人越来越多，都是一模一样的自己，在街道上来来回回。

主人公走到复印店，排队站满了人，全是长成一个样子的自己。

主人公从人群中穿过，看这些跟自己完全一样的人，边走边看。

主人公走进店里，六台复印机前面都站了复制人在复印，一个人复印自己的手，画面曝白，预示着又有什么事情发生。

视点切回站在屋子里角落的主人公，他看着这些事情的发生。

主人公想要中止这一切，从后面走近复印机把盖子打开，把墨盒拿出来，电源拔掉，抱墨盒往外面跑，很多个自己在后面追。

第三段 (高潮)：全世界的人都是一个模样		
复制人追逐主人公	复制人无处不在	回到起点
9 分 39 秒	10 分 11 秒	10 分 56 秒

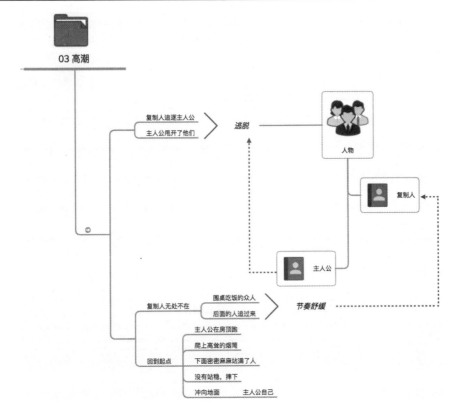

一辆车停下来，司机下来追，司机也是另一个自己。

主人公来到一户人家，他推开窗户进屋，很多个自己在吃饭。他缓缓地走过去，注视着他们，后面很多人来追他，他推开对面的窗户跑了出去，吃饭的人都站起来看。

他顺着梯子往楼上爬，越爬越高，站在了烟筒上。他站立不稳，从烟筒上掉下去，下面密麻麻站满了人，都是长相一样的另一个自己。

黑屏……

15.4　人物的肢体语言

在《复印店》的剧本中，主人公来到复印店，门口有众多排队的人，模样和主人公完全一样：这里主要角色与次要角色的人物关系一目了然。当主人公走进房间里，几个模样一样的角色正在进行复制工作，主人公要走近去看个"究竟"。

剧本片段
复印店　外　日景
门口，排队站满了人
全是长成一个样子的自己
主人公走过来，看着他们
队伍中也有人转头看他
主人公站在店门口左右看
他缓缓走进复印店
他从人群中穿过，走进房间

问题出来了：他与他们既是主角也是配角，外形上几乎没有区别。

剧本片段
复印店　内　日景
主人公走在店里
手摸了一下后脑勺
他围绕着桌子转圈
七台复印机前
都站了人在复印

编剧让观众看到同一个人，能分出主次的方式：锁定主人公的观望状态；设定其他复制人（次要角色）之间相互交流……

注意作者刚刚的用词："观望"与"相互交流"。

剧本中没有对白，完全是靠人的肢体语言和心理活动来区分角色。

1.	远景的主人公双手搭在桌子上；小全
2.	复制人拿起纸，看自己的手，再翻过来看纸，远景的主人公；中景
3.	主人公转头看；近景

1.	复制人手拿着复印件，微笑；近景
2.	站在另一台复印机前面的复制人，点头，面向复印机，把手放在复印机的玻璃上；中景
3.	主人公仰着头看着；近景

1.	复印机的强光；中景
2.	上面印着掌纹的复印图，翻转纸面；特写
3.	一个人背向镜头，转身看这边；近景

15.4.1 主人公在看

主人公在看什么呢?

他在看这些复制人在干什么……**这些复制人是怎么来的，是"神奇道具"复印机复制而来**。主人公使用了复印机之后，开始不断地遇见自己。

这些复制人，也在学习使用复制机，因为他们也要去复制自己。这样一来，一模一样的人就越来越多。

剧本片段
复印机里的强光不时亮起 主人公走到柜子前 正在复印的人转头 微笑着冲他点头 主人公没有回应 他看对面的人做什么 另一个复制人在操作复印机 主人公站在远处看 复制人身后一人从柜子拿复制纸

15.4.2　远景的主人公

编剧为了让观众区分主要角色和次要角色，在构图上通过物理空间，设定了主人公的固定站位；并让主人公始终站在远景观望……这样一来，观众就能通过角色的位置和肢体语言对角色进行区分。

剧本片段
按下复印机的复印键 画面曝白 脸部的强光 复印的人低头看效果 手在复印机的玻璃板上 画面曝白 操作复印机的人 将手从复印机抽回 手伸着，低头看，微笑 转头看机器里出来的复印件 远景的主人公双手缓缓搭在桌子上 看着他

15.4.3　主人公双手叉着腰

对于一模一样的角色，主人公有他的"标准"动作。

剧本片段
复印出一只手的复印纸
从机器里出来
复制人拿起纸，手伸着
看自己的手，再翻过来看纸上的图案
远景的主人公双手叉着腰
看他复印

15.4.4 主人公终止复印机的工作

事件需要结束，剧情需要向前推进。

主人公观望了半天，决定解决复制人越来越多的问题。那解决的方案就是：让复制机停止工作。

剧本片段
主人公走近复印机
复印机前的人看他走过来
就向旁边退
主人公双手整理一下毛衣的底端
走近复制机
他蹲下，把盖子打开
手向后一拉，墨盒随着出来
手拉出另一台复印机的墨盒
拔掉墙面上的电源

接下来看一下《再来一次吧》剧本的问题。

如何让观众来区分"成熙一次次重复着自己"，今天的自己和昨天的自己以及未来的自己？角色的重复过程和过程中的差异化，这些重要的细节在剧本中我们没有看见。不能仅是语言描述上的"重复"，要用具体的动作、事件、人物去实现。

剧本片段
于是成熙一次次重复着自己需要重复的一天，一遍遍地重复考试直到自己满意，一遍遍尝试着做自己曾经不敢做的事。在学校重复地进行着同一场考试，直到发试卷时拿到满意的分数，甚至每天开始肆无忌惮地逃课或迟到。时间倒转的能力让他没有受到任何惩罚。

15.5 节奏与人物的心理活动

在《复印店》的剧本中，主人公"复制者"的出现是渐近式的，具有节奏感。

当主人公见到与自己一模一样的人时，人物的心理感受是如何表现出来的？下面片例中给出一个"范例"，供读者参考和借鉴。

15.5.1 出现复制人

主人公每天的几个常规"动作"：起床、洗漱、去复印店……他从复印店回来之后的第二天，奇怪的事情发生了：闹钟响，另一个自己起床了。

主人公的心理状态是藏起来的，一探究竟。

剧本片段
洗浴间　内　日景
主人公洗脸，照镜子，捋头发
双手捋头发，转头看卧室
房间　内　日景
闹铃响，另一个自己
从床上猛地起身，按闹钟
洗浴间　内　日景
主人公瞪大眼睛看
向沐浴布走去
他藏在沐浴布的后面

15.5.2 第二个复制人

主人公见到了复制人后，跟着他去了复印店，想看复制人在干什么。

复制人发现了主人公，然后复制人就自我"毁灭"：像纸一样地"撕开"，消失了。

主人公回到住的地方，他此时的心理活动为：会不会房间里还有一个自己？所以他爬在门口往里看。

果然，主人公又见到了自己。如大家所见：剧本中主人公自己有判断力、有思想，并且有预见性……

剧本片段
复印店　外　日景
主人公站在复印店的门口
低头锁门
快步向纵深走去
楼梯　内　日景
主人公上楼梯
走到门前
拿出钥匙准备开门

> 停止动作，突然想起了什么
> 他把钥匙攥在手中
>
> 往后退一步
> 俯身，趴在门缝往里看
>
> 他从门缝里看到
> 另一个自己躺在床上睡觉

提示：因为前面的复印人消失了，为了避免讲解的混乱，此复印人依然被称为第二个复制人。因为后面会有越来越多的复制人出现时，这样在写作上会显得更清晰。

剧本片段
门缝里的挡板落下
主人公起身拿钥匙开门
房间　内　日景
他推门进来
看洗浴间中的复制人
洗浴间的门半开着
里面有一个人在洗脸
主人公缓缓走向洗浴间里的人
洗浴间　内　日景
洗浴间的人双手捋头发
转过头看到主人公
主人公愣了一下，直起身体
洗浴间的人眼睛上下打量主人公
停顿片刻，他向主人公走来
房间　内　日景
两人面对面，相互看

主人公和第一个复制人见面，就是打了一个照面，"点到为止"。

这次两个角色要对视（如上表所见），要有确认"对方是谁"的心理活动。**角色之间的"交流"，在这个时间节点上要"纠缠"**，因为在此之后，节奏将被迅速"拉升"，多个复制人接二连三地出现。

15.5.3　第三个复制人

洗浴间有动静，两人走过去，发现第三个复制人。三人都很吃惊，大家都看出来了：自己与他们一样。**有点蒙是人物此时内心的活动**。

我们看看剧本中是如何处理这个段落的。

剧本片段
洗浴间　内　日景 　　复制人走在前面 　　主人公跟在后面 　　两人站定 　　主人公伸手拉开沐浴布，另一个自己在里面 　　浴布后面的复制人吓了一跳 　　身体往后一挺，瞪大眼睛看主人公 　　主人公眼睛上下打量这个人 　　沐浴布后面的人转头看主人公旁边的人 　　主人公旁边的人转头看主人公 　　主人公对他对视

15.5.4　第四个复制人

　　门打开，竟然门口有个人在往里看。此处的设计非常高明，**编剧要将时空彻底打乱**。角色之间谁是谁的界线已经有点分不清楚了，但主人公的定位还是清楚的。

剧本片段
门口传来声音 　　复制人转头看 　　主人公旁边的人抬起头看 　　主人公回头看了一眼，转身，向门口走去 **门口　内　日景** 　　主人公拉开门往后退 　　门口蹲着另一个自己 　　他双手举着，缓缓下放 　　另一个自己走过来，站在门的另一侧 　　门口下蹲的人，缓缓站起来 　　眼睛左右打量面前的主人公

15.5.5　多个复制人

　　这是第五个复制人，在这之后，主人公发现整个城市的人都是他的样子。

剧本片段
房间　内　日景
闹铃声响起
三人同时转头看
床上的另一个自己起床
按铃，坐起
三个同时看着他
冲水的声音
三人看向洗浴间

通过上述片段，我们看到角色心理活动的设计和人物之间出场的节奏感。

15.5.6　不要拉住他

接下来看一下学生的剧本作业在这个环节的处理中所遇到的问题。

《再来一次吧》的剧本中唯一"清醒"的两个角色的相遇。

"拉住他"这样的用词是不恰当的，尤其是在这类结构复杂、多个时空并存的剧本中。角色之间的互动，不能仅依靠角色间直接的动作来完成，**因为这些动机的背后都是剧本创作者自己的主观想法。**

剧本片段
路上遇到了一位奇怪的老婆婆，老婆婆拉住他。

角色之间的交流要像"水"，水到渠成，就像是角色之间自己的需求一样；绝对不是谁拉住谁，要跟他表达什么这类的直接动作。因为一拉住，角色就要有台词，一有台词就是剧本创作者自己想当然的语言（只针对这个片例而言）。

15.5.7　关于记忆

《再来一次吧》从剧本开始，讲了主人公一个人的经历，现在又出现一个"老婆婆"角色。**如果这个角色是主要角色，那不能在剧本结尾时才想起要说说她的"情况"；如果这个角色是次要角色，依然要表现她如何能够保留前一天记忆的具体事件。**

剧本的作者，不能仅靠概念性的叙述来代替事件的发生。

剧本片段
这期间他遇到过好几次那位老婆婆，而那位老婆婆似乎也与他一样，不会因为时间重来而失去前一天的记忆。

15.5.8　两位主角的交流

两位主角对话了，聊的是时空这个话题。时空的话题需要设计情景，而不是用语言和台词去告诉观众。

剧本片段
你没发现今天是昨天吗?
成熙沉默了几秒，点了点头。

关于警告

这个警告一点分量都没有，程序员自己写的程序过于强大了。

剧本片段
快删了那个程序！再用下去你就来不及了！

如果要曝光程序中隐藏的危机，也是需要不断铺垫的。让某种事物的危害性逐渐显露出来，对"可怕之处"心理活动事件的处理，要分阶段让观众看到，而不能仅通过语言的表述去解释危机，那样的危机显然是苍白的。

15.5.9　杀死角色

在创作剧本时，**不能靠着"杀死"角色来展示危机**。

按照《再来一次吧》中的情景设置：时间重复使角色变老，这其实一点都不可怕。每个人的时间都是一样的，角色利用重复的每一天，实现了自己的某种"成功"，这就解释得通了。

剧本没有表达清晰的意思是：每一次时间重复，会加速使用者的衰老。这个设计有点儿可怕的感觉。而且要将重复一天的时间，跟现实时间设置一个换算的法则，比如说：使用程序重复一天，等于现实时间的 30 天。

要将时间的计算方式，清晰地展示给观众。

这样一来，剧本才会更吸引人，才会将角色内心的恐惧"蔓延"于纸面和屏幕上。

15.6　本课小结

在本课中，作者列举了两部全程无对白的片例：一部是：主人公为爱人创建的"视觉奇观"；另一部是：主人公无限复制自己。角色表达情感，传递内心的想法全依靠肢体语言……

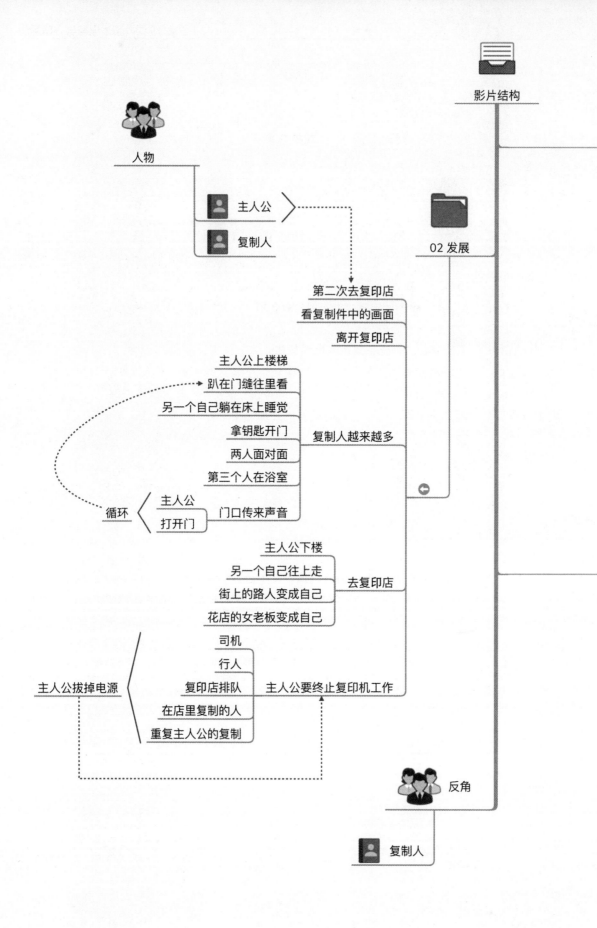

影片结构

人物
- 主人公
- 复制人

02 发展

第二次去复印店
看复制件中的画面
离开复印店

主人公上楼梯
趴在门缝往里看
另一个自己躺在床上睡觉
拿钥匙开门
两人面对面
第三个人在浴室
门口传来声音

复制人越来越多

循环 — 主人公 打开门

主人公下楼
另一个自己往上走
街上的路人变成自己
花店的女老板变成自己

去复印店

司机
行人
复印店排队
在店里复制的人
重复主人公的复制

主人公拔掉电源

主人公要终止复印机工作

反角
- 复制人

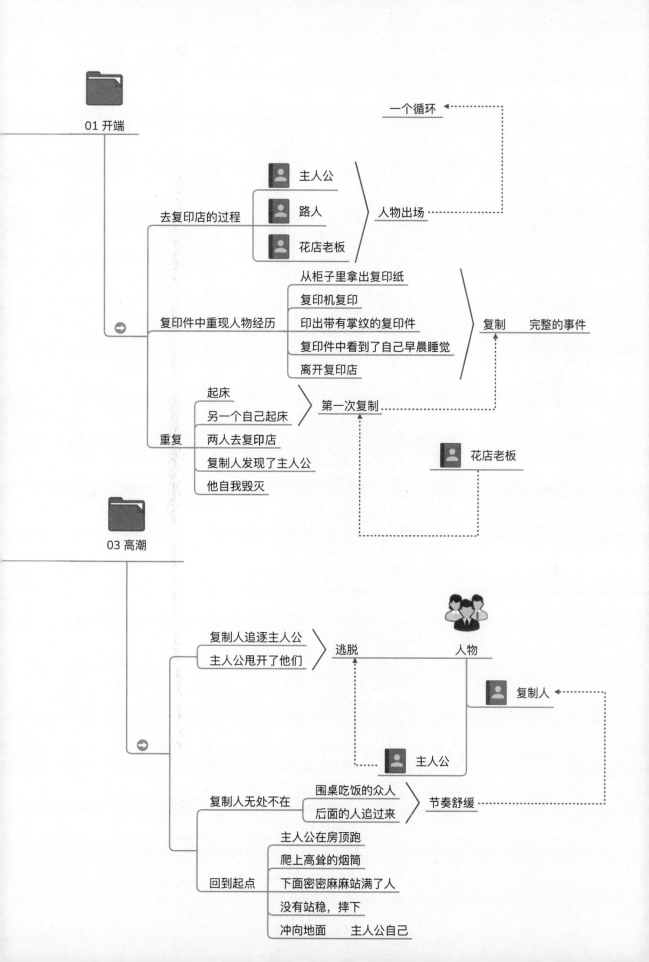

第16课

节奏与故事曲线

"节奏"这个词，是在剧本创作时常提及的。将这个知识点与故事曲线放在一起讲解，就是希望能够起到强调它的作用，引起读者的注意，以便将来各位在剧本创作中能更好地使用节奏，发挥出其效果。

节奏在生活中无处不在：雨滴的声音，远处传来的汽笛声，小鸟的叫声……侧耳倾听，生活中的节奏就在身边，静下心来，如你所见。

小结构循环是节奏，大结构中节奏构成了剧本的故事曲线。

如前面所引用的诸多片例，故事的曲线存在于每一个剧本中和每一个故事中；有起伏的地方就是"曲线"产生变化的位置。情节由开始到走向故事高潮，这是一条上升的曲线；情节由高潮走向结尾，这是一条下降的曲线。

16.1　案例介绍

- 《苏晴的故事》是学生的剧本作业。
- 《深藏不露》是引用的片例。

一句话大纲	
《苏晴的故事》	体验多个角色的生活。
《深藏不露》	严重精神分裂的病人获得自由。

剧本《苏晴的故事》的故事梗概和人物介绍存在大量的病句和错误的用词。

作者对文字进行大量修改，不然阅读起来会很有问题。

在修改学生的剧本作业的过程中，发现这些问题普遍存在。创作一个故事并不容易，能够把故事通俗、明白地写出来，对于很多同学来说都十分困难。文字的运用和写作，是很多人的"短板"。

通过分析剧本范例中的这些问题，希望各位读者能够从中吸取有价值的内容，帮助大家更好地完成剧本创作。

学生剧本作业 (朱爽)	
《苏晴的故事》	参考影片：动画片《马丁的早晨》
故事梗概：一个来自未来的人叫苏晴，通过入侵不同职业者的大脑，来获取人们对于职业幸福感的数据。数据会上传到未来世界叶博士手中，他通过苏晴的数据分析得出一个结论：在未来人们不用担心住房、饮食等基本问题，但没有压力的未来人，也逐渐失去了奋斗的热忱，幸福感对于未来的人来说并不高。而苏晴在执行入侵任务中，也认识到自己的缺陷，然而就在她打算重新改正时，她接到了自己将会彻底消失的通知……	

人物介绍

剧中人姓名	性别	年龄	背景	个性分析
苏晴	女	29	未来世纪的会计师，由于车祸失去身体，意识活在计算机中，她通过入侵其他人的大脑，获取人们的职业幸福指数，了解到过去时间段中人们的感受。	是个爱抱怨工作的人，通过这项研究改变了想法，变得踏实耐心。
叶博士	男	42	未来世纪国家实验室博士，拥有超强的计算机编程能力，希望通过苏晴的案例，改变人们的幸福感。	心思缜密，工作态度积极，有较高个人追求。

小楠	男	33	过去时空，某家北京医院的医生，工作繁重，对待工作耐心冷静，单身。家里有一只金鱼。有爱心，日常会去社区做志愿医生。	负责认真，待人友善有爱心，常常为了工作不顾及自己的休息时间，有上进心，职业幸福指数4颗星。
娜娜	女	26	过去时空，某家北京外企的会计师，薪酬比白领高一些。职场新人，生活朴素，租房子，单身。在北京无亲友，工作能力强，工作内容枯燥，为了获得更好的生活而努力着。	工作态度认真，有时会怀疑自己的工作能力，职业幸福指数3颗星。
悠悠	女	32	过去时空，某大学研究学者，职业幸福论研究人员。	热爱自己的职业，有很丰富的研究经验，喜欢和学生们交流，职业幸福指数5颗星。

16.2 剧本作业正文

第一场：

苏晴

车祸现场，一辆红色汽车在路边的栏杆上，里面的人头部流着血，双手扶在方向盘上，失去知觉。一个月后，她的脸在一个电脑屏幕上显示，电脑面前是一个女人的尸体，平躺在病床上。

剧本中的问题更正
"第一场……"
更正：格式不准确。
可以这样写： **街道　内　日景** 车祸现场，一辆红色汽车撞到了路边的栏杆上 苏晴在驾驶室，昏迷 血从她的头上涌出 她保持着双手扶方向盘的姿势 字幕：一个月后 **科研中心　内　日景** 苏晴的正面照片 出现在一个电脑屏幕上 她在车祸中死亡 身体平躺在床上

叶博士

面无表情，对着电脑前的人像说。

"你好，苏晴。我是<u>某某研究院</u>的计算机博士，我姓叶。就像你眼前看到的，你在一场车祸中失去了生命，但你的意识被我唤醒，现在有一个机会可以帮助你<u>继续完成自己的意识</u>。"

（说话声音<u>逐渐变得缥缈</u>。）

剧本中的问题更正
"某某研究院" "继续完成自己的意识" "逐渐变得缥缈"
更正：要具体写清楚是哪个研究院；
"继续完成自己的意识"删除；
"逐渐变得缥缈"不恰当的用词。

第二场

娜娜

娜娜走在北京傍晚的大街上，<u>表情惆怅</u>，漫步，看着来往的车辆。

OS：明明工作这么累，为什么娜娜却一点都不觉得无聊呢。

娜娜停住，看到左手边有一个小区，看着面前的房子，她右手微微握拳。<u>表情：</u>嘴角上扬，眼睛瞪大，直直地盯着其中的一栋。

剧本中的问题更正
"表情惆怅" "表情："
更正：删除。

第三场

娜娜身板挺直，左手放在键盘上，右手握着鼠标，屁股坐椅子的三分之二，眼镜盯着前方电脑。电脑上显示的是某公司财务报表。

娜娜开始打哈欠，挠头，<u>表情从专注到不耐烦</u>。之后她瞥了一眼电脑右边的一个照片框：上面显示的是北京<u>某小区</u>的全景。

之后娜娜抬起放在鼠标上的右手，五指张开，食指点了一下相框，嘴角微笑。

剧本中的问题更正
"表情从专注到不耐烦" "某小区"
更正：要写具体。
除了格式的问题，这段比较有画面感。

第四场

楠楠

地点：某医院病房。他站在一个身上插着<u>各种管子</u>的病人病床前，拿起挂在脖子上的听诊器，放在病人胸口，听他心跳。楠楠，<u>（欣慰的）眼睛透露欣喜</u>。

剧本中的问题更正
"各种管子" "（欣慰的）眼睛透露欣喜"
更正：什么部位插了管子？
"（欣慰的）眼睛透露欣喜"不恰当的用词。

第五场

楠楠

<u>地点某医院手术室</u>，他身着手术服，手拿手术刀，眼睛<u>直盯手下的人的身体</u>，脑袋上流着汗。旁边护士帮他擦汗。人物保持不动，身后的表快速转圈<u>指示</u>从晚上8点到早晨6点，手术结束。

病人被推出病房。楠楠缓慢地走出手术室，双手扶在水池旁，抬起右手拿掉口罩，长吁了一口气，眼睛盯着水池，嘴角上扬，头上冒着汗，之后他慢慢坐在地上，背靠在墙上，左膝盖立起，右膝盖平放在地上，左手搭在左膝盖上，右手放在右膝上，头向后仰，敲在后面的墙上，嘴角始终上扬，眼睛紧闭。

剧本中的问题更正
"地点某医院手术室""直盯手下的人的身体""指示"
更正：地点要具体，"指示"删除。
可以这样写：
"直盯手下的人的身体"改为"看病人"。

第六场

悠悠

左手抱着文件夹，右手自然下垂，疾步走在路上，面前一个办公室，她右手打开门，走了进去，径直走向电脑桌。把文件<u>随手</u>放在桌上，坐在桌前椅子上，打开电脑，输入密码，打开一个视频软件。

剧本中的问题更正
"随手"
更正：删除。

叶博士

<u>电脑屏幕中面色凝重，严肃</u>，眼睛直盯前方的电脑。身穿<u>研究人员的服饰</u>。坐在电脑前。

"对不起，苏晴，我们的预想没能实现，你可能要彻底消失了。"

剧本中的问题更正
"电脑屏幕中面色凝重，严肃""研究人员的服饰"
更正：不恰当的用词。

悠悠

嘴角<u>勉强地</u>上扬，眼睛里充满泪水。

"没关系的，叶博士，我明白的。<u>而且能有</u>体会了这么多人的职业，懂得了这么多的快乐，我已经很开心了。"

剧本中的问题更正
"勉强地""而且能有"
更正：删除。

第七场

悠悠

表情<u>郑重</u>，开口讲话。

"很荣幸今天能向大家介绍，关于职业幸福感这个课题……"

台下 400 名观众，鼓掌热烈。

OS：每个人在这个世界上停留的时间都是有限的，但追求却可以不同。

剧本中的问题更正
"郑重"
更正：郑重是什么样的一种表情？

第八场

苏晴

身穿<u>职业装</u>，<u>焦急地</u>驾驶在路上，左手扶着方向盘，右手拿着电话，对电话怒吼。

"你们是怎么办事的？这么点儿事都办不好！等会儿我接别的电话。"

剧本中的问题更正
"职业装""焦急地"
更正：要给出具体的画面。

她低头看了一眼手机屏幕，前方一辆车突然踩了一下急刹车，她没有看到，抬起头打方向盘迅速转向左边，撞在了路边的栏杆上。

手机<u>的另一头响着</u>一个女生的声音："喂，您好，是苏晴小姐吗？我们是研究院的，请问您能帮助我们展开一个关于职业发展的调查吗？听说您最近感觉到职业生活很烦躁，详情请咨询叶博士，喂，苏晴小姐你在听吗？喂"。

剧本中的问题更正
"的另一头响着"
更正：删除。

电话声挂断，嘟嘟嘟。

剧本中的问题更正
结尾的环节，该学生设计了一个主人公为何出车祸的桥段，并且首尾呼应。有两个问题没有交代清楚：第一，主人公入侵别人的大脑，她的意识借用了别人的身体。当任务失败，她的意识是自动消失不见，还是会继续存在于入侵者的身体中？故事梗概中的设计和剧本中看到的结果并不一致；第二，结尾因为要接听研究所的电话，所以出的车祸。任务失败主人公也要消失，研究所的设计是负面的，他们的电话和他们任务的失败，最终都给主人公造成了困境。

16.3 片例故事预览《深藏不露》

一句话大纲：

严重精神分裂的病人获得自由。

将故事分成三段，展开分析。

- **第一段（开端）：精神分裂的病人。**
- **第二段（发展）：医生的帮助。**
- **第三段（高潮）：女医生的自我控制着病人。**

第一段（开端）：精神分裂的病人		
危险的病人	很多个人	精神分裂
41 秒	1 分 9 秒	1 分 24 秒

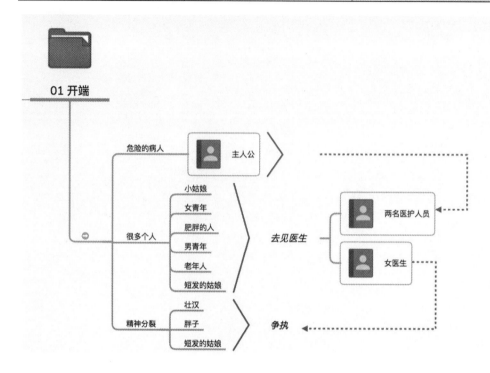

窗户外面有人影晃动。一个医护人员（男）开门说："医生想要见你。"门口另一名医护人员（男）双手交叉在胸前，往里边看。

一个男人坐在房间里，地板及四周的墙上都包了一层厚厚的海绵。

医护人员把他扶起来，两人一前一后走出房间；外面的医护人员伸手搭在病人的肩上。两名医护人员一左一右和主人公向走廊走去。

忽明忽暗的光线中，一个五岁的小姑娘走在队伍中；镜头摇到队伍中的一个胖子，正低头看自己的脚；摇到一个年轻的小伙子，眼睛瞪着；摇到一个短发的年轻姑娘。

"你真分不出自己的名字？""我的名字不为人知。"背景音里人声非常多，很吵闹。

女医生坐在主人公的对面。

主人公身后还站了很多人，有的人不时在房间里走动。女医生说出了两人的名字："我的问题是现在究竟谁在和我说话。"

第二段（发展）：医生的帮助		
病人受到控制	医生与他们对峙	分裂的自我占了上风
1 分 49 秒	2 分 10 秒	2 分 34 秒

突然主人公的身后一个壮汉扑过来，手扶在桌子上喊："我要怎样才能离开这个鬼地方？"主人公和壮汉的语气、表情完全一样；女医生说："下周，如果你有好转。"主人公的语气变得温柔，他身后的一个姑娘上前一步说："对不起医生，我看见他做了坏事。"

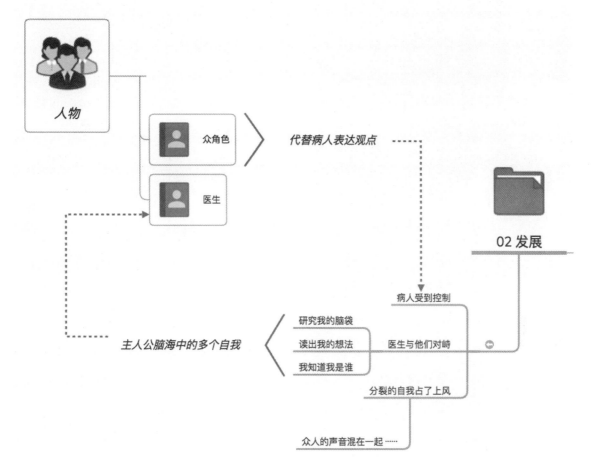

壮汉又站在前排，指着医生说："我叫你闭嘴。"

医生："你不想好转吗？"

背景那位壮汉："我知道我是谁！"

医生："那告诉我！"

桌子底下蹲着一人，他钻出来，带着大家唱歌，歌词的内容是很多人的名字，边唱边在人群中走动。大家各自发表观点，乱成一团。

一个小姑娘边唱边围着病人转了一圈，主人公无奈地闭上眼睛，仰头，显然他拿这些人一点办法都没有。

第三段（高潮）：女医生的自我控制着病人		
医生找到线索	病人透露信息	混乱
2 分 46 秒	2 分 58 秒	3 分 6 秒
表达观点	角色性格不同的反应	病人找回自己
3 分 20 秒	3 分 24 秒	3 分 52 秒
希望	转折	女医生控制着病人
4 分 9 秒	4 分 26 秒	4 分 53 秒

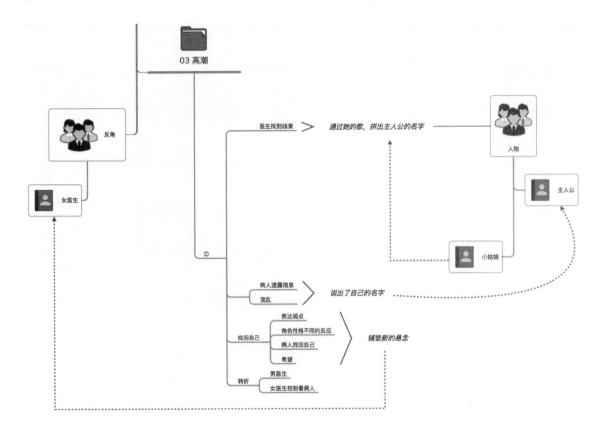

女医生："你名字中有个D是吗？"

三个人回应这句话："我也有。""每个人都有。""我会教你读出全部的音节。"主人公眼睛里泪水转动。主人公说着什么，但都被背景吵闹的声音压制。

女医生大声喊："都给我安静！"拍桌子站起身来。

女医生："我在这里是来帮助你们的，但如果你们不听话我可帮不了，现在需要你们团结一致。"大家停止争吵，静静听。女医生对主人公说："现在，你继续说。"

主人公："我的名字是丹尼尔。"

女医生身体后仰，身体靠在椅子的靠背上，房间里就他们两个人面对面坐着，窗户外面探照灯光柱一闪而过。

女医生："美好的一天开始了。"

主人公："谢谢医生，回来真好。"

女医生："现在，我们要回去做事了。"话音未落门打开，走近一个人。

女医生也站起来，往主人公身边走。

进来的男人拿杯子喝水与她擦肩而过，这个穿西装的男人坐在刚才女医生的座位上，把椅子往前拉，翻开文件夹，看了一眼主人公说："你好，我是布雷克医生，我想你也知道，下周你就获假释了，如果你不介意，我想问你些问题。"

男医生看着主人公，主人公也看着他，长时间的注视，医生开口说："今天你怎么样？"

女医生手搭在主人公的肩膀上，她和主人公同时说："我感觉很好，医生。"

黑屏，结束。

16.4　人物出场的节奏

　　《深藏不露》的剧本中，人物出场以及事件的编排都具有节奏感。因为人物众多，在剧本开篇，部分角色出场后，其余角色随着剧情陆续亮相。人物由少到多的出场节奏，将众角色一一融合在剧情中，观众代入感越来越强。

16.4.1　主人公出场

　　一个病人，在一间特殊的房间中。

剧本片段
医护人员：站起来，医生想要见你 　　一个男人坐在地板上 　　地板和墙壁四周都是质地柔软的材质

16.4.2　传递危险人物的概念

　　带主人公出来需要两人协同配合，医护人员身体强壮。

剧本片段
病人在中间，医护人员在后面 　　远景另一名医护人员向前一步，接应 　　处于后站位位置的医护人员转身将门关上 　　前排的医护人员走过来 　　扶起主人公，往外走 　　门口的医护人员是一个光头的强壮男子

16.4.3　新角色出场 I

　　小姑娘角色是主人公的另一个自我，编剧将病人脑海中的自我意识拟人化处理。

剧本片段
长廊　内　夜景 　　三个人朝镜头走来 　　很多种人声混在一起 　　他们时而在黑暗中 　　时而屋顶的光照射在他们的身上 　　镜头摇至一个五岁的小姑娘 　　她走在队伍中间

16.4.4　新角色出场 II

男青年、女青年是主人公的另一个自我。

剧本片段
长廊　内　夜景 　　　队伍中的另外两个人说话 女青年：那是我的名字…… 男中年：就像事物的死亡   　　　众人往前走，镜头摇 　　　一个肥胖的中年人走在队伍中间 男青年：你不能叫出他到底是谁……

16.4.5　新角色出场 III

老年人是主人公的另一个自我。

剧本片段
长廊　内　夜景 　　　队伍中的老年人说话 老年人：我的名字不为人知   　　　镜头摇，一个短发的年轻姑娘 　　　走在队伍中 医生 OS：这个案例非常特殊……

后续还有更多的人物（主人公的自我）出场

16.4.6　《苏晴的故事》的人物出场

下面看一下《苏晴的故事》的人物出场。

按照剧情的设计：主人公会扮演这些角色，体会和体验他（她）们的生活状态。

这些"替身"角色之间并没有关联，人物的出场是一场接着一场。这样讲故事的方式也是可以的，在很多影片中我们都见到过类似的形式，几个相对独立的小故事存在于一部大电影中。

但如果从拍摄短片、短视频、微电影的角度来说，这样的出场并不是特别合适。因为这类影片时间短，分段式地介绍每个角色和他（她）们的故事，影片没有这个时长。

角色 I

剧本片段
娜娜停住，看到左手边有一个小区，她右手微微握拳。眼睛瞪大，盯着其中的一栋。

角色 II

剧本片段
病人被推出病房，楠楠缓慢地走出手术室，双手扶在水池旁，抬起右手拿掉口罩，长吁了一口气，眼睛盯着水池。

角色 Ⅲ

剧本片段
悠悠，左手抱着文件夹，右手自然下垂，疾步走在路上，面前一个办公室，她右手打开门，走了进去，径直走向电脑桌。

对人物设计方面的建议：主人公在"进入"到别人的意识后，她应该保留自己的某些习惯，这些习惯会对"体验式"的目标造成障碍；或者让一个身体里面的两种意识做出适配性"斗争"的设定，以此来影响主人公想要达成的任务。

没有类似的设计，建立不了冲突，节奏感和故事曲线不能呈现。

16.5　故事的曲线

《深藏不露》的剧本中，对反面角色的设计有一个"颠覆性"的转折，对于短片来说，这个节奏（转折过程）构成了影片的故事曲线。

16.5.1　在转折之前

观众对反面角色的认定是这样的：主人公精神分裂，他的脑海中有多个自我。这些自我都在影响着主人公，主人公甚至不知道自己叫什么名字。

女医生是帮助主人公的人，在她的帮助下，主人公想起了自己的名字。

"病人找到自己的名字"是剧本的重要转折点。

第二次重要转折点，发生在主治医生出场时。观众明白了：原来女医生也是主人公分裂出来的一个自我。

16.5.2　女医生是正面角色

主人公是一个病人

被其他的自我控制着，说话、表现都不是自己。

剧本片段
壮汉突然冲向桌子前
对女医生用低沉的声音质问她
壮汉：我要怎样才可以离开这个鬼地方
病人的口型与壮汉完全一致
病人好像被壮汉附体了一样

众多的自我

每个自我都有一个不同的名字，而且经常变换，让女医生分不清跟谁沟通。

剧本片段
身着蓝色衣服的胖子站在病人的身后
眼睛直勾勾地看着女医生
女医生：而每个人都用不同的名字

> 一个短发的年轻姑娘站在病人的旁边
>
> 女医生：我的问题是现在究竟谁在跟我说话

女医生帮助他

女医生与病人沟通，尝试着让主人公找到他自己。

剧本片段
病房　内　夜景
一个女医生坐在桌子前
女医生：乔伊和鲍尔
她口中念一些人名
一个壮汉，弓着身子，头朝向地面
很急躁，双手在头前来回抓
女医生：你也向我承认过许许多多不同的人

找到病人的名字

在这些自我的对话中，有一个小姑娘说的字母，引起了医生的注意。

剧本片段
女医生：你的名字中有一个 D
瘦子倾斜着身体，瞪着眼睛大叫
瘦子：我的名字也是
壮汉从阴影处走向前
壮汉：其他所有人都是
主人公头向上仰，眼泪在眼中转动
病人：丹尼尔

多个自我消失

在女医生的帮助下，病人找回了自己的名字。**这意味着，病人找回了自己。**

剧本片段
病人：我的名字叫丹尼尔
医生身体后仰，靠在椅背上笑了
窗户外蓝色的光照射在墙面上，从左至右
医生和病人面对面
就他们两人
医生微笑着
女医生：美好的日子又回来了，丹尼尔

16.5.3　在转折之后

女医生才是病人脑海中最强的自我，在她的控制之下病人回答真正医生的问题……

穿西装的人

病人找回自己后，房间走进来一个男人。

剧本片段
病人身后的门推开
一个穿西装的人走近来
他将门关上
转头看了病人一眼
女医生站起来
走到病人身边

我是医生

真正的医生没有穿白大褂。**这是编剧用常识"误导"观众的一个实例。**

剧本片段
病人看着他
穿西装的人，头抬起
男医生：你好，丹尼尔
我是布雷克医生

下周获释

看到这里，观众都明白，病人并没有真正康复。

剧本片段
男医生：我想你也知道下周你就获释了
双手五指伸开配合表达
男医生：如果你不介意的话我想问你一些问题

16.5.4　女医生是反面角色

女医生像前面那些主人公分裂的自我一样，站在主人公的一侧……**她想说的话，成为主人公要说的话；他被她所控制。**

剧本片段
女医生伸手搭在主人公的肩膀上
女医生：我感觉很好医生
她站着，主人公坐着
两人的口型完全一致

16.6 隐性的转折点（医生的努力）

女医生"击败"病人的众多自我，帮助病人找回自己名字的同时，也隐藏着一个重大转折：医生要跟病人团结一致，意味着医生也是病人中的一员。编剧用具体的台词提醒观众，但只有在故事结束时才揭示出来。

1.	医生扫视全场"如果你们不听我的话，我可帮不了"；中景
2.	众人看她；小全
3.	医生看着他们；近景

1.	"那就是团结一致"众人听医生说话；小全
2.	医生转头面向坐着的病人"现在，接下去你说"；中近景
3.	女医生在病人的对面缓缓坐下，眼睛盯着他"继续"；近景

1.	病人"我的名字叫丹尼尔"；近景
2.	医生身体后仰，靠在椅背上笑了；全景
3.	医生微笑着"美好的日子又回来了，丹尼尔"；中近景

这个段落的剧本片段：

剧本片段
镜头摇 女医生：我在这里是来帮助你们的   　　医生看着对面的每个"自我" 女医生：但如果你们不听我的话我可帮不了   　　女医生说话时头上下微动，加以肯定 女医生：那就是团结一致

16.7　强大的反角

在故事曲线的开始阶段，反角（众自我）始终处于上峰，病人被"他们"牢牢控制。随着女医生的努力，曲线下降，女医生开始占据主动。

16.7.1　次反角壮汉

"壮汉"自我，性格暴躁，一说话就发火。

剧本片段
壮汉：我知道我是谁 　　主人公与壮汉的口型完全同步   　　医生头微抬，加重语气 女医生：那告诉我

16.7.2　次反角瘦子

"瘦子"自我，喜欢唱歌，好动，四个字形容其性格：嬉皮笑脸。

剧本片段
一个瘦子，桌子底起身 　　开始唱歌 瘦子：约翰·杰克   　　他身体抖动 　　头左右有节奏地摆动 瘦子：那也是我的名字   　　医生皱眉

16.7.3　次反角小姑娘

"小姑娘"自我、诚实，说出关键性的单词，让女医生找到解决病人的"方法"。

剧本片段
瘦子边走，边跳，边唱
在病人身后转了一周，出画
小姑娘笑着，看医生再转头看瘦子
小姑娘也跟着唱起来……
小姑娘：我们从不出去

16.7.4　次反角中年男子

"中年男子"自我、精明、老道，总是微笑着说话。

剧本片段
主人公：让他们都安静下来……
女人在跟人吵，壮汉在喊
众人的声音混在一起……
中年男子笑而不语

医生与"众自我"沟通，最终通过"只言片语"，得到主人公的名字，主人公暂时恢复了意识。

这些外化的角色是主人公思想中存在的其他自我，编剧对这些角色的处理，采用层层递进的方式，将他们的性格编织在故事中。

16.7.5　次反角与反角的交锋

次反角出场后，轮番对女医生的问题进行反驳。

台词针锋相对，女医生（反角）暂时落于下风。下面看一下"次反角"展开的"凌厉"攻势。

1.	穿西装的中年男子笑着从病人的身后走出来，他站在病人身后伸出手，比画；中景
2.	那个壮汉在主人公身后"我知道我是谁"，主人公与壮汉的口型完全同步；中景
3.	医生头微抬，加重语气"那告诉我"；中近景

1.	一个瘦子，从病人左侧的桌子底起身，开始唱歌；中景
2.	小姑娘看到这个瘦子起身后，她也跟着唱起来……；中景
3.	女人在跟人吵，壮汉在喊，众人的声音混在一起……；近景

给出主人公对自己失望的具体画面，次反角获得"胜利"。**如果没有主人公的反应，这个事件就没有意义**，因为编剧需要让观众知道，次反角很强大，主人公很无奈，女医生面对"强敌"。主人公的反应是故事曲线的重要构成。

1.	从主人公身后走来一个五十岁左右的老者，戴着眼镜，他走到桌子前对着主人公说："头脑从来不会争执"；中景
2.	小姑娘看着医生"生活得了一个 D"；近景
3.	主人公跟着小姑娘说同样的话，哼唱，抬起头，很无奈，他对自己感觉到失望；近景

16.8　本课小结

本课通过对两个片例的分析，发现故事中除了人物、事件、结构……还隐藏着一条节奏曲线。在曲线上升和下降时，剧中人物会产生不可逆转的变化。这种节奏性的变化将故事不断推向高潮，直抵故事的终点。

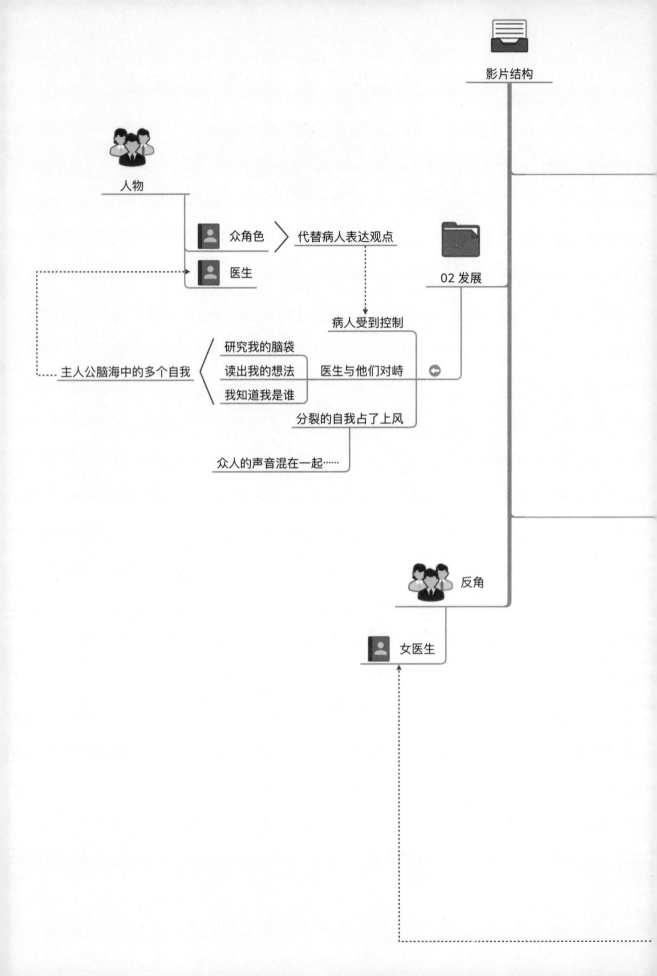

影片结构

人物

众角色 > 代替病人表达观点

医生

02 发展

病人受到控制

研究我的脑袋

读出我的想法   医生与他们对峙

我知道我是谁

主人公脑海中的多个自我

分裂的自我占了上风

众人的声音混在一起……

反角

女医生

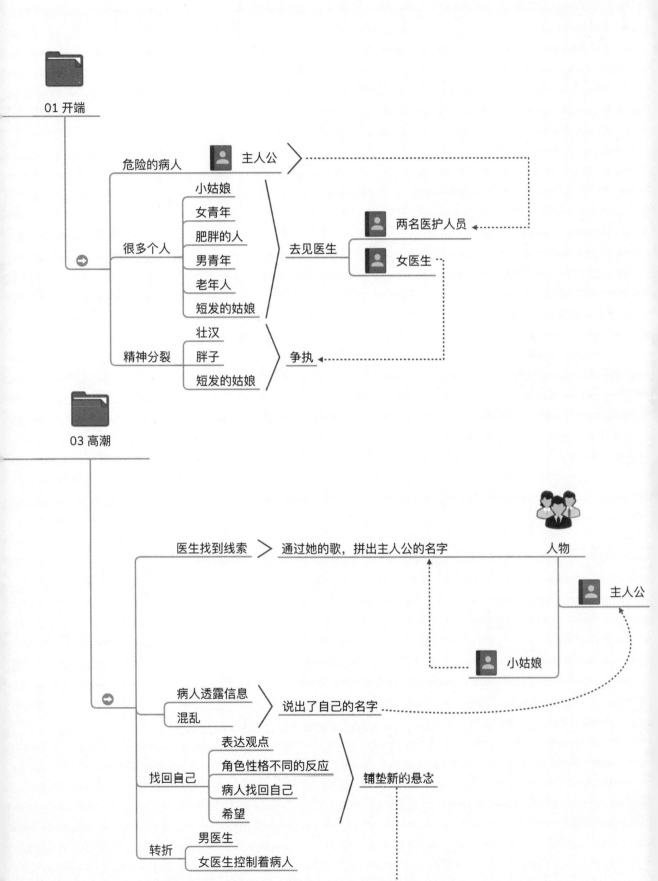

01 开端

危险的病人 — 主人公

很多个人
- 小姑娘
- 女青年
- 肥胖的人
- 男青年
- 老年人
- 短发的姑娘

去见医生 — 两名医护人员 / 女医生

精神分裂
- 壮汉
- 胖子
- 短发的姑娘

争执

03 高潮

医生找到线索 — 通过她的歌，拼出主人公的名字 — 人物

主人公

小姑娘

病人透露信息
混乱 — 说出了自己的名字

找回自己
- 表达观点
- 角色性格不同的反应
- 病人找回自己
- 希望

铺垫新的悬念

转折
- 男医生
- 女医生控制着病人

附 录

剧本的视觉化处理

2015年作者和好朋友们拍摄短片《心曲》，原名《追日》；当时参赛的电影节对时长有要求，《心曲》是重新精剪版本。

为了更好地完成这个作品，前期构思了画面草图：我们一边进行剧本创作，一边进行故事板的绘制。用了一个月的时间绘制了346格画面，厚厚的一本拿在手上感觉很好。

片子拍摄完成，有个好朋友想要收藏，没舍得给她。

文中标题下面的文字并非完整剧本，是写剧本之前一些"细碎"的概念化的想法，将想法转变为画面，产生了很多细节。再参考细节，完成最终的剧本。

在本片例中是这样一个流程。

供大家参考……

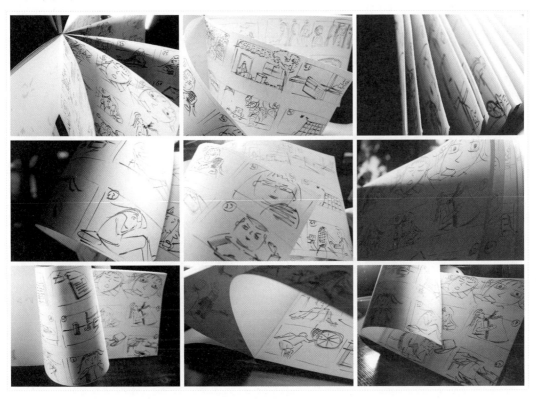

1.	俯拍，将速写本上的故事板展开，放在桌子上；纸张很厚，设计好每张的间隔，这样拍摄画面好看；小全
2.	俯拍，本子上三页的故事板展开；特写
3.	俯拍，速写本的厚度；特写
4.	俯拍，将速写本上的一页纸360度翻转；特写
5.	仰拍，用二页纸张形成近景、远景的空间，这样拍摄画面有层次；特写
6.	仰拍，对光线进行遮挡，使速写本上的故事板三分之一处于明亮处；特写
7.	俯拍，将速写本竖立在桌子上，一页纸360度弯曲，露出远景的画面；小全
8.	仰拍，速写本倾斜于桌面，控制一页纸的弯曲弧度，实现近景、中景、远景的空间感；特写

9.	俯拍，调整速写本在纵深空间的位置，形成近大远小的透视关系，弯曲前页，拍摄画面层次丰富；小全

主人公困境

在医院治疗期间

主人公眼睛不好，视力不断下降

桌子上的玻璃杯子

几个药瓶，盖子打开，饭盒

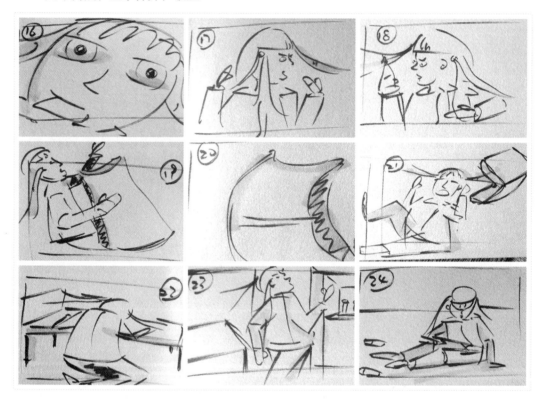

1.	主人公睁开双眼，发现眼睛没有好转，愤怒；特写
2.	她坐起，情绪失控，头不断地摇；中景
3.	双手抓自己的头发；近景
4.	下床时拿起枕头；中景
5.	将枕头扔出；特写
6.	主人公摔倒在地；小全
7.	她双手撑着床沿，想要站起来；小全
8.	她冲向病房的门口；中景
9.	她看不清楚，停下脚步，缓缓地下蹲，坐在地板上，头低着看着地面；全景

生活环境

生活状态的描写

小院子，木质桌子，一部老旧的半导体收音机

闹钟，指针在七点半位置

桌上主人公与闺蜜的合影

窗外小鸟的叫声

院子里，水滴落在脸盆里，滴滴答答的声音

闹钟响起

收音机里传出的声音

1.	俯拍，老城区；大全景
2.	主人公家的四合院，妈妈从一间房走出来，准备早餐；全景
3.	桌上的收音机；全景
4.	书桌上，台灯，书，主人公和好朋友的合影；特写
5.	窗台上一只小熊，玻璃窗外的树叶在风中摇动；特写
6.	房顶上两只小鸟；全景

心情的描写

月光透过树荫洒落在地面

爸爸点燃香烟

主人公翻身
脸朝向窗外看

爸爸往她的房间里看了一眼
烟在空中扩散

爸爸走出门外
轻轻地把门带上

梦境……

主人公叫爸爸，没有人回应
主人公下床，走到妈妈的房间，没有人

主人公出门口进了小树林
林子里起了雾气

前面有三个人

爸爸，妈妈和弟弟
主人公一个劲儿地喊叫他们，没有人回头

主人公拼命追赶，可是总是追不上
震耳的雷声响起

声音越来越大
主人公抱着头，蹲在地上

主人公从睡梦里惊醒
汗珠从脸上滑落

弟弟敲门的声音像打雷

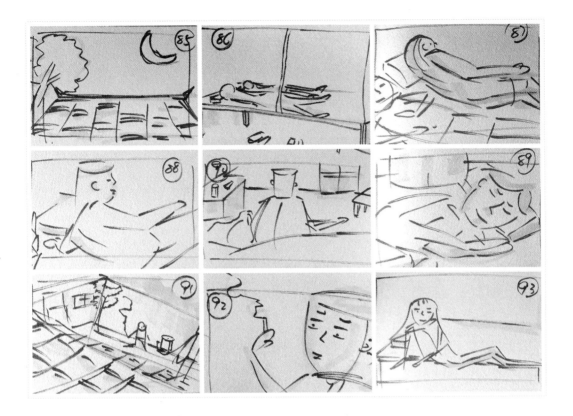

1.	晚上的月亮；全景
2.	主人公的父亲、母亲的房间，蚊帐；小全
3.	主人公的父亲失眠，翻身；小全
4.	他起床；中景
5.	坐在床边，看着窗外，待了一会儿；中景
6.	主人公的母亲也没有睡着，闭着眼，皱眉；近景
7.	主人公的父亲在院子里抽烟；全景
8.	他手中的烟；近景
9.	主人公从睡梦里惊醒，汗珠从脸上滑落；她做了一个奇怪的梦，爸爸、妈妈在森林里没有带上自己一起走；小全

铺垫

　　四个男生在打篮球

　　篮球脱手，顺着巷子往前滚

　　"傻蛋"在前面走

　　坏小子叫他帮捡球

　　"傻蛋"不理他

他照着"傻蛋"后脑勺就是一巴掌

"傻蛋"蹲下，捂头
坏小子哈哈大笑

篮球滚到主人公的脚边
坏小子捡起球，端详主人公

吹一下口哨儿
三个男生，穿过小巷子跟过来

1.	巷子里有一个篮球场 ，四个男生在打篮球；全景
2.	一个男生扔球，篮球脱手，飞向画左；小全
3.	篮球顺着巷子往前滚；特写
4.	巷子里"傻蛋"往前走，球滚过；中景
5.	打篮球的男生叫"傻蛋"捡球；小全
6.	"傻蛋"没听懂什么意思，打篮球的男生使劲拍了"傻蛋"后脑勺一巴掌；小全
7.	篮球滚到主人公的脚下；近景
8.	打篮球的男生看到是她，拿主人公的眼睛问题开玩笑；小全
9.	他吹口哨儿，叫其他的朋友过来，大喊"校花在这里"；中景

冲突

　　打篮球男生中有一人是主人公的同学

　　其余都是学校其他班级的同学

　　坏小子开他和主人公的玩笑

　　主人公的弟弟小海冲过来，结果被打

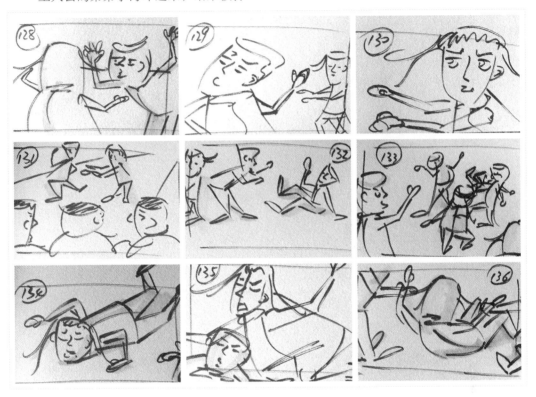

1.	打篮球的男生开主人公的玩笑；中景
2.	跟其他人介绍校花；中景
3.	主人公发火了，举起导盲棒要打；近景
4.	主人公的弟弟跑过来；小全
5.	弟弟把打篮球的男生撞倒；小全
6.	几个坏小子推搡主人公的弟弟，手脚并用；全景
7.	主人公扑倒在地上；小全
8.	趴在弟弟的身上护住他；中景
9.	反打，他们拉开她；小全

打架桥段的处理

　　"傻蛋"看见了

　　跑去找主人公的妈妈

他平时话都说不清楚

用手指着主人公出事的地方，嘴里乱叫

主人公的妈妈和"傻蛋"

远远地往这边走

妈妈：你们干什么

这几个男生学女人走路

扭着屁股，做着各种怪异的动作，嬉笑着离去

"傻蛋"对他们做鬼脸

四个人冲"傻蛋"跑去，"傻蛋"跑

小海对妈妈说

小海：妈妈，不怪姐姐，他们欺负人

情绪化的表现

主人公班里的两位同学（好朋友）

提着一袋水果过来探望

主人公刚刚问妈妈自己的眼睛能不能治好

妈妈说了安慰她的话，被她识破，但她没有说出来，情绪被她压抑在心中

她站在院子门口，靠着墙，发呆

两位同学送水果，碰见她

她不要，双方你推我送的过程中

水果掉在了地上，还被脚踩了

主人公突然间下定了决心（要彻底解决这种生活状态）

她转身回了院子

两位同学不知所措，站着发呆

危险逼近

　　主人公趁妈妈在厨房

　　自己从院子里走出来

　　顺着嘈杂的声音，她走到公路中央

　　爸爸骑着三轮车与主人公擦肩而过

　　川流不息的车辆

　　汽车喇叭响个不停，她到处乱闯

1.	主人公走出巷口，来到马路边上；全景
2.	面向镜头走来；近景
3.	主人公的父亲骑三轮车；中景
4.	一人招手，主人公的父亲停车；小全
5.	主人公走出来；她父亲骑着三轮车，径直向前，父亲没有看见她；小全
6.	主人公摸索着走到马路中间；全景
7.	红灯；特写
8.	主人公没有停下脚步；他身后一辆车急刹停住；小全
9.	主人公转过身，向马路中间小跑；汽车喇叭声；全景

幻想

突然间，她好像又看见了

在川流不息的车辆中，她翩翩起舞

汽车都停了下来，一个司机下车

搂着主人公的腰，两人一起跳了起来

切（主人公在弹钢琴的画面）

车上的人陆续下来，为他们鼓掌

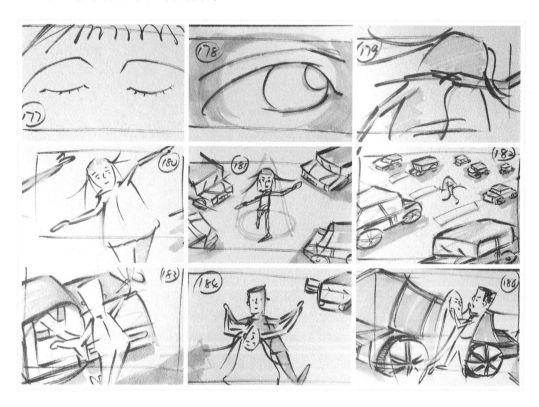

1.	主人公的眼前有了光感，越来越亮；大特写
2.	主人公能看到了，她的大眼睛一眨一眨，特别明亮；大特写
3.	音乐起，在马路中间主人公跳舞；中景
4.	一束光打在她的身上；中景
5.	汽车都缓缓地停了下来，车灯随着节奏一闪一闪；全景
6.	马路上，汽车里的人都走了出来，看着主人公；大全景
7.	一辆车里，走出一位英俊少年；小全
8.	他和主人公一起跳舞；中景
9.	音乐越来越快，两人的舞蹈动作也随之加快，从马路上跳到了车的前面；随之，主人公旋转的动作，越来越快；小全

车祸

　　大雨，主人公站在路中央

　　一辆车紧急刹车

　　幻想结束……

　　汽车停在距离她很近的地方

　　主人公没有站稳，摔倒在路边

1.	天空下起了雨，雨滴打在了车窗上，像是鼓点的声音；近景
2.	主人公抬头，雨越来越大；小全
3.	马路上围观的众人又都回到车里；小全
4.	一辆车紧急刹车，车轮距离主人公的腿特别近，幻想结束；近景
5.	司机快步走下车；近景
6.	司机走过去，推主人公一把，质问她；中景
7.	主人公吓得连忙后退；小全
8.	主人公没有站稳，坐在马路边；全景
9.	司机骂了一句：神经病，上车；中景

走向死亡

主人公扶着桥栏杆

站了起来，然后爬到了栅栏的顶端

司机从后视镜看到

倒车

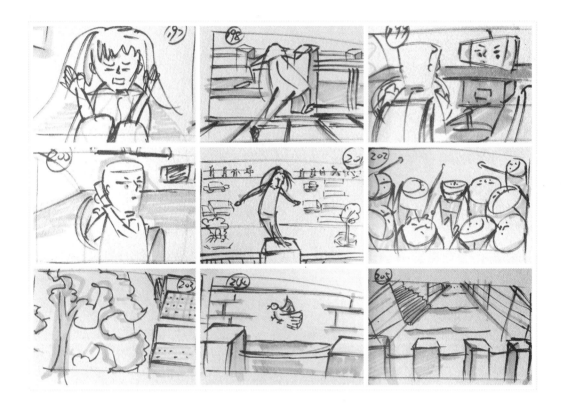

1.	主人公听到嘈杂的声音，像是人群的议论声，好像大家都在讨论她的眼睛问题，声音越来越大；她哭泣；近景
2.	主人公想站起来，但脚步不稳，往后退撞到了桥栏杆；她扶着桥栏杆，往上爬；小全
3.	司机通过后视镜看到；特写
4.	司机倒车，看到主人公想跳河，打电话报警；中景
5.	主人公站在栏杆上，听到汽车喇叭声、小鸟的叫音、树叶沙沙作响、流水的声音、警笛的声音；全景
6.	众人看到；小全
7.	树叶在风中缓缓地摇动；全景
8.	小鸟飞，急促的叫声；中景
9.	流水向纵深流去；全景

跳河事件

主人公站在桥头

手在胸前打着节拍

她仿佛在指挥自然界的交响曲

落日余晖，照在河边

波光粼粼

1.	升格，警灯，一闪一闪；特写
2.	主人公逆光，身体呈一个剪影；小全
3.	她俯身向下一跃；小全
4.	身体从桥头下落；小全
5.	桥面的空镜；中景
6.	河水缓缓地流；中景
7.	想象时空，主人公看到前面骑三轮车的父亲；小全
8.	父亲离她越来越远；全景
9.	一辆公交车驶来；全景

转机

主人公的弟弟遇见两个小盲童

听到他们交流弹琴的事

主人公的弟弟想到了姐姐

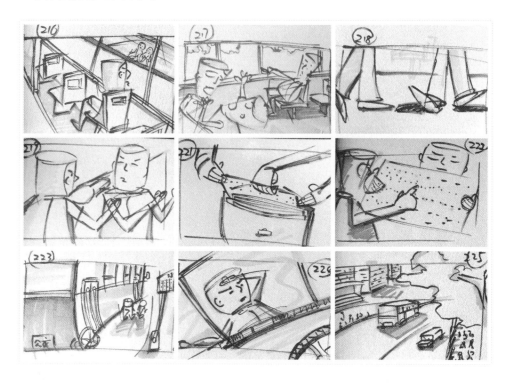

1.	主人公的弟弟小海在等公交车，汽车到站，上来两个小盲童；全景
2.	小海盯着看他们手中的乐器，听他们聊乐队里的事情；小全
3.	两人的脚打着拍子；近景
4.	一个人纠正另一个人的手势；中景
5.	从书包拿出一张盲文的乐谱；特写
6.	手摸着乐谱，两人有说有笑；近景
7.	汽车走了三站地，他们下车；全景
8.	小海犹豫了一下，想跟下去，但车已经开了，小海趴在窗户边透过车窗往外看；近景
9.	汽车出站，城市大全景

跟踪

主人公的弟弟小海跟着他们

两个小盲童进了一间教室

小海在窗户外看

二十几个小盲童手持乐器
在老师的指挥下排练

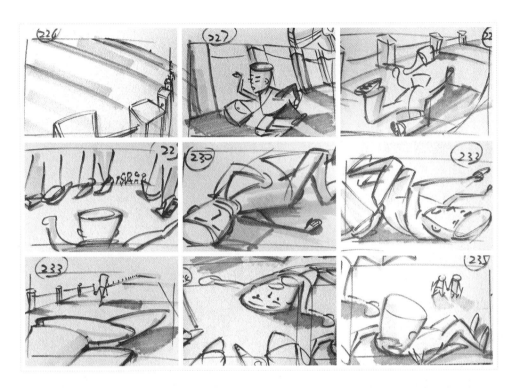

1.	远处的桥上，一个人往这边跑，远远看小海就像一个小黑点；大远景
2.	小海在桥上奔跑；小全
3.	摔倒，书包飞了出去；全景
4.	他远远地看见前面有两个人，像刚刚下车的盲童；远景
5.	小海躺在地上，大口地喘着气；中景
6.	咬牙，一转身想要坐起来；小全
7.	感觉刚刚下车的两个盲童好像又在相反的方向；全景
8.	小海左看看，右看看；中景
9.	两个盲童在马路对面，两人手拉手走进一所学校；全景

报喜（童趣）

弟弟来到主人公的窗户外边

小海：姐姐，姐姐

主人公：走开

小海：姐姐，我今天碰到了一个盲人乐队

主人公：我说走开

房间里有动静

小海跑开
一会儿，小海又走到窗户边
小海：姐姐可以跟他们一起弹钢琴

房间里有动静

小海跑开
再回到窗户边上

一本乐谱飞过来，小海避开
然后，跑开

窗户空镜

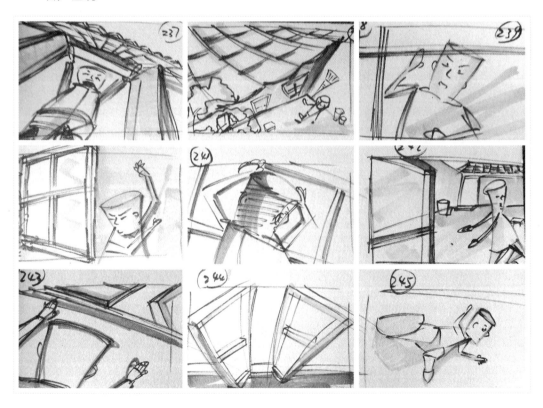

1.	院子门被推开，小海跑进院子；中景
2.	小海来到主人公的窗户外边；全景
3.	轻敲窗户"姐姐，姐姐"；近景
4.	主人公"走开"；小海做一个假动作，闪躲到墙边；近景
5.	小海缓缓起身又走到窗前；近景
6.	一扇窗户推开，小海向画右闪躲；中景
7.	小海蹲在墙边，缓缓站起身来；近景
8.	两窗户完全被推开；中景
9.	小海向后闪躲，身体几乎躺在地上，单臂支撑着，发出"李小龙"招牌的叫声；小全

等人

　　主人公弟弟小海，在门口，一个人

　　不时地往巷子口看

　　脚步声，小海跑过去，一看是"傻蛋"

　　小海和"傻蛋"一起坐在门口发呆

　　天暗了下来，爸爸回来

　　小海跑过去

　　跟爸爸说话

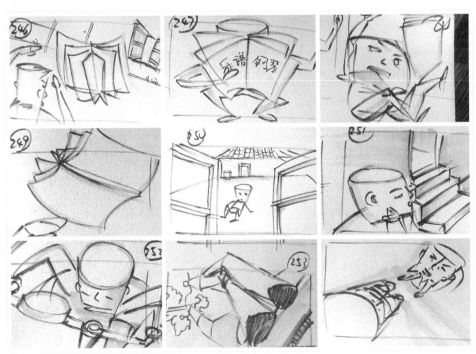

1.	小海起身向窗户走去，一本书扔了出来中景
2.	这回小海没有躲过，一本乐谱，正面贴到小海的脸上；中景
3.	小海应声倒地；小全
4.	乐谱落在地上；特写
5.	小海起身看着窗户；全景
6.	小海坐在院子门口，双手撑着下巴；近景
7.	父亲骑三轮车回来；近景
8.	小海站起来；中景
9.	小海跟爸爸说了车站盲童的事情；小全

转折

主人公的爸爸来到小海说的盲童乐队

咨询让孩子走出自我封闭的办法

乐队的老师想到了一个"点子"

既然主人公以前喜欢弹钢琴

何不用音乐去打动她

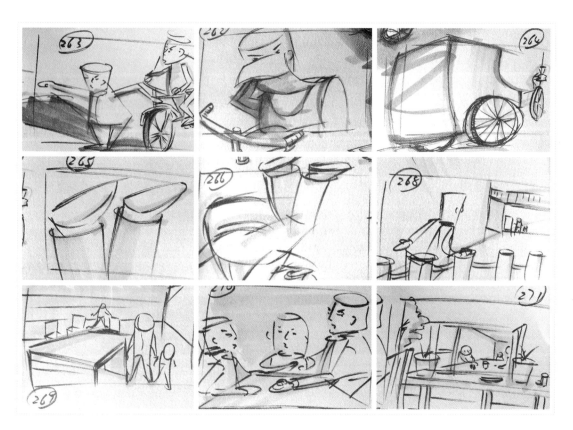

1.	小海带路，两人去了盲童的学校；小全
2.	骑车的父亲擦汗，然后下车；近景
3.	三轮车停在路边；小全
4.	"傻蛋"的脚来回地动；特写
5.	"傻蛋"在地上翻跟头玩；中景
6.	"傻蛋"坐起来，看到小海和他爸爸往院子里走；小全
7.	小海和爸爸见到盲童乐队的老师；小全
8.	他们坐下来聊主人公的事情；中景
9.	阳台上的花，下午五点的光照在上面；小全

祷告

烟弥漫在空中

香火弥漫的佛堂

妈妈在乞求保佑

她嘴唇微动

修行人在旁边

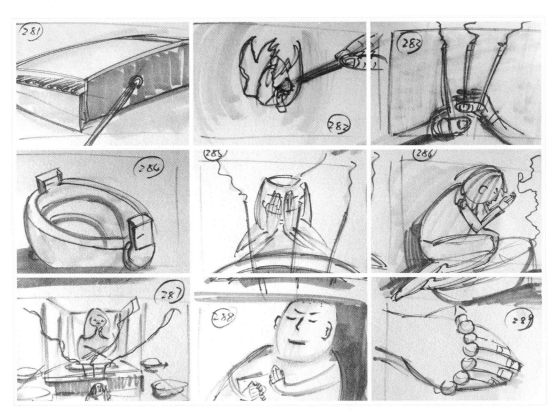

1.	火柴划过；特写
2.	火苗燃烧；特写
3.	双手拿着三炷香；特写
4.	香炉；特写
5.	主人公的母亲双手合十，口中念念有词；近景
6.	主人公的母亲拜；小全
7.	香案，烟雾缭绕；小全
8.	一修行人，眼睛闭着；中景
9.	手上的佛珠缓缓转动；特写

高潮

盲童乐队来到主人公的家

1.	盲童乐队在操场上；大全景
2.	小海走在爸爸和老师的后面，他扭头想找到公交车的两个盲童；中景
3.	乐队老师将小海爸爸和小海送到门口；小全
4.	反打，乐队老师；近景

5.	盲童乐队 20 个小朋友跟着老师，手臂搭着前面孩子的肩膀，走在小巷子中；小全
6.	"傻蛋"走在队伍的最后面，他闭上眼睛，摸索着，学着盲童的样子跟着他们往前走；全景
7.	小海的爸爸用三轮车拉着乐器领路；小全
8.	铃铛声，小海的爸爸在家门口停车；中景
9.	小海的爸爸搬着乐器走进院子；全景

对峙

用音乐打开主人公的心扉

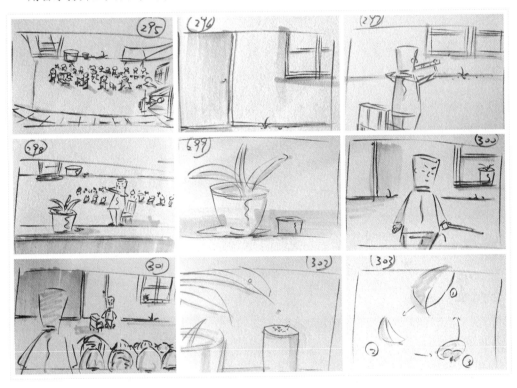

1.	老师把乐器分发给孩子们，列队；全景
2.	主人公的房门紧闭；中景
3.	一个盲童开始吹长笛；中景
4.	反打，隔着窗户的玻璃，主人公听到音乐；全景
5.	窗户上有一盆植物，叶子微动，从主人公房间中钢琴声响起；特写
6.	钢琴渐强，吹长笛盲童停下来看乐队的老师；中景
7.	乐队有人在小声说话；全景
8.	一滴水从植物的叶子上滚落；大特写
9.	叶子从空中旋转着飘下来；特写

气氛的渲染

乐队老师指挥盲童开始演奏

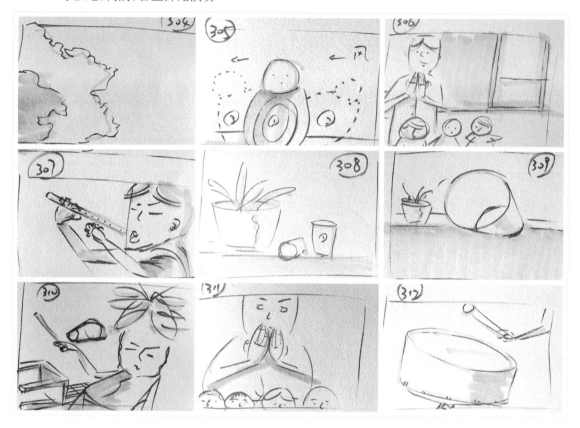

1.	钢琴声越来越强，院子里的树叶开始摇摆；中景
2.	桌子上的不倒翁左右运动；特写
3.	乐队的老师击掌一次，示意吹长笛盲童继续；中景
4.	吹长笛盲童拿起乐器；近景
5.	窗户边上的花盆，风越来越大；特写
6.	花盆旁边的纸杯被风掀翻；特写
7.	杯子飞向院子里的"傻蛋"，他害怕往后退，摔了个大跟头；中景
8.	乐队的老师击掌两次；近景
9.	乐队的队形开始产生变化，后面的一排鼓手站在了最前面；特写

胜利

盲童乐队占了上风

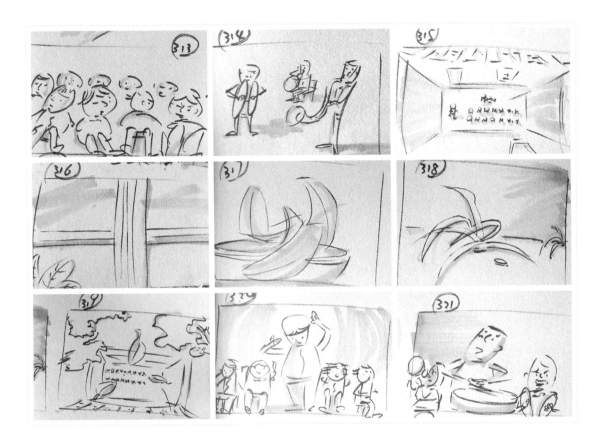

1.	乐队的队形调整完毕；小全
2.	吹萨克斯管的盲童在风中站了起来，开始他的演奏；全景
3.	拉小提琴的盲童在风中站了起来，开始他的演奏；大全景
4.	窗户空镜；玻璃微微振动；特写
5.	花盆振动；特写
6.	院子里的小草被风吹弯；特写
7.	树叶不断地落下；全景
8.	乐队老师双手举在空中，击掌三次；小全
9.	鼓声响起，乐队演奏；中景

主人公走出来

主人公出房间

对她从封闭的世界走出来，进行关联

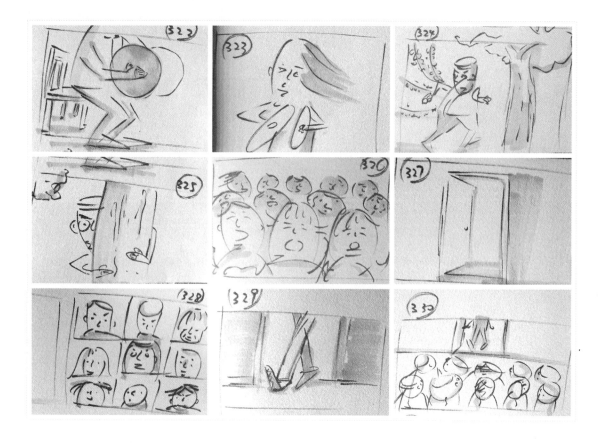

1.	乐队中的一人在风中站起；中景
2.	风越来越大，两种音乐碰撞在一起，某种对抗的"音效"；近景
3.	"傻蛋"往树后面跑；小全
4.	他躲在树后，露个头看；近景
5.	乐队的成员唱歌；小全
6.	风起，吹开了主人公的房门；小全
7.	音乐停止，乐队成员放下乐器，安静地看；近景
8.	主人公走出门；特写
9.	她走到院子里；小全

融入与接受

孩子们大声告诉她，自己的名字

很高兴认识你……

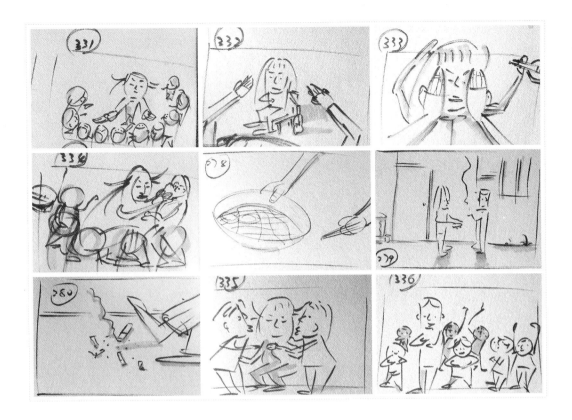

1.	盲童乐队的小朋友把她围在中间；小全
2.	主人公伸开手臂；小全
3.	她摸盲童乐队拉小提琴的小朋友的脸；特写
4.	主人公用手摸每一个乐队成员；全景
5.	主人公的母亲做了一碗面条；特写
6.	拿给在院子门口一直抽烟的丈夫，他忙了一天，滴水未进；全景
7.	主人公的父亲用脚踩灭烟头；特写
8.	乐队盲童们把主人公围在一起，大家与她拥抱；小全
9.	乐队老师微笑着看着主人公；全景

结尾

众人的努力

终得到一个正面的回馈

1.	"傻蛋"双手撑着下巴，把脸凑过来，等着主人公摸他的脸；中近景
2.	主人公一摸是"傻蛋"，推开他；"傻蛋"就地一滚；全景
3.	众人哈哈大笑；近景
4.	院子门口进来两个人；全景
5.	是主人公的两个同学；小全
6.	风停了，阴天转晴，阳光照着院子里的一朵花；中景
7.	主人公和奶奶拥抱在一起；全景
8.	桌上的不倒翁；特写
9.	院子门口，主人公的妈妈后退一步，用手捂住嘴要哭，主人公的爸爸手搭在妻子的肩膀上，轻拍；小全

剧终